ハヤカワ文庫NV

〈NV1527〉

パナマの仕立屋

〔上〕

ジョン・ル・カレ

田口俊樹訳

早川書房

9077

THE TAILOR OF PANAMA
by
John le Carré

Translated by
Toshiki Taguchi
Published 2024 in Japan by
HAYAKAWA PUBLISHING, INC.
This book is published in Japan by
arrangement with
CURTIS BROWN GROUP LIMITED, LONDON
through TUTTLE-MORI AGENCY, INC., TOKYO.

日本のみなさんへ

建造されて以来、日本人はパナマ運河にたえず魅せられてきた。帝国主義の時代にはその獲得も夢見た。戦時中には切断可能な世界貿易の動脈とも見なした。私は、国家の流儀と人間のはかなさに関するこのささやかで悲しい喜劇を、日本のみなさんが英知をもって愉快に読まれんことを確信する者である。

ジョン・ル・カレ

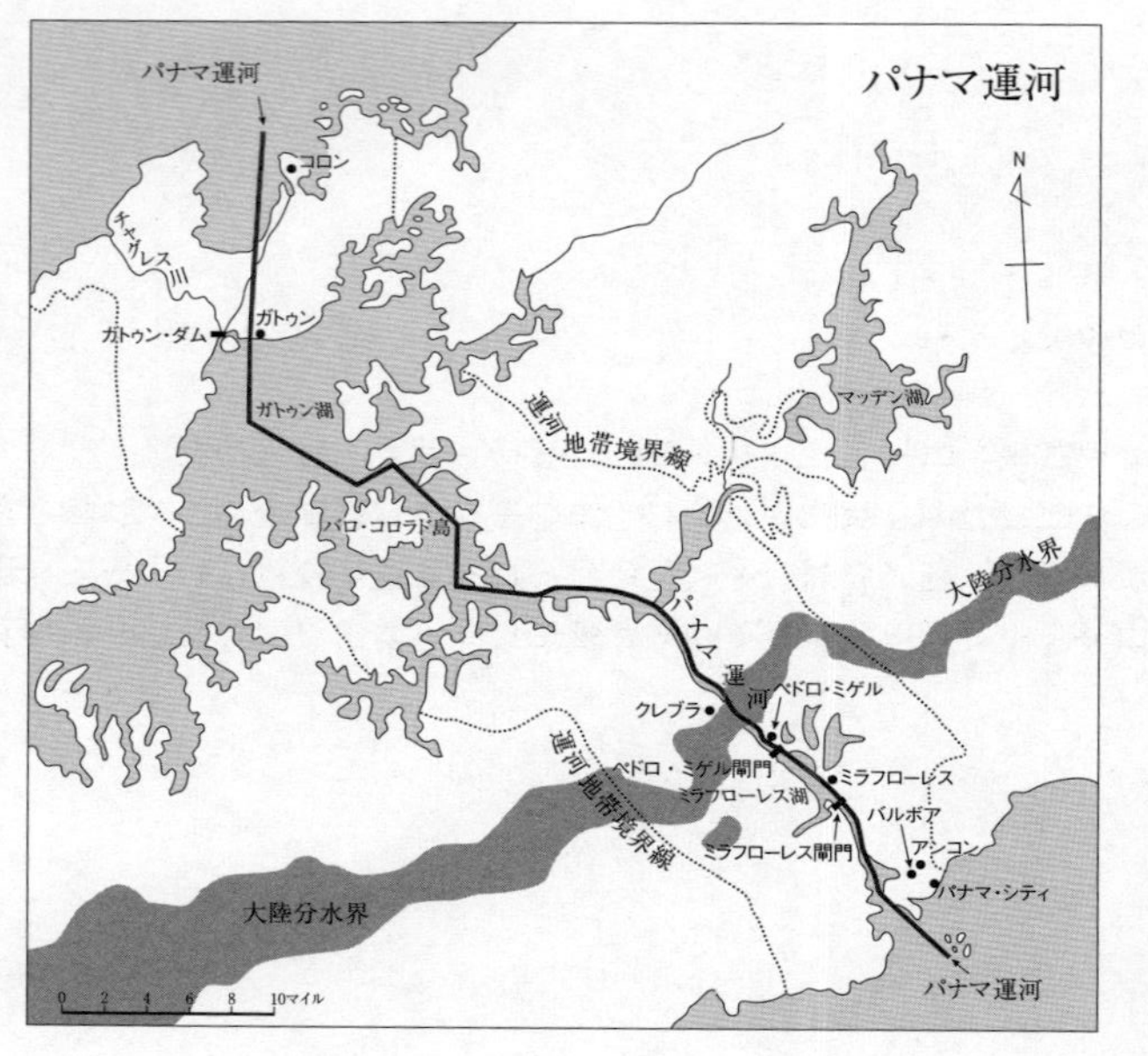
パナマ運河
パナマ運河
N
コロン
チャグレス川
ガトゥン
ガトゥン・ダム
ガトゥン湖
運河地帯境界線
マッデン湖
バロ・コロラド島
大陸分水界
パナマ運河
クレブラ
ペドロ・ミゲル
ペドロ・ミゲル閘門
ミラフローレス
ミラフローレス湖
バルボア
アンコン
ミラフローレス閘門
パナマ・シティ
運河地帯境界線
大陸分水界
0 2 4 6 8 10マイル
パナマ運河

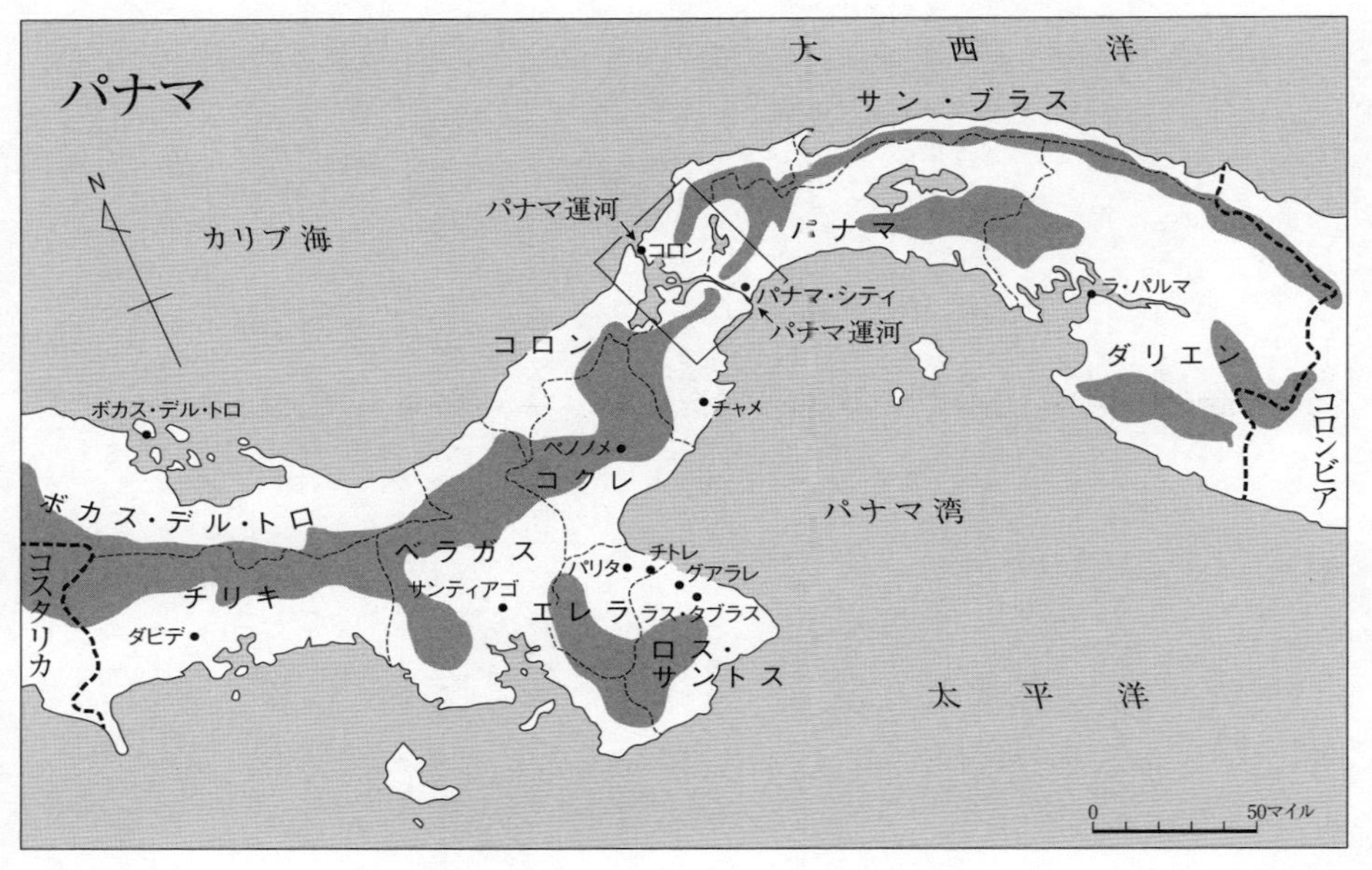
パナマ
N
カリブ海
大西洋
サン・ブラス
パナマ運河
コロン
パナマ
パナマ・シティ
パナマ運河
ラ・パルマ
ダリエン
コロンビア
コロン
チャメ
ボカス・デル・トロ
ペノノメ
コクレ
ボカス・デル・トロ
パナマ湾
ベラガス
チトレ
パリタ
グアラレ
チリキ
サンティアゴ
エレラ
ラス・タブラス
ダビデ
ロス・サントス
コスタリカ
太平洋
0
50マイル

著作権代理人にして紳士、そして友であったレイナー・ホイマーンの思い出に

「なんたる(ケル)・パナマ(パナマ)!」

二十世紀初頭にフランスで流行った言いまわし。意味は〝収拾不能な混乱〟

(デーヴィッド・マカルーの傑作『海と海をつなぐ道』を見よ)

パナマの仕立屋

〔上〕

登場人物

ハリー・ペンデル……………………仕立屋〈ペンデル＆ブレイスウェイト〉のオーナー
ルイーザ……………………………ハリーの妻。パナマ運河委員会に勤務
マルタ………………………………ハリーの秘書
エルネスト・デルガド………………パナマ運河推進計画のアドヴァイザー
ラフィ・ドミンゴ……………………麻薬のディーラー
ミッキー・アブラカス………………ハリーの親友。麻薬のディーラー
アナ…………………………………ミッキーの愛人
モルトビー……………………………パナマの英国大使
ナイジェル・ストーモント…………パナマの英国大使館政治部長
フランチェスカ・ディーン…………同大使館員
アンドルー（アンディ）・
　　　　　　　オスナード……英国の諜報員
スコッティ・ラックスモア…………オスナードの上司
ジェフリー・
　　　キャヴェンディッシュ……〈計画及び実行〉委員会委員長
タグ・カービー………………………同委員会のメンバー
ラモン・ラッド………………………パナマの銀行家
チャーリー・ブルットナー…………ハリーの恩人
ベンジャミン（ベニー）……………ハリーの叔父。故人
エミリー………………………………ルイーザの姉
アンヘル………………………………農園の管理人
ベン・ハトリー………………………英国のマスメディア王
ベアー…………………………………コラムニスト

第1章

南国パナマの金曜日、アンドルー・オスナードがハリー・ペンデルの店に駆け込み、スーツの採寸を頼むまでは、普段と何ひとつ変わらない午後だった。オスナードが店に駆け込んだときには、ペンデルはまだそれまでのペンデルだった。が、オスナードが店を出たときには、すでに別人になっていた。それに要した時間は、エクルズのサミュエル・コリアー（十八世紀のイギリスの著名な時計職人）がつくったマホガニー枠の時計で、七十七分。その時計も含め、年代物の品が店内に数々置かれたイギリス王家ご用達、ロンドンのサヴィル・ロウの仕立屋〈ペンデル&ブレイスウェイトCo．リミターダ〉は、現在はパナマ・シティのエスパーニャ通りにあった。

実際には、表通りからは少しはずれていたが、エスパーニャ通りの〈ペンデル&ブレイスウェイト〉と言って、別にさしつかえはないだろう。また、店の名をちぢめて、〈P&B〉と呼んでも。

その日は六時にいきなり始まった。ペンデルは、帯鋸が間断なく鳴り響く建築現場の騒音と、丘の麓から聞こえてくる車の音と、アメリカ軍のラジオ放送の野太い男の声で眼が覚めた。〝私はそこにいなかったんです。いたのはふたりの別の男です。彼女が最初に私を殴ったんです、裁判長、自分の意志で〟とペンデルは弁解していた。が、そんな夢を見たのは、これから何やら罰を受けそうな予感があったからで、そこで思い出した。銀行の支店長と八時半に会う約束があったことを。彼はベッドから飛び起きた。その気配に妻のルイーザがうなった。「ノー、ノー、ノー」そう言って、シーツをすっぽり頭からかぶった。朝は彼女の苦手な時間帯だった。

「気分転換にたまには、イエス、イエス、イエスとでも言ったらどうだ？」とペンデルは湯が充分熱くなるのを待つあいだ、鏡を見ながら言った。「なあ、ルー、お互い少しは楽観主義になろうじゃないか？」

ルイーザはまたうめき声を上げた。が、シーツの下の彼女の体は、ぴくりともしなかった。ペンデルは気持ちを明るくするためにひとり遊びをした。ニュースを伝えるアナウンサーに向かってわざと返事をした。

アナウンサーは男の威厳を持たせた声で言っていた。「アメリカ南方軍司令部の司令官は、昨夜、合衆国は原則的にも実質的にもパナマとの条約を遵守すると繰り返し表明した」

「そりゃ嘘だ」とペンデルは髭剃りのための石鹸を顔に塗りながら言った。「もしほんとうなら、同じことをそんなに何度も繰り返して言うわけがない。そうだろ、将軍？」

「パナマ大統領は、今日、二週間にわたるアジア歴訪の最初の目的地、香港に到着した」とアナウンサーは次のニュースを読み上げていた。

「いよいよきみのボスの登場だ」とペンデルは言って、注意を惹こうと泡だらけの手をルイーザのほうに向けた。

「大統領には、財界及び貿易界の専門家グループが随行しており、そのグループには、パナマ運河推進計画アドヴァイザー、エルネスト・デルガド博士も参加している」

「よくやった、エルネスト」とペンデルはうなずいて言い、朝が苦手な妻を片眼で見やった。

「月曜日には、大統領一行は東京に向かい、パナマに対する日本の投資増加を狙った実質的協議にはいる」

「でも、何を要求されてるのかさえ、ゲイシャどもにはわからないだろうな」とペンデルは左の頰（ほお）を剃りながら低い声で言った。「あのエルネストにまわりをうろうろされたんじゃ」

ルイーザがいきなり上体を半分起こして言った。

「エルネストのことをそんなふうに言うのはやめて。たとえ冗談でも」

「わかった、ルー。すまん。今みたいなことは二度と言わないよ。二度と」ペンデルは鼻の下の剃りにくい部分に剃刀（かみそり）をあてて言った。

しかし、ルイーザの気持ちはおさまらなかった。

「どうしてパナマはパナマに投資できないの？」とシーツを脇（わき）にやり、母の形見の白いリンネルのネグリジェをまとった上体をまっすぐに起こして言った。「どうしてアジア人に投資させなくちゃいけないの？ わたしたちは貧しくはないわ。この町だけでも百七もの銀行があるのよ。でしょ？ どうしてわたしたちは、自分たちのドラッグ・マネーを工場や学校や病院を建てるのにつかえないの？」

彼女は〝わたしたち〟と言ったが、それはあくまで比喩（ひゆ）的に言ったのだった。彼女自身は、運河地帯（キャナル・ゾーン）が強奪的な条約によって永遠にアメリカのものであった時代に、運河地帯で育ったゾーニアン（パナマ運河地帯に住むアメリカ市民）だった。たとえそこが、蔑（さげす）みの対象であるパナマ人に囲まれた、幅十マイル長さ五十マイルばかりの小さな土地であったとしても。彼女の亡父は、運河地帯に配属されたアメリカ軍の技師で、軍のほうは早くに退役して、そのあと運河会社に転職した男だった。彼女の亡母のほうは、〝進歩的な〟聖書教師で、生前は、まわりから隔離された運河地帯の学校に勤めていた。

「きみだってわかってるだろうが」ペンデルは耳たぶを持ち上げ、耳の下を剃った。彼はまるでキャンヴァスに絵でも描くように髭を剃った。ブラシや石鹸入れをさも愛おしむように。「パナマは国じゃない。カジノだ。われわれにはそのカジノの経営者が誰かということもわかってる。きみはその経営者のひとりのところで働いてるのさ。だろ？」

またやってしまった。上機嫌と言えないときには、どうしても抑えが利かなくなる。しかし、それはルイーザも同じだった。避けられない反論が返ってきた。

「いいえ、ハリー、それはちがうわ。わたしはエルネスト・デルガドのもとで働いてるけど、彼は彼らのひとりじゃない。彼はまさに高潔の士よ。理想というものを持ってる人よ。国と国の集団の中で、パナマが独立した自由国家として生きていける将来を考えてる人よ。彼らとちがって、彼は賄賂を受け取ったりもしなければ、国の遺産を食いつぶそうなどということも考えてない。そのことが彼をこの国では何より得がたくて、実に珍しい人物にしてるのよ」

ペンデルはひそかに自らを恥じて、シャワーの蛇口をひねり、湯の熱さを手で確かめながら、努めて陽気に言った。

「また水圧が下がった。これは丘の上に住まいを選んだ天罰だな」

ルイーザはベッドから出ると、ネグリジェを頭から脱いだ。彼女は背が高く胴が長く、胸がつんと突き出たスポーツウーマン・タイプの体型をした、黒い髪の女だった。自分を忘れているときには美人だった。が、自分を思い出すと、猫背にも仏頂面にもなった。

「ただひとりの善人よ、ハリー」と彼女はシャワーキャップに髪を押し込みながら執拗に言った。「この国を健全に機能させるのに必要なのは。エルネストと同じ器量を備えた、ひとりの善人。アジテーターはもう要らない。自尊心過剰のご仁も。キリスト教的道徳心を持ったただひとりの人物。それだけよ、この国が必要としてるのは。堕落していない、有能でまともなひとりの政治家。道路や下水を修理できて、貧困と犯罪と麻薬に対処できて、一番の高値をつけた相手に運河を売るんじゃなくて、運河を守ることのできる人物。エルネストはそういう人間になりたいと心底思ってるのよ。あなたも含めて、彼を悪く言う人たちのことばは中傷以外の何物でもないわ」

すばやく、しかし、いつもの注意は怠らずに着替えをすると、ペンデルはキッチンに急いだ。パナマのすべての中流家庭のご多分に洩れず、ペンデル家も何人もの使用人を置いていたが、暗黙のピューリタニズムによって、朝食だけは一家の主がつくることになっていた。マークにはトーストと落とし卵、ハンナにはベーグルとクリームチーズ。『ミカド』の中の陽気な楽節がペンデルの頭の中で聞こえていた。彼が好きなのはその手の音楽だった。マークはすでに着替えをすませ、キッチンテーブルで宿題をやっていた。ハンナのほうは鼻の頭にできたにきびを気にして、バスルームからなかなか出てこようとしなかった。ペンデルはそんな彼女をなだめすかして、支度をさせなければならなかった。

そのあとはルイーザだ。まだ反論していた。着替えはもうすませていたが、すでに仕事の時間に遅れており、出がけのキスもそこそこに、慌ただしくプジョーに乗って出ていった。彼女の職場はパナマ運河委員会ビルにあった。ペンデルと子供たちはトヨタで、通学用の裏道を右に左に曲がりながら大通りまで丘陵を下った。悪路に跳ねる四輪駆動車の中で、ハンナはベーグルにかぶりつき、マークはまだ宿題をやっていた。ペンデルは、朝一番に銀行の人に会わなければならなくてね、と言って、急いでいるわけを子供たちに釈明した。そして、エルネスト・デルガドのことをあんなふうに言うことはなかったな、と内心ちょっぴり後悔した。

大通りでは、反対車線にはいってスピードを上げた。朝の特別条例〈オペラティボ〉のおかげで、市内に向かう通勤者は左右両方の車線を使うことができる。が、そういう通りでは、先を争うことがまるで死活問題ででもあるかのような状態になる。そのあとはまた狭い通りだ。道路脇には、彼らの家と同じようなアメリカン・スタイルの住宅が続き、その通りの行き着く先は、〈チャーリー・ポップ〉や〈マクドナルド〉や〈ケンタッキー・フライド・チキン〉が建ち並ぶガラスとプラスティックの村だ。去年の七月四日、マークがバンパー・カーで腕の骨を折った遊園地もそこにある。そのときには、マークを連れて病院へ行くと、待合室は花火で火傷(やけど)をした子供たちでごった返していた。

交差点でバラを売っているアフリカ系の少年に、あたふたと二十五セントを渡し、この半年、同じロッキング・チェアを売ろうと、〝二百五十ドル〟と書いたプラカードを首から下げて街角に立っている老人に、三人そろって熱烈に手を振って、また狭い通りにはいる。今朝はマークがさきに降りる番だ。悪臭のデパートのようなマニュエル・エスピノーサ・バティスタ通りを走り、国立大学の脇を通り、白いシャツを着て本を小脇に抱えた、脚の長い女子学生に淫(みだ)らな一瞥(いちべつ)をこっそり送り、まさにウェディング・ケーキのように〝絢爛(けんらん)豪華な〟カルメン教会を認め——おはよう、神様——決死の覚悟でエスパーニャ通りを渡って、フェデリコ・ボイド通りにたどり着くと、さすがにほっとする。そのあとは、サン・フランシスコ地区に出るイスラエル通りにはいり、パイティージャ空港に向かう車の流れに乗る——おはよう、麻薬取引きのレイディーズ&ジェントルメン——ごみと壊れかけたビルと野良犬と鶏たちの中に、彼らの自家用飛行機が並んでいる。車を停めて、いくらか安堵(あんど)するが、警戒は怠らない。ラテン・アメリカにおける反ユダヤ闘争の爆弾事件は枚挙に遑(いとま)がない。アルバート・アインシュタイン校の門の脇に立っている若い男たちの顔つきも、彼らが本気であることを物語っている。彼らにジョークは通用しない。軽率な行動は厳に慎まねばならない。マークがさきに車を降りる。ハンナが声を上げる。「忘れてるわよ、まぬけ」そう言って鞄(かばん)をマークに向かって放り投げる。マークは大股(おおまた)になって歩き出す。感情を表に出すことは許されない。手を振ることも。家族との別れを惜しんでいるなどと同級生に誤解されてはたまらない。

ペンデルの車はまた喧騒(けんそう)の中に戻る。業を煮やしたようなパトカーのサイレンの音。ブルドーザーとパワー・ドリルのどなり合い。自分の首を死ぬまで絞めつけないと気がすまない第三世界の南国都市。細かいことにはこだわらないその騒音。信号で停まるたびにまたぞろ押し寄せる、路上生活者(ホームレス)、障がい者、タオル売り、花売り、マグカップ売り、クッキー売りの波――ハンナ、そっちの窓を開けなさい。半バルボア（パナマの通貨単位。一バルボア＝一ドルで、実際にはアメリカ・ドルが使われている）を入れた缶はどこだっけ？――今朝は、犬に引かせた車に乗っている、脚のない白髪の政治家の番だ。そんな男のあとから、笑顔の赤ん坊を腰に抱えた美しいアフリカ系の母親が現れる。その母親にも五ーセント与え、赤ん坊には手を振る。次は、熟れすぎたバナナのように片足が湾曲した男の子。松葉杖(づえ)をついて泣いている。あの子はいつもあして泣いているのだろうか。それとも、泣くのはラッシュアワーのときだけか。ハンナはその子にも半バルボア与える。

それから、マリア・インマキュラーダ校まで丘をフルスピードで駆け登る。美しく澄んだ海が見える。前庭に停められた黄色いスクールバスのまわりで、粉を吹いたような顔をした尼たちが忙しく立ち働いている――セニョール・ペンデル、ブエノス・ディアス！　ブエノス・ディアス、シスター・ピエダッド！　シスター・イメルダ！――今日がどの聖人の日であってもかまわないけど、ハンナ、寄付金はちゃんと持ってきたのか？　まぬけなのは、マークだけではなかった。ほら、五ドル。さあ、ハンナ、今日一日思う存分愉(たの)しんでおいで。ふっくらとしたハンナはふっくらとしたキスをして車を降りる。そして、今週の心の友、サラを探す。金の腕時計をした肥満体の警官が笑みを浮かべて子供たちを見ている。まるでサンタクロースのように。

誰もみなこれらすべてをあたりまえのことと考えている――ペンデルは、ハンナがほかの子供たちの中に消えていくのを見送り、満足感に近いものを覚えながらそう思う。子供たちも。誰も。このおれでさえ。ユダヤ人の男の子も。マークがそうだというわけではないが。カトリックの女の子も。ハンナがそうだというわけでもないが。われわれすべてにとってこれはしごく当然のことなのだ。パナマにふたりといないエルネスト・デルガドについて辛辣（しんらつ）なことを言ってしまったことは、後悔している。しかし、それは、今日はいい子でいたい気分ではなかったからだ。ただそれだけのことだ。

そのあとは、またハイウェイに戻り、モーツァルトのカセットテープをかけ、甘い孤独を享受する。そして、意識を鋭くする。ひとりになると、知らず知らずそうしている。条件反射のように、ドアがロックされていることを確かめ、辻（つじ）強盗や警官や危険人物が近くにいないか、眼を配る。しかし、心配はしていない。アメリカが侵攻したのち数カ月のあいだは、彼らが銃でパナマの治安を維持したが、銃による治安は今も変わらない。たとえば今、この交通渋滞の中で、銃を抜くような人間がいたら、そのご仁はペンデル以外のありとあらゆる車から、一斉射撃を受けることだろう。

すべてを焦がすような太陽が背後に昇り、時折、建築中の高層ビルの影が差し、市（まち）の喧騒が厚みを増す。やがて色とりどりの洗濯物が暗がりに干された、今にも壊れそうな家屋が建ち並ぶ細い道に差しかかる。そんな道も通り抜けなければならない。舗道に見える顔は、アフリカ人、インド人、中国人、そしてそのすべてにルーツがある人。パナマは鳥の種類と同じくらい人種が豊かなのが自慢だが、何事も混成が好きなペンデルはそのことを好ましく思っている。彼らの中には奴隷の末裔（まつえい）がいる。が、そうでない者も奴隷の末裔と大して変わりはしない。彼らの先祖は、何万となく船で送り込まれ、運河建設のために働き、そのためにときに命を落とすこともあった者たちなのだから。

そんな細い道を抜けると、前方が急に開ける。太平洋だ。今は潮が引いて海が暗く見える。湾の彼方の黒味がかった灰色の島々が、黒い霧に覆われた中国の山々のようにも見える。ペンデルはその島々に行ってみたいという強い誘惑に駆られる。そんなことを思うのは、ルイーザのせいだろうか。あくの強い彼女の気まぐれに、ほとほとうんざりすることが彼にはある。いや、そういった衝動に駆られるのは、今、車で走っている界隈（かいわい）で一番の高さを競う、銀行の高層ビルの赤いてっぺんがすでに見えているからか。数隻の船舶が水平線上に並び、運河にはいる順番を待っているのが靄（もや）にかすんで、船の幽霊のように見える。ペンデルは船上で時間をつぶすことの退屈さを思い、船員たちにふと同情を覚える。動きのとだえた甲板で、陽に焼かれ、彼は汗みずくになっている。あるいは、外国人の体臭と油の臭いが充満したキャビンで、横になっている。それだけはごめんだ。そういう時間のつぶし方だけは願い下げだ。彼は身震いをしてそう思う。もう二度とあんな経験はしたくない。残された人生は、一日一日を、一時間一時間を愉しむのだ。自分にはそういう人生が約束されているはずだ。嘘だと思うなら、ベニー叔父に訊（き）いてもらいたい。彼はも

う
この世にはいないけれども。
堂々たるバルボア通りにはいると、ペンデルはまるで体が宙に浮いたような感覚にとらわれる。威風を誇るアメリカ大使館が右手に見える。大統領宮殿よりも大きい。彼が向かっている銀行よりも。しかし、今はアメリカ大使館よりルイーザの存在のほうが大きい。銀行の前庭のほうに下っていきながら、彼は、おれにはちょっと傲慢なところがあるからね、とルイーザに説明するところを思い浮かべる。おれにいくらかでも謙虚さがあれば、こんなにひどいことにはならなかっただろう。自分のことを大地主の男爵みたいに思ったりしなければ、返せもしない大金を借りたりすることもなかっただろう。エルネスト・デルガドを非難することも。それがデルガドでなくても。きみがミスター・モラル、あるいは、ミスター・パーフェクトと思っている誰であれ。ペンデルはしぶしぶモーツァルトを消し、後部座席に手を伸ばし、ハンガーからジャケット——その日はダークブルーのスーツを選んでいた——を取って着込み、バックミラーを見て、デンマン&ゴダードのネクタイを直す。警備員の制服を着た生真面目そうな若者がガラスドアの玄関口に立っている。ポンプ・アクションのショットガンを抱え、スーツを着た人間には相手かまわず敬礼している。
「これはこれは、ドン・エデュアルド閣下。ご機嫌はいかがかな?」とペンデルはわざと英語で話しかけ、片手を上げる。若者は満面に笑みを浮かべて答える。

「グッド・モーニング、ミスター・ペンデル」知っている英語はそれだけなのだ。

ハリー・ペンデルは仕立屋にしては珍しく体格の立派な男だ。短く刈りつめた半白の髪。ボクサーのような分厚い胸。なだらかなカーヴを描くがっしりとした肩。背が高いだけでなく、横幅もあり、そういった体軀がまわりに与える威圧感をできるだけなくすような歩き方をするところを見ると、自分でもそのことがよくわかっているのだろう。それでも、彼の歩きぶりはどこか政治家然として、訓練されたようなところがあって、今も、最初は指を軽く内側に丸めて脇に垂らした両手が、几帳面にうしろにまわされる。それは儀仗兵を閲兵するか、暗殺者に毅然と立ち向かうときの恰好だ。ペンデルはその両方を経験したことがある、想像の中で。ジャケットのベントはひとつ。それ以上は認めない。彼はそれを〈ブレイスウェイトの法則〉と呼んでいる。

いずれにしろ、彼の喜びと愉しみは、四十という年相応の顔に何よりはっきりと表れ、その柔らかで明るいブルーの眼は、頑なまでに無邪気な光を放っている。唇は眠っているときでさえ、温かく屈託のない笑みを浮かべているように見える。思いがけずそれを眼にすると、誰もがなぜかほっとしたような気分になる。彼の笑みはそんな笑みだ。

パナマの〝偉大な男たち〟には、バスの車掌のようなしかつめらしいブルーの制服を着た、ゴージャスなアフリカ系の秘書がついている。また、多雨林のチーク材を使い、鋼鉄の枠を取り付けた、彼らのオフィスのドアは防弾ドアで、そのドアには、真鍮のノブがついているが、中からブザーを鳴らさなければ開閉できないようになっており、外からそのノブをまわすことはできない。もちろん、それは誘拐防止のためだ。十六階にあるラモン・ラッドのオフィスもほかの〝偉大な男たち〟のオフィス同様、ばかばかしいまでに広い、近代的な部屋で、床から天井までスモーク・ガラスを張った窓からは湾が見渡せ、それこそテニスコート並みの大きさの机が置かれていた。今、ラモン・ラッドは、その机について坐っていたが、その姿は巨大ないかだにしがみつく小さなネズミを思わせた。実際、小柄な肥り肉の男だった。髭の剃り跡の青々とした顎、もみあげを長くのばした、まっすぐな黒い髪、よく光る強欲な眼。練習のために英語を話したがったが、どうしても鼻音になった。また、系図調べに大枚をはたいて、失敗に終わったダリエン計画（パナマ地峡を通って東洋との貿易路を確保しようと、スコットランド生まれのイギリス人、ウィリアム・パタースンが一六九五年に推し進めた計画）のあともパナマに居残ったスコットランドの冒険家の末裔と称しており、〈クラブ・ユニオン〉でおこなわれるスコットランド舞踏会に参加できるよう、ひと月半ほどまえには、ラッド家のタータンを注文したりもしていた。そしてペンデルに一万ドルの借りがあった。五着分のスーツ代だ。一方、ペンデルのほうはラモン・ラッドに十五万ドルの借金をしていた。ラモンは支払われない利息を元金に加えていた。ペンデルの借金が増えこそすれ、一向に減らないのはそのためだった。

「ペパーミントは？」とラモンは真鍮のトレーを押しやって言った。トレーには緑の紙に包まれたキャンディが盛られていた。

「ありがとう、ラモン」とペンデルは答えはしたが、手を出そうとはしなかった。ラモンのほうはひとつ取った。

ふたりは別々に、農園に関する最新の清算書を苦々しげに点検した。二分ばかり、無言でキャンディを舐めてから、ラモンが言った。「きみはどうして弁護士にこんなに大金を払ってるんだね？」

「判事を買収できると言われたからさ、ラモン」とペンデルは証拠を法廷に提出する被告人のようにおずおずと言った。「判事とは親しい仲だということだった。私は表に出ないほうがいいというのが彼の戦術だったんだ」

「だったら、どうして判事は聴聞会を延期したりしたんだ？」とラモンはしごく当然な指摘をした。「どうして約束どおりきみに水を与えてくれなかったんだね？」

「そのときにはもう判事が替わってたんだよ、ラモン。選挙のあと、新しい判事が任命されて、まえの判事からその判事に賄賂が行き渡らなかったんだ。で、その新しい判事は、今、どっちがより有利な申し出をしてくるか、模様眺めをしてるというわけだ。事務官の話では、今度の判事はまえの判事より潔癖な人物なんだそうだ。つまり、それだけお安くはないということだ。パナマじゃ良心の咎めは高くつく――事務官はそう言ってた。それがだんだんひどくなってると」

ラモン・ラッドは眼鏡をはずすと、息を吹きかけ、〈ペンデル&ブレイスウェイト〉謹製のスーツの胸ポケットから、セーム革を取り出してレンズを拭いた。それから、光って見える小さな耳に金のつるをかけ直した。

「どうして農牧開発省の人間を買収しなかったんだ?」とラモンは辛抱強いところをことさら示して尋ねた。

「もちろんやってみたよ、ラモン。だけど、彼らはあれでなかなか高潔なところがあってね。すでに相手側から贈賄されてると言うのさ。だから、ここで寝返るのは道義に悖るというわけだ」

「農園を管理させてるやつに何か画策させるわけにはいかなかったのか? きみはその男にも高給を払ってる。その男にも何かさせればいいじゃないか」

「率直なところ、アンヘルにはちょっとトロい(ロンドンの下町ことば)ところがあってね」とペンデルは言った。彼には、無意識のうちに〝教養のある〟ことばがつい口を突いて出てしまうことがあった。「むしろその場にいないほうが役に立つような男なんだ、はっきり言えば。それもこれも自業自得と言われれば、それまでだけれど」

ラモン・ラッドは上着の腋の下の部分にいくらか窮屈さを覚えていた。ふたりは窓辺に立って向かい合った。ラモンはまず腕組みをし、次に手を脇に垂らし、最後に腕を上げて首のうしろで両手を組んだ。その間、ペンデルはまるで患者の患部を探る医者のように縫い目に沿って指先を這わせた。

「窮屈と言ってもほんの少しのことなんじゃないかな、ラモン」と彼は最後に言った。「あまりいいことではないから、袖の糸はほどきたくはないんだけど、今度あんたが店に来たときに見てみよう」

ふたりはまた椅子に坐った。

「それできみの農園は米をいくらかでも生産してるのかい？」とラモンが尋ねた。

「少しはね、ラモン。今はそうとしか言えない。われわれは今、グローバリゼーションとやらと競争してるんだそうだ。それはつまり、安い米が外国からどんどんはいってきてるということだ。政府の手厚い保護を受けて生産してる安い米が外国からどんどん。確かに軽率だったよ、われわれは」

「われわれ？　きみとルイーザのことか？」

「いや、私とあんたのことだ、ラモン」

ラモンは眉根(まゆね)を寄せて腕時計を見た。それは金のない顧客向けの仕種(しぐさ)だった。

「農園を分離会社にしておかなかったのは失敗だったな。そのチャンスはあったのに。それでも、ハリー、水の枯れた農園のために儲(もう)かってる店を抵当に入れるなんて、どう考えても馬鹿(ばか)げてた」

「ちょっと待ってくれ、ラモン——店を抵当に入れるというのは、あのときあんたが言い張ったことじゃないか」とペンデルは反論した。が、憤りを覚えたときには、もうすでに屈辱感が頭をもたげていた。「こっちがそこまでしないかぎり、リスクは負えないと言ったのはあんたじゃないか。それがローンの条件だった。でも、あんたが今言ったことは否定しないよ。判断を誤ったのはこの私なんだから。あんたの言うことになど耳を貸すべきじゃなかったのに、貸してしまったのはほかでもない、この私なんだから。当然のことながら、あの日あんたは銀行の代理人だった。ハリー・ペンデルの代理人ではなくて」

ふたりは競走馬の話をした。ラモンは二頭の競走馬の馬主だった。ふたりは土地の話もした。ラモンは大西洋側の海辺に広大な土地を持つ地主だった。が、ペンデルにしても、週末をつぶして、車であちこち駆けまわれば、土地ぐらい買えないわけではなかった。そこにすぐに家を建てるつもりはなくても、ラモンが貸し付けローンを組んでくれるはずだった。それでも、ラモンは、ルイーザと子供たちを自分の家に連れてくるようにとは言わなかった。ラモンの娘もマリア・インマキュラーダ校にかよっており、ふたりの娘は仲よしなのに。また、ラモンは、ルイーザが亡父から相続し、何か安全な投資にまわしてほしいとペンデルに託した二十万ドルについても、何も言わなかった。そういうことを話題にするのは今はまだ不適切と思ったのだろう。その点に関しては、ペンデルはひそかに胸を撫で下ろした。

「それはそうと、きみは取引き銀行を替えようとしたことは？」言えないことはすべて言わないままにして、ラモンは尋ねた。

「そういうことをするのに、今は絶好のタイミングとは言えないと思うけれど。でも、どうして？」

「あるマーチャント・バンクから電話があってね。きみのことを訊いてきたんだよ。きみの信用状態とか、借り入れ金の額とか、店の売り上げ額とか。だいたいが、そうおいそれとは答えられないものばかりでね。もちろん何も言わなかった」

「ばかばかしい。人まちがいだよ。なんというマーチャント・バンクだった？」

「イギリスのバンクだ。電話もロンドンからだった」

「ロンドンから？　あんたに？　私のことを訊くために？　どこだ？　どの銀行だね？　ロンドンの銀行はどこもつぶれたとばかり思ってたけど」

ラモンは、それ以上わからなくてすまないと言った――でも、心配することはないよ。もちろん何も話さなかったし、調査理由がなんの変哲もないものだったし。

「調査理由？　いったいそれはなんだったんだね？」思わず声が大きくなった。

しかし、ラモンははっきりと覚えていないようだった。人物照会だったか、何かの推薦だったか。いずれにしろ、たいしたことではなかったと思う。だから、きみは友達だとだけ答えておいた。

「ブレザーを考えてるんだが」とラモンはペンデルと握手を交わしながら言った。「ネーヴィーブルーの」

「こういうブルーかな？」

「いや、もうちょっと暗いブルーだ。ダブルで、真鍮のボタンで、スコットランド風のやつだ」

ペンデルは新たな注文に礼を言って、〈ロンドン・バッジ＆ボタン〉社から届いた新しい見事なボタンについて話した。

「家の紋章もつくれるそうだ。アザミなんかどうだろう（オオヒレアザミはスコットランドの国花）？　カフスボタンもできる」

考えておくよ、とラモンは言った。その日は金曜日だったので、そのあとふたりは、〝よい週末を〟という別れの挨拶を交わした。それは不思議でもなんでもない。そのときはまだ南国パナマのいつもの朝だったのだから。ペンデルの地平線は晴朗そのものとは言えなかったが、そんなことははじめからわかっている。新たにわかったことは、ロンドンの一流銀行からラモンに電話があったという、ただそれだけのことだ——いや、それ自体どこまで確実なことなのだろう？　ラモンというのは悪い男ではない。金を払ってくれるかぎり、大事なお得意だ。一緒にビールを飲んだことも何度かある。それでも、そういう学問があるとすれば、超感覚的知覚の博士号が要るだろう、このスペイン系スコットランド人の頭の中身を探るには。

ペンデルの店がある脇道にはいるには、湾沿いを必ず通らなければならない。そこまで来て、彼はたまにこんなことを考える。店が消えていたら？　泥棒にはいられていたら？　爆弾に吹き飛ばされていたら？　店などそもそも存在していないのだとしたら？　そんなふうに想像して、自分をからかうのだ。ベニー叔父ゆずりの空想癖。しかし、今朝は、銀行に寄ったために、どことなく落ち着かない気分になっていて、高い木立ちの陰にはいるなり、彼は店を眼でとらえると、そのあともずっと見つづける。そして、木の葉の合間にちらちらと姿を現す、錆(さ)びたピンク色のスペイン風屋根瓦(がわら)の店に語りかける。おまえはほんとうの家だ、と。店なんかじゃない、と。おまえは、孤児の一生の夢のような家だ。ベニー叔父におまえを見せてやれさえしたら。

「花壇のあるポーチに気づいたかい？」ペンデルはベニーの脇腹を肘(ひじ)でつついて言う。「中は涼しくて居心地がよくて、はいると、まるで軍司令官にでもなったみたいなもてなしを受けられることが、手に取るようにわかるだろ？」

「ハリー・ボーイ、こりゃ超一流というやつだ」ベニー叔父は、両手で同時に黒いホンブルグ帽のつばに触れて答える。その昔、料理をするときによくやった仕種だ。「ああいう店なら、ただ中に入れてやるだけで一ポンド取ることだってできるんじゃないか？」

「看板も見てくれ、ベニー。〈P&B〉。PとBがうまく絡み合って、なかなかいい紋章になってるだろ？　うちの店は、あの紋章で町じゅうに知られてる。〈クラブ・ユニオン〉でも、議会でも、アオサギの宮殿(大統領官邸のこと)でも。〝最近〈P&B〉に行ったかい？〟〝それでは、〈P&B〉のスーツに身を包んだ誰々さんの登場です！〟なんてね。ここパナマではそれほどの店なんだよ、ベニー！」

「まえにも言ったことだが、ハリー・ボーイ、また言おう。おまえには〝夢をつくる力(フリュエンス)〟

がある。そればかりか、ほんものを創り出す才能（ロック・オヴ・アイ）がある。いつも思うよ、誰に似たんだろうってな」

少し元気が出た。ラモン・ラッドのことも忘れられた。一日の仕事を始めるために、ハリー・ペンデルは玄関の階段を上がった。

第2章

オスナードから電話があったのは、午前十時半前後のことだった。しかし、それはことさら大書しなければならないようなことではない。オスナードは新規の客であり、新規の客の電話は原則的にセニョール・ハリーに取り次がれる。彼の手が何かでふさがっているときには、手が空き次第、セニョール・ハリーが折り返し電話できるよう、相手の電話番号が尋ねられる。

ペンデルはそのとき裁断室にいて、グスタフ・マーラーを聞きながら、茶色の型紙にあてて、海軍の礼服用の生地を裁断していた。裁断室はペンデルのサンクチュアリで、彼だけの部屋だった。鍵は彼のヴェストのポケットに収められ、たまに彼は自分が主であることの証しに、その鍵をドアの鍵穴に差し込んでまわし、外界を遮断し、鍵というものが与えてくれる贅沢を味わった。そんなときには、鍵を開けて部屋を出るまえに、足をそろえて立ち、恭しくお辞儀をしてから、また新たな思いで一日を再開することもあった。彼には普段から芝居がかったところがあったが、普段にまさるその演技を見ているのは、彼の内なる観客だけで、誰にも見られる気づかいはなかったから。

同じように天井の高い部屋が裁断室のうしろに何室かあって、そこでは、新しい照明設備と、天井に取り付けられた扇風機の下で、さまざまな人種の甘やかされた従業員が縫ったり、アイロンをかけたり、勝手気ままにおしゃべりをしたりしていた。おしゃべりは、通常、パナマでは時給労働者には許されないことだが、どんなに無口で献身的な労働者でも、生地を裁断するときのペンデルほど仕事に集中することはできないだろう。今、彼はマーラーの楽曲のうねりに乗り、コロンビア共和国の海軍元帥の肩と背中の線を表す黄色いチョークの曲線に沿って、巧みに鋏(はさみ)を操っていた。その元帥の希望はいかにも明快だった。職名を汚して辞した前任者に、見映えでも勝(まさ)りたいのだ。

実際、ペンデルが元帥のために特別にデザインしたその礼服は、ことのほか見事なものだった。白いズボンのほうは、通路をさらに奥に行ったところで仕事をしている、イタリア人の職人に任せてあった。それは尻(しり)にぴたりとフィットしており、坐るのには不都合ながら、立っているかぎり完璧(かんぺき)なデザインのズボンだった。今ペンデルが裁断している燕尾(えんび)服は、生地が白とネーヴィーブルーで、金の肩章にモールの袖飾り、それに金のフロッグ飾りがついていた。また、かなり高さのあるネルソニアン・カラーには、いくつもの船の錨(いかり)のまわりにオークの葉をあしらった模様が描かれていた——どれもペンデルのアイディアで、そのデッサンをファックスで送ったときには、元帥の個人秘書がとても喜んでいた。ペンデルには、ベニー叔父がよく口にした〝ロック・オヴ・アイ〟ということばの意味が完全に理解できたためしがないのだが、そのデッサンを見て、わがことながら、なんとなくその意味がわかったような気がしたものだ。

音楽に合わせ、裁断を続けるうち、ペンデルはいつしか肩をそびやかしている。そして気づくと、就任披露舞踏会場の大階段を降りるペンデル将軍になっている。他愛のない空想だが、そのために彼の技術が鈍るなどということは決してない。むしろ彼はこう考えている——かつてのパートナー、故ブレイスウェイトに感謝しつつ——理想の仕立屋というのは生まれながらの役者だ、と。仕立てているのがどんな客の服であれ、正当な所有者に要求されるまでは、その服の中に身を置くのが仕立屋の仕事なのだから。

ペンデルがオスナードから電話を受けたのは、そうした感情移入をしているさなかのことで、まずマルタの声がした。マルタというのは、彼の店の受付係であり、電話取り次ぎ係であり、経理係であり、サンドウィッチ・メーカーでもある、アフリカ系のパナマ人で、気むずかしいところはあるものの、いたって忠実(まめ)やかな小柄な女だった。顔に大きな傷痕があったが、それは皮膚移植と下手な外科手術によるもので、顔半分にかぎられてはいたが、顔そのものが少し曲がってしまっていた。

「おはよう」と彼女は言った。とてもきれいな声をしていた。〝おはよう、ハリー〟でもなければ、〝おはようございます、セニョール・ペンデル〟でもなかった。天使の声で、ただひとこと〝おはよう〟。その声と眼だけは被害を免れていた。

「おはよう、マルタ」

「新規のお客さんから電話がかかってるんだけど」

「相手は橋のどっち側の人だね？」

それは今までに何度となく言われてきたふたりのあいだのジョークだった。

「あなたの側よ。名前はオスナード」

「なんだって？」

「セニョール・オスナード。イギリス人ね。ジョークを言ったからすぐにわかった」

「どんなジョークだった？」

「わたしにはわからないジョークだった」

ペンデルは鋏を脇に置くと、ほとんど聞こえなくなるまでマーラーのヴォリュームをしぼり、予約帳と鉛筆を定位置に並べた。これは彼しか知らないことだが、裁断台に向かうとき、彼は偏執的な完璧主義者になる。生地はここ、型紙はそこ、伝票と注文帳はあそこといった具合に。すべてが整理整頓（せいとん）される。また、裁断するときには、自分がデザインして仕立てた、裏地が絹の二重仕立てのヴェストを着る。ヴェストが醸し出す、改まった雰囲気が好きなのだ。

「スペルはどう綴（つづ）るんですか？」ペンデルは、オスナードが改めて名乗ると、愛想よく尋ねた。

　声そのものに笑みが含まれていた。ペンデルは、電話でのやりとりによくそういう声を使ったが、その声には、まったくの赤の他人でさえすぐに打ちとけた気分にさせてしまう効力があった。が、どうやらオスナードのほうもペンデルと同じ資質を生まれ持った男らしく、ふたりの会話は急速に親しい者同士のそれになり、結局のところ、いかにもイギリス人同士らしい、気さくなやりとりの長電話になった。

「最初の三文字がO―S―Nで、最後の三文字がA―R―D」とオスナードは言った。面白い説明のしかたをするものだ、とペンデルは思った。オスナードに言われたままに書いたつもりが、見ると、最初の三つの大文字と最後の三つの大文字のあいだに、&マークを無意識に入れていた。

「おたくはペンデルのほう？　それともブレイスウェイト？　どっちなんだろう？」とオスナードは尋ねた。

そういった問いに対しては、ふたりの人となりが相手によくわかるように、ことさら丁寧に答えることが多かった。「ミスター・オスナード、言ってみれば、私はひとりでふたりを演じているようなものなんです。悲しいことに、私のパートナー、ブレイスウェイトはすでにこの世にはいなくて、亡くなってもう何年にもなります。しかし、彼の技は今でもこの店に生きています。そして、彼を知るどなたさまにもそのことを喜んでいただいております」

仕立屋としての自分の来歴について話すとき、ペンデルの口調は、長く追放された挙句、ようやく故郷に帰れた者の熱意を帯びた。が、最後のところは言わずもがなのことだった。観衆は終わることを待っているのに、いつまでも終わらないコンサート曲の楽章のようなところがあった。

「それはそれは」とオスナードはやや間を置いて、恭しく声を落として言った。「ミスター・ブレイスウェイトはやはり病気か何かで？」

ペンデルは内心自分につぶやいた。必ず同じ質問をされるというのは、なんとも奇妙なものだ。しかし、遅かれ早かれ人は死ぬ。それを思えば、その質問は誰にとってもいたって自然なものなのかもしれない。

「ええ、脳卒中でした。まあ、そういう病名でした、ミスター・オスナード」とペンデルは答えた。その手の話題になると、健康に自信のある者はどうしても陥りがちな、いくらか不遜（ふそん）な口調になっていた。「でも、私の個人的な意見を言わせてもらえば、懲罰的な課税のせいで、ロンドンのサヴィル・ロウにあった店をたたまなければならなくなり、そのときの心労がほんとうの原因だったと思っています。ミスター・オスナード、こんなことをお訊きするのは不躾（ぶしつけ）かもしれませんが、あなたはパナマに住んでおられるのですか？　それとも、こちらへは一時的なご滞在なのでしょうか？」

「来てまだ二日にしかならないんだけど、しばらくはこっちにいようと思ってる」

「それはそれは。ようこそパナマへ。では、電話が途中で切れてしまったときの用心に、あなたのご連絡先をお尋ねしてもよろしいでしょうか？　このあたりではよくそういった難事が発生するんです」

　ペンデルもオスナードもふたりともイギリス人として、相手の話しことばに強く印象づけられていた。オスナードには、ペンデルの生まれと育ちが――そして、その生まれと育ちから懸命に逃れようとしているのが――その発声のしかたから明確にわかった。ペンデルの声は耳にはやさしかったが、そのしゃべり方は、ロンドンのイースト・エンドのリーマン・ストリート特有の気配を失ってはいなかった。母音を正しく発音しようとすると、抑揚と母音接続がおかしくなるというやつだ。また、たとえ発音に問題はないとしても、つかう語彙がいささか大袈裟だった。一方、ペンデルのほうは、オスナードの不明瞭な早口に、ベニー叔父の売り掛け金を始終踏み倒していた粗野な特権階級を思い出していた。それでも、ことばを交わすうち、オスナードと何か愉しい密談でもしているような気分になってきた。ともに故郷を遠く離れた者同士が密談をするときには、偏見など要らない。結束を固めるためなら、そんなものはみな喜んで捨てる。

「アパートメントの準備が整うまでは、〈エル・パナマ（新市街にある高級ホテル）〉だな」とオスナードは答えた。「アパートメントは、ほんとうはひと月まえに準備できてるはずだったんだけれど」

「よくあることですよ、ミスター・オスナード。建設業者というのは、世界じゅうどこでも変わりません。これまで何度も言ってきたことですが、何度でも言いましょう。そこがティンブクトゥ（アフリカのマリ中部、ニジェール川左岸の町）であろうと、ニューヨークであろうと、どこだろうと同じことです。非能率的ということにかけて、建設業者の右に出る者はいない」

「五時前後は時間的に余裕がありそうに思うけれど。どんなものなんだろう？　五時前後が書き入れ時なんてことはないよね？」

「五時はうちのサーヴィス・タイムみたいなものです、ミスター・オスナード。ランチタイムに見えるお客様は、とっくに仕事に戻っておられるし、夕食前に見えるお客様がいらっしゃるには、まだいくらか余裕のある時間帯ですから」そこでペンデルは自ら進んで弁解するような笑い声を上げげた。「いや、失礼。私も嘘つきですね。今日は金曜日です。夕食前に見えるお客様はみな奥方のもとに直行されることでしょう。五時なら、ほかに気がかりなことなど何もなく、あなただけのご用向きに応じることができると思います」

「あなたに応じてもらえる？　あなた本人に？　おたくのような高級な仕立屋さんは、実際の仕事は見習いにさせてるんじゃないんですか？」

「ミスター・オスナード、私は昔気質（かたぎ）の仕立屋でしてね、残念ながら。どんなお客様のご注文も自分で聞きたくなってしまうんです。だから、自分で採寸もすれば、裁断も、仮縫いもします。仮縫いは、ご満足いただけるものが仕上がるまで何度でもやります。そういう労を惜しもうとは思いません。だから、仕立て中のスーツがこの店の外に出ることは決してありません。また、仕上げまでの全工程もすべて私が監督いたします」

「わかりました。それじゃ、値段のほうは？」とオスナードは尋ねた。が、それは冗談めかした口調で、とげとげしいところはどこにもなかった。

ペンデルの顔にしたりげな笑みが広がった。オスナードと今、スペイン語でやりとりをしていたとしたら――スペイン語はすでに彼の好ましい第二の母国語になっていた――彼はその質問になんのためらいもなく答えていただろう。パナマでは、金欠状態にないかぎり、金の話をすることを誰もはしたないこととは思わない。一方、金持ちが貧乏人より倹約家であることの多いイギリスでは、こと金に関するかぎり、上流階級の人間の心の内を読むことのむずかしさは、悪名高いほどだ。

「最良のものをご提供できると思いますが。ミスター・オスナード、よく言うんですが、ロールス・ロイスもただでは買えません。それは〈ペンデル＆ブレイスウェイト〉も同じです」

「で、いくらなんです？」

「そうですね、ミスター・オスナード、標準的なところを申しますと、通常のツー・ピースで二千五百ドルほどになります。もちろん、この値段は生地とデザインによって変わってまいりますが。ジャケットかブレザーでしたら、千五百ドル、ヴェストは六百ドル。より軽い素材を使いますので、ズボンはスペアをお持ちになることをお勧めしますが、スペア・ズボンに関しては、八百ドルの特別ご奉仕価格になります。お返事がないのは、それは驚いておられるからでしょうか、ミスター・オスナード？」

「まあ、一着二千ドルぐらいのものなんじゃないかと思っていたものだから」

「ええ、三年ほどまえまではそうでした。しかし、残念ながら、ドルが地に落ちてしまいましたからね。私ども〈P&B〉では、それでも、コストを無視して、服のどの部分にも最高級の素材を使わせてもらってるんです。こんなことはわざわざ申し上げる必要のないことですが。しかも生地の大半を——すべてをヨーロッパから取り寄せるものですから」

そこでペンデルは、〝国際通貨の問題〟とでもいったような、もっともらしいことばをつかおうかと思った。が、途中で気を変えて言った。「それに近頃は、吊るしでも最高級のものは——たとえばラルフ・ローレンなどは二千ドル近く、場合によってはそれを超えると聞いております。これまたわざわざ言う必要のないことですが、私どもの場合は、アフターケアもしっかりやらせていただきます。通常の紳士服店でお買いになった場合、どうも肩のまわりが窮屈なんだが、などとあとから持っていくわけにはまいりません。でしょう？　少なくとも、そういうところではただでは直してくれません。いずれにいたしましても、どのようなものをお考えなのでしょう？」

「服のこと？　それは、まあ、普通のものかな。最初はビジネス・スーツからと思ってるけど、そのあとはもうとことんけりまで」

「フル・モンティ」ペンデルは、不意にベニー叔父の思い出に圧倒されたようになり、畏怖の念すら込めて繰り返した。「そんなことばを耳にしたのは、二十年ぶりぐらいのことです。なんとなんと。フル・モンティとはね。驚きました」

今のペンデルのように、自分の感情をあからさまにする仕立屋はまずいないだろう。今頃はもう、海軍の礼服の仕立てに戻っているのが仕立屋というものだ。普段ならペンデルもそうしていた。予約の時間も決まり、仕立て代も客に伝わり、世間話もすんだのだから。しかし、ペンデルはオスナードとの会話を大いに愉しんでいた。銀行を訪ねて孤独を味わったせいもある。そもそもイギリス人の客は少なかった。イギリス人の友となるともっと少ない。そして、それはルイーザのせいだった。亡父の影響なのか、彼女はイギリス人とはおよそそりが合わないのだ。

「でも、パナマでまともな服をつくろうと思ったら、おたくしかないわけでしょ？」とオスナードが訊いていた。「パナマの名士（ファットキャット）はみんな仕立てはおたくに注文する。ちがうかな？」

ペンデルは〝ファットキャット〟ということばを耳にして、ふっと笑みを洩らした。

「私どもとしましては、そう願っておりますが。己惚（うぬぼ）れるつもりはありませんが、技術には自信を持っております。しかし、だからといってこの十年がずっとバラ色だったわけでもありません。率直に言って、パナマは風流を解する空気が希薄なところです。そう、少なくとも、私どもがここに来るまではそうでした。だから、私どもは服を売るまえに、まずこの人たちを教育することから始めなければならなかったんです。あの頃は、スーツにそんな大金を払うなんて馬鹿げている、いや、もっと悪い、とでもいった雰囲気でした。それが徐々に改善され、ありがたいことに、今でもお客様は増えつづけています。それは、私どもがお金のためだけにスーツを投げ売りしているわけではないことが、みなさまにもおわかりいただけた結果と思っております。私どもはアフターケアもすれば、寸法直しもいたします。どんなサーヴィスにもいつでも応じさせていただいております。つまり、私どもは友人であり、支持者であり、そして同じ人間なのだということが、こちらの方たちにもご理解いただけたのでしょう。あなたはマスコミ関係の方ではありませんよね？　と申しますのも、つい最近、〈マイアミ・ヘラルド〉紙のパナマ版に、私どもの虚栄心を満足させてくれるような記事が載ったものですから」

「どうやら見落としたようだ」

「では、こんなふうに申しましょう。体裁ぶったことを言うようで、はなはだ恐縮ではございますが、私どもは大統領のご用向きにもお応えしております。それに、弁護士、銀行家、司教、国会議員、将軍、提督といった方々のご用向きにも。注文服をお望みで、きちんと代金を支払っていただける方なら、肌の色も宗教も世間の評判も問いません。どう思われます？」

「ますますお会いするのが愉しみになってきた。いや、ほんとうに。それじゃ、五時に。ハッピー・アワーに」

「では、五時に、ミスター・オスナード。今からお会いするのが愉しみです」

「それはこっちも同様です」

「有望そうな客だったよ、マルタ」とペンデルはマルタが勘定書を持ってはいってくると言った。

しかし、彼のその台詞（せりふ）はいささか不自然なものだった。不自然と言えば、その台詞を受けたマルタの態度も。彼女は損傷を負った顔をそむけ、黒い髪で傷痕を隠し、賢そうな黒い眼で何かを凝視していた。

いずれにしろ、それですべてが決まった。ひとりよがりの阿呆（あほう）。あとになって、ペンデルは自分のことをそう思うようになるのだが、そのときはオスナードのお世辞に上機嫌になっていた。オスナードのことを一風変わった面白い男と思ったのだ。ベニー叔父がそうであったように、ペンデルもいくらかは風変わりな人間が好きだった。そして、そういう人間を探せば、イギリス人の右に出る民族はない。ルイーザと彼女の亡父がなんと言おうと。祖国にはもう何年も背を向けてはいるが、結局のところ、イギリスもそんなに悪い国ではないのかもしれない。ペンデルはそう思った。オスナードは自分の仕事に関してはあまり語りたがらなかったが、そのことについても別段気にならなかった。そもそも彼の客の大半が寡黙な人々だった。しゃべりすぎる連中もいたが。それはともかく、そのときのことにかぎって言えば、ペンデルは上機嫌で、悪い予感など少しもしなかったということだ。受話器を置くと、〝ハッピー・フライデー〟の午後の忙しい時間帯になるまで、提督の礼服にまた取りかかった。金曜日のランチタイム。〝ハッピー〟と呼べるのはそういう時間帯があるからだった。が、それもオスナードが現れ、ペンデルからなけなしの質朴さを奪うまでのことだった。

その日、まずやってきたのは、ルイーザが徹底して忌み嫌っている、パナマきってのプレーボーイ、この世にふたりといないラフィ・ドミンゴだった。

「セニョール・ドミンゴ！」——両腕を広げて——「ようこそ。こんなことを言うと、かえって失礼になるかもしれないけれど、その服、恥知らずなほど若く見えるね」——そこで急に声を落として——「でも、ラファ・ドミンゴ、ひとついいかな。これは故ブレイスウェイトの紳士の定義なんだけれど、まえにも言ったように」——敬意を込めた丁重な手つきで、ラフィのブレザーの袖をひっぱりながら——「シャツが上着の袖から出ている長さは、親指の関節幅に合わせてほしい。それを決して超えないように」

ラフィは新しいディナー・ジャケットを試着する。どうしても試着しなければならない理由はないのだが、理由はなくても、ほかの金曜日の客たちに見せびらかすという目的がある。ほかの客たちも、この時間になると、それぞれ携帯電話や煙草を手にやってきて、仕事やセックスに関する淫らでヒロイックな自慢話をする。次にペンデルが相手をしたのは、ブラゲタソ——男が女の財産めあてに結婚すること——のアリスティデスで、アリスティデスはそのために、友達には男の受難者のように見なされている。お次は、〝リキ〟と呼んでくれというのが口癖のリカルド。リカルドは、短期間ながら、大いに役得のある公共事業省の要職に就いていたことがあり、パナマのあらゆる道路を建設できる権限を自分で自分に与えていた。リキはテディ——別名、ベアー——と一緒だった。テディベアーはパナマでまちがいなく一番醜く、一番憎まれている新聞のコラムニストで、孤独な人間特有の冷ややかさを常にまわりに漂わせている。が、そんな冷ややかさもペンデルには通用しない。

「テディ、伝説の記者、名声の保持者。でも、少しは休んだらどうだね？　われらの疲れた魂にも少しは安らぎを与えてくれよ」

そのすぐあと、ノリエガのもとで、いっとき保健大臣——いや、教育大臣だったたか——

を務めていたフィリップがやってくる。「マルタ、閣下にグラスだ。それにモーニング・コートも頼む——たぶん今日が最後の仮縫い試着になるだろう。これですぐ縫製にかかれる」そこでペンデルは声を落とし、「おめでとうございます。なかなか茶目っ気のある女性だそうですね。とても美しくて。それに何よりあなたを崇拝している」とフィリップの一番新しい愛人(チキージャ)に関するお世辞を言う。

こういった四人も含め、その日も何人もの客たちが陽気にペンデルの店に出入りした。人類の歴史における最後の〝ハッピー・フライデー〟にも。ペンデルは、機敏に動き、笑い、売った。故アーサー・ブレイスウェイトの金言を披露しながら。客たちの喜びを拝借しながら。彼らに敬意を払いながら。

第3章

　オスナードが雷鳴とともに〈P&B〉にやってきたというのは、いかにも象徴的なことだった、とペンデルはあとになって思う。ベニー叔父なら、その雷鳴のことを最後の仕上げ(トリミング)とでも呼んだだろう。それまでは、雨季ながら、陽光が燦々(さんさん)と降り注ぐ、きらめくようなパナマの午後で、ふたりの可愛い女の子が、通りの向かいにある〈サリーのギフトショップ〉のショーウィンドウをのぞいていた。食べてしまいたいほど、隣の庭のブーゲンヴィリアが美しかった。そして五時三分前——ペンデルはオスナードが時間に正確であることをなぜか少しも疑わなかった——リアウィンドウに〈エイヴィス・レンタカー〉のステッカーを貼(は)った、茶色いフォードのハッチバックが現れ、来客用駐車スペースに停まった。フロントガラス越しに、黒い髪のきさくな顔が——ハロウィーンのかぼちゃのような顔が見えた。どうしてハロウィーンのことなど思い出したのだろう？　ペンデルは自分の心を測りかねた。が、実際、思い出したのだ。たぶんその黒みがかったまるい眼のせいだったのだろう——彼はあとになって思った。

いずれにしろ、そのとき、パナマは一瞬にして光を失った。ハンナの手のひらほどの大きさもない雨雲だったが、それが測ったように太陽の真正面に現れ、光を完全に閉ざしてしまったのだ。そして、その次の瞬間にはもう豪雨が降り出し、雨粒が玄関の階段を叩いて、その一粒一粒が六インチほども跳ね上がってはまた落ちた、ボビンのように。雷鳴と雷光が駐車中のすべての車の防犯アラームを鳴らし、あちこちでマンホールが下水に押し上げられ、茶色い汚水の流れに乗って、円盤投げの円盤さながら通りをすべった。それに椰子の葉、さらにはゴミの缶からこぼれ出たゴミといったあまりありがたくないものが加わった。激しい雨が降ると、どこからともなくアフリカ系の人々が姿を現して、車の窓からゴルフ用の傘を差し入れたり、一ドルくれれば、ディストリビューターを濡らさないよう、あんたを乗せたまま車を高いところまで押していくけど、と申し出たりしていた。彼らにしてみれば、書き入れどきなのだ。

そういうひとりがすでに、玄関から十五ヤードほど離れたところに停めた車の中でアルマゲドンが終わるのを待っているかぼちゃ顔の男相手に、怒ったような口調で話しかけていた。風がほとんどないところを見ると、このアルマゲドンはすぐには終わりそうになかった。かぼちゃ顔はアフリカ系の男を無視していた。が、それぐらいのことでひるむ相手ではなかった。それを逆に不憫に思ったのか、かぼちゃ顔はジャケットの中に手を入れると――彼はジャケットを着ていた。それはパナマでは珍しいことだ。パナマで上着を着ているのは重要人物か、ボディガードぐらいのものだ――財布を取り出し、その財布の中から紙幣を一枚抜き取って、財布はまた左の内ポケットにしまった。それから、車の窓を開けて、傘を差し入れさせ、男と一言二言ことばを交わし、自分は濡れないように気をつけながら紙幣を渡した。なかなか手ぎわがよかった。ペンデルはそのことを記憶にとどめておこうと思った。こっちにはまだ着いたばかりだと言っていたが、オスナードはスペイン語を話していた。

ペンデルはふっと微笑んだ。彼の顔に貼りついているように見える普段の笑みに上書きをしたような笑みになった。すべてが好ましく思われたのだ。

「思ったより若いな」とペンデルはマルタのすらりとした背に声をかけた。マルタはガラスで間仕切りをした中で、これまで一度も当たったことのない宝くじの当選番号を熱心に調べていた。

悪くない。今後何着もスーツを売ることができ、親交の深まることを想像すると、ただそれだけでペンデルは心が弾んだ。しかし、それは言い換えれば、オスナードという男の正体がペンデルにはすぐにはわからなかったということだ。地獄からの顧客。それがまさにオスナードの正体だった。

　オスナードに関する情報を伝えても、マルタからはわかったといううなずきが返ってきただけだった。ペンデルは、初めての客に会うときに相手に見られたいと思ういつもの姿勢を取った。

　これまでの人生からペンデルが学んだことのひとつに、第一印象を信じるというのがあって、彼自身、相手に与える第一印象というものをことさら重視していた。たとえば、仕立屋が坐っている姿を想像する者はまずいないだろうが、ペンデルは、〈P&B〉をこの忙しない世界のオアシスにしようと以前から心がけており、ポーター・チェア（背と袖が一体化して坐る人を包みこむ、十八世紀のイギリスの椅子）に坐っているところをまず相手に見せることに決めていた。たいていは二日遅れの〈タイムズ〉を膝の上にのせて。

　まえに置かれたテーブルの上に紅茶のセットがのっていれば、なおよかった。今も〈イラストレーティッド・ロンドン・ニューズ〉や〈カントリー・ライフ〉といった雑誌の古い号とともに、ほんものの銀のティーポットと、マルタが店のミニキッチンでつくった胡瓜のサンドウィッチがのっていた。パンも胡瓜も特別薄くスライスした、そのマルタのサンドウィッチはまさに絶品だった。が、初めての客を迎える微妙な段階ということで、マルタ自身はミニキッチンに引っ込んでいた。自らを飾り立てようとやってきて、そこでいきなり顔に醜い傷痕のある混血女性に出会ったりしたら、パナマの白人男性はみなプライドを傷つけられたような気持ちになるはずだ、というのが彼女の主張だった。もっとも、彼女にしても、そのあいだそこで本が読めるという利点があるわけだが。彼女はやっとまた勉強を始める気になっていた。心理学と社会史とあとひとつ。ペンデルにはそれがどうしても覚えられない。ペンデルは以前、彼女に法律を勧めたことがあるのだが、彼女はにべもなく拒否した。弁護士はみな嘘つきだからという理由で。

「いいわけがないでしょ?」と彼女は皮肉っぽく聞こえるようわざとスペイン語で答えたものだ。

「黒人の大工の娘がお金のために自分の品位を貶めるなんて。いいわけがない」

競馬の予想屋がよく持っているようなブルーと白の傘をさして、大男が小さな車から篠突く雨の中に出る方法。何通りかはあるだろう。オスナード――ほんとうにその大男が彼なら――のやり方はいかにも考えたものだった。それでも、完璧とはいかなかった。まず車の中で傘を半開きにし、ドア側に尻を向け、うしろ向きになって外に出るとともにすばやく傘を広げて、悠々と体を起こす。それが彼の戦略だった。が、本人か傘かそのどちらかがドアにひっかかったらしく、しばらくペンデルはイギリス人の大きな尻を見せられた。その尻を覆っているギャバジンのズボンは、股のところがいかにも窮屈そうで、結局、そのズボンに合わせたサイドベンツのジャケットが、いっとき雨の集中砲火を受ける結果になった。

夏向きの十オンスの生地、とペンデルは見た。テリレンと何かを混ぜたもの。パナマでは暑すぎる。急いでスーツをつくりたがっているのも無理はない。ウェストは少なくとも三十八インチ。傘がようやく開いた。中には開かないものもある。その傘は敗戦の白旗のように高々と掲げられてから、開いた人物の頭のすぐ上に降ろされた。そこでオスナードは姿を消した。駐車スペースから玄関まで歩く客を店の中から見ることはできない。今、彼は階段に上がった、とペンデルは満足げに思う。激しい雨の音にまぎれながらも足音が聞こえる。彼は玄関のまえに立っている。その影が見える。ぐずぐずしていないですぐにはいればいいんだ、鍵はかかってないんだから。だからといって、ペンデルは椅子から立ち上がろうとはしない。そう決めたのだ。そうでもしないと、一日じゅうドアを開け閉めしていなければならなくなる。曇りガラスに、〈ペンデル&ブレイスウェイト、パナマ&サヴィル・ロウ、創業一九三二年〉と飾り文字で書かれた透き通った部分の向こうに、そぼ濡れたギャバジンのズボンが、万華鏡の小さな破片のように見える。次の瞬間、傘が見え、オスナードがその大きな図体を現した。

「ミスター・オスナード、ですね？」——ポーター・チェアからそう尋ねる——「どうぞ中へ。ハリー・ペンデルです。あいにくの雨ですが、お茶か、お酒でもいかがです？」

欲望。それがペンデルがまず思ったことだった。動きのすばやい狐のような眼。ゆったりとした物腰、大きな手足。怠け者の運動選手。生地には充分余裕を見る必要がある。ペンデルはふと、ベニー叔父が寄席で覚えてきて、家で何度となく繰り返したジョーク——ルース叔母はとりあえず怒ったふりをしてみせていたジョークを思い出した。

〝淑女のみなさん、大きな手にしろ、大きな足にしろ、それは何を意味するか、みなさんはもちろんよく知っていらっしゃる——大きな手袋、大きな靴下、それに大きな……〟

〈P&B〉にやってきた客たちは選ぶことができた。まず椅子に坐り——くつろいだ客はたいていそうした——マルタがつくったスープか、飲みものを受け取り、世間話をして部屋の空気が和んだところで、いかにも客の気を惹きそうなデザインブックがさりげなく置かれた、リンゴ材のサイドテーブルの脇を通り、階上の仮縫い室に上がってもよかった。あるいは、仮縫い室に直行してもよかった。慌ただしい客——新しい客の大半がそうだった——は間仕切り越しに、お抱え運転手に大声で用を言いつけ、携帯電話で愛人や証券会社と話しては、自らの大物ぶりを印象づけようとした。そういった慌ただしい客がくつろいだ客に変身する頃には、また新たな慌ただしい客が現れるのだが、ペンデルはオスナードがどちらの範疇に属すか、出方を見た。が、答はそのどちらでもなかった。といって、オスナードは、自分の見てくれに五千ドルも払おうとする男たちの一般的傾向を裏切りもしなかった。神経質にもなっていなければ、自信のなさ、あるいはためらいのために伏し目がちにもなっていなかった。厚顔にも饒舌にも、過度になれなれしくもなっていなかった。どこかうしろ暗そうなところもなかった。もっとも、パナマで人にうしろ暗さを見いだすというのはむずかしいことだが。人と会うまではうしろ暗さが表に出ていても、部屋にはいるなり、そんなものは影も形もなくなってしまう。それがパナマだ。いずれにしろ、オスナードはかえってまわりを落ち着かなくさせるほど落ち着き払っていた。

まず彼がしたことは、片足をドアマットの上に置いたまま、もう一方の足をまえに出して、杖がわりに濡れた傘に寄りかかることだった。廊下の奥のほうでまだベルが鳴っているのはそのせいだ。しかし、オスナードにはそれが聞こえないのか、あるいは聞こえていても、そんなことはあまり気にならないのか。明るい笑みを浮かべ、慌てたところなど微塵もなく、おもむろにあたりを見まわした。その笑みは、長いあいだ会うことのなかった旧友と、何かでばったり出くわした者が浮かべるような笑みだった。

小物売り場になっている二階の回廊に通じるマホガニーの曲がり階段。なんと懐かしい……フラール（しなやかな薄絹）、部屋着、モノグラム入りのスリッパ……これだ、これ。よく覚えている。ネクタイ・ラックに改造した脚立。誰がそんなものをネクタイ・ラックに使おうなどと思いつく？ 刳り形を施した天井に取り付けられた、のどかな木製の扇風機。生地の束、カウンターの上には、今世紀初頭につくられた鋏と物差し。どれも懐かしいものばかりだ……その仕上げは、この店の伝説として、もともとはブレイスウェイトのものということになっている、すり切れた革張りのポーター・チェア。そこにペンデルが坐っている。新たな客に対する友好的な威厳とでもいったものが感じられる笑みを浮かべて。

オスナードは今、ペンデルを見返していた――少しも臆するところなく、まず顔を見てから、二重仕立てのヴェスト、さらに紺色のズボン、シルクのソックス、階上の倉庫に在庫がサイズ6から10まで揃っている、オックスフォードにある高級靴店ダッカーの黒いタウン・シューズにまで視線を移し、その視線を戻すと、たった一秒の吟味に、世界じゅうの時間すべてを使うような見方でペンデルの顔を見直して、最後は店の隅に眼を走らせた。その間もずっと、ココナツが描かれたドアマットに片足を置いたままだったので、ベルが鳴りつづけていた。

「すばらしい」とオスナードは言った。「実に見事だ。ここを少しでも変えようなどとはどうか思わないでほしい」

「どうぞおかけください」とペンデルはいくらか気圧されるような恰好になって愛想よく言った。「くつろいでください、ミスター・オスナード。ここへはみんなくつろぎに来るようなものなんです。そして、それは私どもの願いでもあります。実際、スーツのことでお見えになる方より、ただおしゃべりをしに見える方のほうが多いくらいなんです。その脇に傘立てがあります。傘はどうぞそこに差してください」

オスナードは差すどころか、傘を指揮棒のようにして、奥の壁の中央に額に入れて掛けられている写真を示した。それは眼鏡をかけたソクラテスのような顔の男の写真で、丸襟に黒いジャケットという恰好で、自分より若い世界に向けて眉をひそめて写っていた。

「あれが彼ですね？」

「あれと言いますと？　どれでしょう？」

「あれです。偉大な人物。あれがアーサー・ブレイスウェイトなんでしょ？」

「そう、そのとおり。こんなことを言うのは僭越かもしれませんが、なかなか鋭くていらっしゃる。今あなたが言われたとおり、まさに偉大な人物でした。まだ元気だった頃の写真で、彼を崇拝する弟子たちと使用人たちの求めに応じて撮られ、彼の六十の誕生日にみんなでプレゼントしたものです」

オスナードは写真をもっとよく見ようと、やっとまえに歩み出てきた。そこでどうにかベルが鳴りやんだ。「〝アーサー・G〟」と彼は額の枠に貼られた真鍮プレートを声に出して読んだ。「〝一九〇八―一九八一。創業者〟。これは驚いた。これだけ見たんじゃ、彼だとはわからなかっただろうな。この〝G〟というのはなんの略です？」

「ジョージ」とペンデルは答えたものの、そもそもどうして、オスナードはその写真を見て、それがブレイスウェイトであることがわからなければならないのか怪訝に思った。が、あえて問いただしはしなかった。

「彼はどこから？」

「ピナー（ロンドンの郊外）です」とペンデルは答えた。

「いや、写真のことを訊いたんです。あなたが持ってきたんでしょ？　どこにあったんです？」

ペンデルは悲しげな笑みを浮かべ、ため息をついた。

「実はミセス・ブレイスウェイトからいただいたものなんです。彼のあとを追うようにして彼女も亡くなったんですが、その直前に、わざわざイギリスから送ってくださったんです。送料のことを考えると、愚かしくも思われますが、私としてはこんなに嬉しいことはなかったですね。もちろん、そんなことをしてくださるには及ばないとは申し上げましたが。彼女は聞く耳を持たなかった。〝わたしは主人の行きたいところに行かせたいの〟と言われて。誰も彼女を説き伏せることはできなかった。といって、誰かがそういうことをしようとしたわけでもありませんが。それが彼女の望みなんですから、誰がそんなことをしようと思います？」

「亡くなった奥さんの名前は？」

「ドリス」

「お子さんは？」

「なんですか？」

「ミセス・ブレイスウェイトには子供はいなかったんですか？　遺産相続人とかお孫さんとかは」

「ええ、あのおふたりは子宝には恵まれなかったんです」

「それでも、普通は〈ブレイスウェイト＆ペンデル〉という命名を考えるんじゃないかな？　年長の目上のパートナーの名前を先に持ってくるものなんじゃないんですか？　もう亡くなってるにしろ」

ペンデルはオスナードのそのことばの途中でもう首を振っていた。「ええ。しかし、これにはわけがあるんです。この命名は末期(まつご)を迎えたブレイスウェイトのたっての願いだったんです。〝わが息子、ハリー〟と彼は言いました。〝若さは歳に勝るものだ。これからは〈P&B〉にするんだ。それで、もう石油会社（イギリスの国際石油資本、BP－ブリティッシュ・ペトロリアムのこと）とまちがえられる心配もなくなる〟とね」

「なるほどね――そうそう、看板には〝王家ご用達〟と出てますね？　どなたの服の仕立てをしてるんです？　なんだか詮索(せんさく)するようで申しわけないけど」

ペンデルは笑みをいくらか薄くして言った。

「そういうことにつきましては、いろいろとありましてね。何もかもお話しするわけにはいかないのですが、そうですね、こんなふうに申し上げましょうか。玉座にそう遠くない何人かの紳士からのご用命をいただいたことがあり、それは今でも続いている、と。申しわけありませんが、それ以上はお話しするわけにはいきません」

「どうして？」

「ひとつには、服飾製造業組合の規約があって、われわれは、お客様の身分に関係なく、どんなお客様のプライヴァシーも守らねばならないということがあるからです。それに、昨今の社会情勢を考えると、安全保障上の問題もね」

「それはイギリスの王位に関してということ？」

「ミスター・オスナード、この件についてはもうこれ以上……」

「だったら、外に出てたプリンス・オヴ・ウェールズの紋章はなんのためなのかな？　一瞬、私はパブとまちがえたかと思った」

「それはそれは。しかし、よく気づかれました。ここパナマじゃほとんど無視されてるんです。ほんとうにこれ以上はお話しできません。どうぞおかけください、ミスター・オスナード。マルタがつくってくれたのは胡瓜のサンドウィッチです。よろしかったらどうぞ。このサンドウィッチの評判はもうお耳に達してるでしょうか？　とても軽い白ワインもございます。チリ・ワインなんですが、お客様の中にそういうものを輸入なさってる方がおられて、ご親切にも時々ケースごと送ってくださるんです。いかがなさいます？」

そのときにはすでに、オスナードの関心をそうしたほかのことに向けることが、ペンデルにとってきわめて重要なことになっていた。

オスナードは坐ろうとはしなかったが、サンドウィッチには手を伸ばした。結局、三つ食べた。ひとつは歩きながら、ふたつは、リンゴ材のテーブルのまえでペンデルと肩を並べ、その大きな左の手のひらに見本の生地を置いて、重さを測るようにしながら。

「でも、これらはわれわれ向きのものではありません」とペンデルは言って、手慣れた手つきで薄手のツイードの見本生地をしまった。薄手のツイードで打診するというのは、新しい客に対するお定まりのコースだった。「これもどんなものでしょう——私に言わせてもらえば、大人には向きません。まだ髭も生えそろっていないようなティーンエイジャーや、極端な痩せ型の人は別にして、言わせていただければ、あなたや私のようなタイプには」ペンデルは別な見本帳を開いた。「この中には気に入っていただけるものがあるような気がするのですが」

「極上のアルパカは？」

「いいですね」とペンデルは応えたものの、内心いささか驚いていた。「アルパカはペルーの南部、アンデス山地のものがその柔らかさも自然の風合いも優れています。私がこんなことを申し上げるのは僭越かもしれませんが、〈ウール・レコード〉にもそう書かれています。しかし、驚きましたね、アルパカとは。ミスター・オスナード、あなたはなかなか隅には置けない方だ」

ペンデルがそう言ったのは、しかし、たいていの客が生地のことなど何も知らないからだった。

「親爺が好きだったんです。というか、それしか認めなかった。アルパカ以外はみんなぼろきれと思ってるような人だった」

「人だった、と言われますと？」

「ええ、もう亡くなりました。もしかしたら、天国でブレイスウェイト氏と会ってるかもしれない」

「ミスター・オスナード、これだけはご父君に敬意を表して申し上げたい。生地に関してご父君はなかなかお目が高かった」とペンデルは自分のテリトリーに話題を持っていって言った。「と言いますのも、アルパカの薄手の生地ほどすぐれたものもほかにないからです。これは仕立屋としての経験からはっきりと申し上げられることです。アルパカほどの生地は過去にもなければ、将来的にも出てくることはないでしょう。モヘアの梳毛（そもう）生地など足元にも及びません。また、アルパカは糸そのものを染色しますから、さまざまな色を愉しむという贅沢もできます。アルパカは純粋で、弾力があり、生きています。ですから、どんなに過敏な肌にも馴染（なじ）むのです」ペンデルはオスナードの二の腕に指を置き、秘密を打ち明ける口調で言った。「なのに、サヴィル・ロウの仕立屋たちは末代の恥としか言いようのないことを繰り返してたんです、アルパカの数が減って、やめるのを余儀なくされるまで。なんだかわかります？」

「いや、見当もつかない」

「アルパカを裏地に使ってたんです」とペンデルは吐き捨てるように言った。「通常の裏地に。まさに蛮行としか言いようがない」

「それにはブレイスウェイト氏もさぞ腹を立てていたことでしょうね？」

「ええ、まさにそのとおりです。その頃の彼のことばをお伝えしましょう。〝ハリー〟と彼は言いました——余談ながら、〝ハリー〟と呼んでもらうのに九年かかりました——〝ハリー、彼らがアルパカにやってることは、私が犬にもしないことだ〟とね。そのことばは今でも鮮明に覚えています」

「私も」

「はあ？」

ペンデルの顔には警戒心がありありと表れていた。それに対し、オスナードのほうはまったく意に介したところがなかった。自分のことばがペンデルに与えた衝撃にすら気づいていない様子で、見本帳をめくっては生地に見入っていた。

「今あなたがおっしゃった意味が私にはよくわからないのですが、ミスター・オスナード」

「ブレイスウェイト氏は私の親爺の服を仕立ててたんですよ。大昔の話だけれど。私がまだ洟垂れ小僧の頃にね」

ペンデルは驚きのあまりすぐには口が利けなかった。体を硬直させ、戦没者記念碑のまえに立った老兵のように肩をいからせていた。やっと口が利けるようになっても、声が思うように出てこなかった。「これは……これは。いや、失礼しました。しかし、あまりに思いがけないことだったもので」そこまで言うと、いくらか平静になれた。「実際、初めてのことなんです。正直に申しますが。ご父君とご子息二代にわたって、おつきあい願えるというのは。〈P&B〉では――パナマではまだ一度もなかったことなんです。サヴィル・ロウを離れてからはまだ一度も」

「きっと驚かれるだろうなと思ってました」

オスナードのすばしこい狐のような褐色の眼から輝きが消え、鈍い黒の点に変わり、両眼の瞳孔に新たな光が現れた。ペンデルはその一瞬をはっきりと見た。そして、あとになって思い出すことになるのだが、その光は金色ではなく赤かった。いずれにしろ、それは一瞬のことで、またもとの輝きを眼に取り戻してオスナードは言った。

「どうかしました？」

「いや、心底驚いただけです。最近のことばで言えば、なんと言いますか、〝一線を画する瞬間〟とでも言いますか。私にとってはそういう瞬間だったのでしょう、たぶん」

「時間という偉大な車輪の？」

「ええ、まさに。ときは巡り、そのまえにあるものはすべて砕き、すりつぶす、などと言いますが」とペンデルは同意して、見本帳に背を向け、仕事の合間になんらかの慰めを見出そうとする者のように、サンドウィッチに手を伸ばした。

が、オスナードの手のほうが早かった。彼は新たにひとつサンドウィッチを一口で食べると、満足がいくまで手のひらをゆっくりとこすり合わせてパン屑を払った。

新しい客を迎える〈P&B〉の手順にぬかりはなかった。まず見本帳を見せて、客が選んだ生地に賛意を表し――ペンデルは在庫のない見本は初めから見せなかった――仮縫い室で採寸し、〈ブティック〉と〈スポーツマンズ・コーナー〉をのぞき、奥の通路を通って、そこでマルタを紹介して、支払い方法を決める。そして、仮縫いは十日後といった場合を除いて、手付け金を受け取る。それが通常の手順だった。が、ペンデルはオスナードには通常と異なることをした。見本を見終えると、マルタが戸惑うのを承知の上で、いきなり奥の通路に案内したのだ。マルタは早々にミニキッチンに引き下がっており、『エコロジー・オン・ローン』という本を読んでいた。それは、世界銀行の〝心温まる〟奨励のもと、南米のジャングルの十分の一が破壊された歴史を綴った本だった。

「〈P&B〉のほんとうのブレーンに会ってやってください、ミスター・オスナード。そう言うと、いつもマルタに怒られるんですが。さあ、さあ、マルタ、ミスター・オスナードと握手なさい。綴りはO—S—N、それにA—R—D。すぐにカードをつくってくれないか？　それも新しい顧客カードではなくて、昔からのお得意様用カードだ。ミスター・オスナードのご父君は、ブレイスウェイトを贔屓にしてくださってたんだよ。ミスター・オスナード、ファーストネームは？」

「アンドルー」とオスナードは答えた。マルタは、名前ではなく、何かほかのことを耳にしたかのように、オスナードの顔を見上げてから、問いたげにペンデルを見て、訊き返した。

「アンドルー？」

ペンデルはすばやく説明した。「とりあえず〈エル・パナマ〉に滞在なさってるが、いろんな意味で名高いパナマの建設業者が準備を整え次第、お移りになる。移られるのは——？」

「パイティージャ岬」

「そうでした」とペンデルは、まるでオスナードがキャヴィアでも注文したかのような大仰な笑みを浮かべて言った。

マルタは、読んでいた本におもむろに栞をはさむと脇にやり、黒い髪のカーテン越しにふたりのやりとりをじっと見守った。

「彼女はいったいどうしたんです？」オスナードはまた通路に戻り、声が聞こえないところまで来ると小声で尋ねた。

「可哀そうに、事故にあったんです。おまけにそのあとの手術がいたっていい加減なものだったものだから」

「でも、ああいう女性を置いておられるとは、ちょっと驚いたな。会った客はみんなどきっとするんじゃないかな」

「いや、むしろその逆でしてね。ありがたいことです」とペンデルはきっぱりと言った。「実際、マルタはお客様方のあいだでは人気者なんです。それに、彼女のつくるサンドゥィッチはまさに絶品です。みなさんにそう言っていただいております」

そう答えてペンデルは、マルタに関するそれ以上の質問と批評を避けるために、熱帯雨林で育つ象牙椰子に関するいつもの講義を始め、象牙椰子が象牙の代用品としてまったく申し分のないものであることを、オスナードに請け合った。

「私が常々疑問に思っているのは、ミスター・オスナード、象牙椰子の今日の使われ方です」とペンデルは普段にも増して熱意を込めて言った。「まず装飾を施したチェス・ボードが挙げられますが、それはそれで結構。あとは工芸品ですが、それもいいでしょう。それにイヤリングなどの装飾品で、象牙椰子を使ったものには温かみがあります。しかし、ほかには？　ほかにはどういう利用法があります？　伝統的でありながら、今ではすっかり忘れられてしまった利用法です。私ども〈P&B〉ではコストを度外視して、大切なお客様とわれらが子孫のために、あるものに象牙椰子を使っております。それはなんだと思われます？」

「ボタンでしょ？」とオスナードは答えた。

「そのとおり。私どもはボタンに象牙椰子を使わせてもらっています」ペンデルはまた別のドアのまえで立ち止まった。そして、「ここにいるのは先住民族の女性たちです」と声を落としてオスナードに言い含めた。「グナ族の女性で、ひとこと申し上げておきますと、とても繊細な人たちです」

彼はノックしてからドアを開け、静かに中にはいり、オスナードを招き入れた。中では年齢不詳の三人の女性が椅子に坐り、首を曲げた電気スタンドの明かりのもとでジャケットを縫っていた。

「ここで仕上げの手縫いをやっています、ミスター・オスナード」とペンデルは針子たちの集中力を殺ぐのを恐れるかのように小声で言った。

が、女たちのほうは、ペンデルの半分も気をつかってはいなかった。すぐに顔を起こすと、値踏みするような視線をオスナードに送りながらも、にこやかに微笑んだ。

「ボタン穴というものは、ミスター・オスナード、仕立屋にとってはターバンのルビーのようなものなのです」とペンデルはなおも声をひそめて言った。「そもそもが人の眼のいくところでして、細部がすべてを語るのです。いいボタン穴がいいスーツをつくるわけじゃありません。しかし、ボタン穴が粗末だと、スーツも粗末なものになるのです」

「それもまたアーサー・ブレイスウェイト氏のことばかな？」とオスナードもペンデルに倣って声を低くして言った。

「そのとおり。プラスティックという嘆かわしい発明品が、南北のアメリカ大陸でもヨーロッパでもこんなに広くつかわれるまでは、象牙椰子がボタンに使われていました。私の意見を言わせていただければ、プラスティックなど逆立ちしたって、象牙椰子には敵いません。ですから、私どもでは完全仕立てのスーツについては、今でも象牙椰子を使わせていただいているのです」

「それもブレイスウェイト氏の考えですか？」

「そう、アイディアそのものは彼のものですが、それを実用化したのは、僭越ながら、私のしたことです」とペンデルは言って、よけいな気づかいをこれ以上することはないと思い、上着をつくっている中国人の部屋のまえは素通りすることにした。

が、簡単には先に進めなかった。オスナードは明らかにもっとゆっくりと見てまわりたがっていた。ペンデルの行く手を阻むように、その太い腕を壁につき、そこにもたれるようにして言った。

「ノリエガ時代には彼のスーツもつくってたと聞いたけど、それはほんとうなんですか？」

ペンデルは返答に困り、反射的に通路の奥のマルタのキッチンのドアに眼をやりながら言った。

「つくっていたとしたら、何か不都合でも？」一瞬、ペンデルの顔が疑い深げにこわばった。口調もむっつりとしてそれまでの愛想のよさが消えていた。「ほかに私に何ができたと言うんです？　店をたたんでイギリスに帰ればよかったんですか？」

「彼には何をつくってたんです？」

「ノリエガ将軍はスーツを着ることの少ない人でした、ミスター・オスナード。たいてい軍服でした。どんな軍服を着ようかと一日じゅうでも考えているような人だった。ブーツや帽子も含めて。もっとも、どんなにスーツが嫌いでも、スーツから逃れられないときもあったわけですが」

ペンデルは体の向きを変え、店内ツアーを続けようとオスナードを促した。が、オスナードは腕をどけようとはしなかった。

「スーツから逃れられないときと言うと？」

「そう、あなたも覚えておられると思いますが、ハーヴァード大学に招かれて、記念講演をしたことがあったでしょ？ ハーヴァードとしては、みんなの記憶から消し去りたいと思っていることでしょうが。しかし、いろんな意味でつくり甲斐(がい)のある人でした。仮縫いのときには、こっちもいつも緊張したものです」

「しかし、彼が今いるところではスーツはもう必要なさそうだ。たぶんこれからもずっと」

「確かに。何もかも用意されているということですからね。そう言えば、フランス政府が彼に最高位の勲章を授与して、外人部隊の長にも任じたことがありましたね」

「いったいどうしてそんなことを？」

天井からの唯一の明かりがオスナードの眼をふたつの銃痕のように見せていた。

「その理由はいくつも思い浮かびますが、最もわかりやすい理由は、利害関係ということになるでしょうか。将軍は、フランスが南太平洋で核実験をおこなって、世界の顰蹙(ひんしゅく)を買ったときに、パナマをフランス空軍の定期寄航地にすることを認めたんです」

「それは誰の話です？」

「将軍に関する情報は、将軍の周辺からよく洩れてたんです。彼の取り巻きは彼のように口の堅い人ばかりじゃなかったから」

「取り巻きの服も仕立てていたんですか？」

「ええ、それは今でもやっています」とペンデルはまた陽気な口調に戻って言った。「さすがにアメリカが侵攻した直後は、将軍に近い高官たちは全員、国外の空気を吸うことを余儀なくされましたが。まあ、言ってみれば私どもはその〝低迷期〟を耐えたわけです。彼らはすぐに戻ってきました。その誰ひとり――それほど長くは――こちらでの名声を失ったままではいませんでした。異郷の地で財産をつかい果たしてしまったような紳士もいなかった。だいたい、政治家の追放よりその再利用をまず第一に考えるのがパナマの国柄です。そんなわけで、実際のところ、国外生活が長くなりすぎてしまったといったような人は、ひとりもいなかったんです」

「彼らは反逆者の烙印（らくいん）を押されなかった。そういうことですか？」

「率直に言えば、うしろ指を差されなければならないような人は、それほど多くはいなかったということです。私は将軍の軍服の仕立てを何度かしました。それはほんとうです。うちのお客様たちもなんらかの形で将軍の役に立っていた。でも、それは私がしたことよりいくらか重要なことだった。でも、その程度だったということです」

「あなたも抗議のストライキには参加したんですか？」

ペンデルはマルタのキッチンのドアにまた視線を走らせた。マルタはまた自分の勉強に戻っているのにちがいない。

「ミスター・オスナード、その件についてはこんなふうに申しましょうか。私どもは玄関のドアは閉めたけれども、裏口のドアはいつも開けていた、と」

「賢明な策だ」

ペンデルは一番近いドアのノブをつかんでぐいと中に押した。その部屋では、白いエプロンを着けた年配のイタリア人がふたりでズボンの縫製をしていた。ふたりとも手を休めると、金ぶちの眼鏡越しにペンデルとオスナードを見やった。オスナードは鷹揚(おうよう)に彼らに手を振り、すぐにまた通路に出た。ペンデルもそれに続いた。

「あの新しい人物の服の仕立てもやってるんでしょ？」とオスナードはことばを選んで尋ねた。

「ええ、パナマ共和国の現大統領も私どものお客様のおひとりです。私としては大変名誉なことと思っております。大統領ご自身はとても気さくな方です」

「どこでやるんです？」

「はあ？」

「彼がここに来るのかな？　それとも、あなたが出向く？」

ペンデルはいくらか気取った答え方をすることにした。「召喚というのは、平民がお城に出向くことを意味するものじゃありませんか、ミスター・オスナード？　われわれが行くのです。大統領がわれわれのところに来ることはありません」

「ということは、大統領官邸にはもう何度も？」

「彼は私にとって三人目の大統領ですからね。すでにしっかりとした絆(きずな)ができあがっています」

「官邸の職員たちとも昵懇(じっこん)なんですね？」

「ええ」

「大統領自身とも？」

ペンデルはすぐには答えなかった。職業上知りえた情報の取り扱いについては、彼には彼のルールがあった。そのルールの真価が問われるときには、どうしても慎重にならざるをえなかった。

「現大統領は偉大な方です。が、常にストレスを感じておられる。人生を生きる値打ちのあるものにしてくれる、平凡な愉しみを経験することもなく、孤独な日々を送っておられます。ですから、仕立屋とふたりだけになる数分というのは、大統領にとって、騒がしさの中の束の間の静けさとでもいったひとときなんでしょう」

「ということは、大統領とはよく話をするんですね？」

「話をするというより、幕間をのんびりとともに過ごすといったところでしょうか。大統領はよく、私のお客様方が大統領のことをなんと言っているかとお訊きになります。それには私もお答えします。もちろん、名前は伏せて。時々、大統領も胸の内を明かされることがあります。自分で言うのもなんですが、私は口が堅いことでは定評があります。ですから、大統領も側近の方からそういうことをお聞きになっているのだと思います。それでは、よろしければ――」

「彼はあなたのことをなんと呼ぶんです？」

「一対一の場合ですか、それともほかにも人がいる場合？」

「ということは、一対一だと、〝ハリー〟と呼ぶんですね？」

「そうです」

「あなたのほうも？」

「そんなことは考えたこともありません。まあ、そう呼んでもかまわないのかもしれませんが。少なくとも、私は招待されて行くわけですからね。でも、常にミスター・プレジデントです。ほかに考えたことはありません。今後もそれは変わらないでしょう」

「カストロの服は――？」

ペンデルは気持ちよさそうに笑った。さきほどから笑えるチャンスを待っていたのだ。

「そう言えば、ミスター・オスナード、あの司令官も最近はスーツを好んで着るようになりましたね。まあ、だんだん肥ってきたところを見ると、そのほうが賢明とも言えるわけですが。アメリカ人が彼のことをどう思っているかは知りませんが、この地域の仕立屋にかぎって言えば、彼のスーツの仕立てを受注できるとなれば、誰もが喜んでやるでしょう。でも、彼自身はキューバの仕立屋に固執してるんです。それはあなたもテレビなどで彼を見てお気づきなんじゃありませんか？　あんな見苦しいスーツをつくる仕立屋はこっち側にはいませんからね。いや、よけいなことは申しますまい。なにしろご近所の話ですから。もしうちに注文が来るようなら、私どもも喜んでお受けします」

「実はさきほどから感心してるんだけれど、あなたは仕立屋でもあり、大変な情報通でもあるんですね」

「ミスター・オスナード、今や世界は食うか食われるか、どんな業種にも競争というものがあります。耳をすまし、眼を大きく見開いていなければ、馬鹿を見るのは自分です」

「そのとおり。ブレイスウェイト氏の轍を踏むことはない。でしょ？」

ペンデルは梯子を昇った。そして、普段は立つことのない折りたたみ式デッキの上で体のバランスを取りながら、一番上の棚から取り出した最高級のグレーのアルパカの生地をオスナードに見せた。どうしてそんなところに昇ったのか。何が彼を駆り立てたのか。彼自身よくわからなかった。が、そんなことは、木のてっぺんに登りつめた猫同様、今さら考えても意味のないことだ。問題はこれからどうするか、どうやって逃れるかだ。

「これはお客様にいつも申し上げていることですが、大切なのは、服にまだ温もりがあるうちにハンガーに掛け、交替させてやることです」とペンデルは声を張り上げて言った。眼のまえには――六インチと離れていないところに――深いブルーのウーステッドの棚があった。「どうです、ミスター・オスナード、これなどお好みに合うのではないでしょうか？　私としてもお勧めします。ここパナマではグレーのスーツが一番です。今、下にお持ちしますので、よくご覧になって手ざわりも確かめてみてください。マルタ！　ちょっと来てくれないか？」

「交替させるというのは？」オスナードは、両手をポケットに入れ、在庫のネクタイを見ながら下から尋ねた。

「スーツは二日続けて着るべきではないということです、特に薄手のスーツは。こういうことはすでにお父様から何度もお聞きになってることと思いますが」

「その知恵ももともとの出所はブレイスウェイト氏、ということですね？」

「これも常々申し上げていることですが、化学薬品を使ったドライ・クリーニングもいいスーツを駄目にします。垢や汗が染みついてしまうと、薬品を使った洗浄をまず考えがちですが、これはもう終わりへの第一歩を歩みはじめたようなものです。しかし、そういうことはスーツを続けて着るから起こるわけで、そもそもその時点でもうスーツを駄目にしてしまってるのです。マルタ！　こっちだ、来てくれ」

オスナードはなおもネクタイを見ていた。

「ブレイスウェイトはスーツをクリーニング屋に出すことさえ禁じていました」ペンデルは続けた。声がいくらか大きくなっていた。「ただブラシをかける。そして、必要に応じてスポンジで軽く拭いてやり、年に一度仕立屋に持っていって、ディー川（ウェールズ北部からイングランド西部を流れる川）で洗う」

オスナードはネクタイを見るのをやめて上を見上げた。

「ディー川の水にはそもそも高い洗浄力があるんです」とペンデルはさらに続けた。「ディー川はスーツにとっては、巡礼者にとってのヨルダン川みたいなものなんです」

「そうなんですか。そういうことをしてるのは、ハンツマン（ロンドンのサヴィル・ロウにある、乗馬服で有名な紳士服店）だけだと思ってた」とオスナードは言って、ペンデルの反応をぬかりなくうかがった。

ペンデルは一瞬ためらった。それが顔に表れた。オスナードは見逃さなかった。

「ハンツマンも一流の仕立屋です。サヴィル・ロウでも屈指の店です。しかし、このことに関しては、アーサー・ブレイスウェイトのほうがさきです。あちらがブレイスウェイトの足形(フットプリント)を追ったのです」

ペンデルは〝足跡(フットステップ)〟と言ったつもりだった。が、オスナードの射るような視線に気圧され、ブレイスウェイトがスコットランドの黒い泥地に残した足形をミスター・ハンツマンが——神聖ローマ皇帝の小間使いのように——追っている姿が眼に浮かんだのだ。ペンデルはそんな幻を振り払おうと、生地をひと巻きつかみ、もう一方の手で梯子を握り、赤子を抱くように生地を胸に抱えて下に降りた。

「さあ、ミスター・オスナード、濃すぎもしなければ、薄すぎもしないグレーの最上級のアルパカです。すまないね、マルタ」ペンデルはやっと現れたマルタに言った。

マルタは生地の端を両手に持つと、顔をそむけながらドアのほうにあとずさり、生地を斜めに傾けてオスナードに示した。と同時に、それとなくペンデルのほうを見た。ペンデルもそれとなく彼女を見やった。彼女の眼には、疑念と非難が入り混じっていた。オスナードはそれに気づきながらも、あえて気づかないふりをして生地を吟味した。王家の人々のように両手を背に組み、上体を屈めながら。匂(にお)いを嗅(か)ぎもした。生地の端をつまんで、親指と人差し指をこすり合わせるようなこともやった。そういったオスナードの慎重な態度に、ペンデルは商売人として、手を替え、品を替えることを思い、一方、マルタは眼に浮かべた非難の色を強めた。

「グレーはお好きではないですかな、ミスター・オスナード？ そう、あなたのお好きな色はブラウンですね。ブラウンも悪くありません。いや、あなたにはそのほうがよくお似合いかもしれない。ただ、率直に申し上げると、パナマでは、近頃はあまりブラウンは好まれないんです。どういうわけか、パナマの紳士はブラウンを男らしくない色と考えているようで」彼はすでに梯子を昇りかけていた。マルタに生地の端をつかませたまま。彼女の足元に生地を巻いた芯を置いたまま。「あまり赤のはいっていないブラウンの中間色がお似合いかと思いますが。見てみましょう。当たっているかどうかはわかりませんが、赤が多すぎると、いいブラウンは台無しになるというのが私の持論でしてね。あなたのお好みは？」

オスナードはすぐには答えなかった。最初はまだグレーの生地に気を取られていた。それから、その視線をマルタに移した。マルタのほうは、生理的嫌悪のようなものを覚えながら彼を観察していた。オスナードは顔を上げてペンデルを見上げた。ペンデルはバランスを取るポールも持たずに、高所に昇ってしまった空中曲芸師のような気分になっていた。その思いは、上を見上げたオスナードの無表情を見て、さらに強まった。下の世界がすでに手の届かないところへ遠のいてしまったような気分になった。

「いや、やはりグレーにしておこう」とオスナードは言った。「〝街にはグレー、田舎にはブラウン〟。彼もよくそう言ってたんじゃありませんか？」

「彼？」

「ブレイスウェイト氏。誰だと思いました？」

ペンデルはゆっくりと梯子を降りた。降りながら、何か言いかけた。が、何も言わなかった。もうことばが底をついてしまっていた。ペンデルはことば人間だった。ことばで身を守り、ことばに安らぎを得る男だった。が、今はただ微笑んでいた。マルタに生地の端を近くまで持ってこさせ、生地を芯に巻き取りながら、顔が痛くなるまで微笑んでいた。マルタのほうは顔をしかめていた。それはひとつにはオスナードのせいだった。また、ひとつには医者の劣悪な手術のせいだった。その手術以来、彼女はいつもそういう顔をしているように見えるのだった。

第4章

「それでは、よろしければ採寸をいたしましょう」

ペンデルはオスナードにジャケットを脱がせた。そのとき、ジャケットの内ポケットに入れたふたつ折りの財布に、分厚い茶色の封筒がはさまれているのが見えた。オスナードのがっしりとした体からは、そぼ濡れたスパニエル犬が放つような熱気が立ち昇っていた。つつましい胸毛に隠れた乳首が汗にぬれたシャツごしに見えた。ペンデルはそんなオスナードのうしろに立って、首から腰までの長さを計った。ふたりともしばらく押し黙った。ペンデルが経験したかぎり、パナマ人はたいてい採寸されることを愉しむ。イギリス人は愉しまない。それは誰かに体に触れられることに関する国民性のちがいなのだろう。ペンデルは、オスナードの尻に手が触れないよう気をつけながら、もう一度首から腰まで計り直した。ふたりともまだ口を利こうとはしなかった。ペンデルはうしろ襟の中心から肘まで、さらに袖までの長さを計ってから、オスナードの脇にまわり、肘に軽く触れて腕を上げさせ、腋の下から乳首まで巻き尺を伸ばした。相手が若い客の場合には、そこまで細かく採寸しないこともあったが、オスナードに関しては万事抜かりなくことを進めようと思っていた。階下(した)からベルの音がして、ドアがいくらか耳ざわりな大きな音を残して閉まった。

「マルタかな？」

「ええ、家に帰ったんでしょう」

「彼女とは何かトラブルでも？」

「いいえ、トラブルなど何も。どうしてそんなことをお訊きになるんです？」

「ただ、なんとなく」

「だったら、どうかお気になさらずに」とペンデルはいくらかほっとして答えた。

「何かあるんじゃないかって気はするけど」

「ほう。何かと言いますと？」

「私は彼女に金を借りてるわけでもないし、彼女とやったわけでもないから、何かと言われても、あなた以上に思いあたることがあるわけじゃないけれど」

仮縫い室は、壁に板を張った、十二フィート×九フィートほどの広さの小部屋で、二階の〈スポーツマンズ・コーナー〉の奥にあった。大姿見に、壁に張った三つの鏡に、金めっきをした小さな椅子。その部屋に備えられているのはそれだけで、分厚い緑のカーテンがドアの役割を果たしていた。〈スポーツマンズ・コーナー〉というのは、実際にはコーナーというより、壁を丸木造りにした、天井の低い細長い中二階にあって、どことなく失われた少年時代を彷彿とさせる、ペンデルがほかのどこより自分の色を出すために苦心したところだった。壁に設えられた真鍮のバーには、最後の仕上げを待っているつくりかけのスーツが何着も掛けられ、ゴルフシューズに帽子、それに緑のレインコートが昔ながらのマホガニーの棚に並んでいた。さらに、乗馬靴、鞭、拍車、二挺のイギリス製の美しいショットガン、弾薬ベルト、ゴルフクラブといったものが、わざと乱雑に飾られ、最もめだつところに、馬の剝製がでんと置かれていた。スポーツジムにあるようなものとはちがって、頭もあれば尻尾もあり、スポーツ好きな紳士はその馬に乗り、ズボンの穿き心地を確かめ、自らの雄々しい馬上の姿を試し見ることができた。

ペンデルは今、頭をフル回転させて話題を探していた。仮縫い室では、客との親密さを深めるのに、会話がとぎれないよう常日頃心がけているのだが、どういうわけかいつもの話題はどれも不適切なものに思えた。で、彼は修行時代の思い出話をした。

「あの頃は、それはもう早起きでしたね。ホワイトチャペル（ロンドンのテムズ川北岸の一地区）にいたんですが、まだ暗いうちから凍えるような寒さの中に起き出さなければならなかった。通りには霜が降りていて、あの頃の寒さは今でも時々思い出します。でも、最近はずいぶんと様子が変わったようですね。この商売をやろうという若者の数がうんと減ったそうです、イースト・エンドでは。近頃の若い人は、私どものような昔ながらの仕立屋になどなろうとはあまり思わないんでしょう。まあ、きつすぎるんでしょうね。彼らのその判断はまちがってはいないわけですが」

ペンデルはもう一度オスナードの背中に巻き尺をあてた。今度は腕をまっすぐに下ろさせて肩の外側まで計った。それも普段はやらないことだった。が、オスナードは普段と同じ客ではなかった。

「そんなイースト・エンドからここ西の果て（ウェスト・エンド）へ」とオスナードは言った。「大変な針路変更をなさったわけだ」

「まったくです、ミスター・オスナード。もっとも、そのことを悔やんだことは一度もありませんが」

彼らは今、顔と顔をかなり近づけ合って話していた。それでも、オスナードの鋭い茶色の眼はペンデルの顔をさまざまな角度から見ていた。ペンデルの視線は、ギャバジンのズボンに通された、汗のためにいくらか縮んだベルトに向けられていた。彼はそのベルトのまわりに巻き尺をあて、少しひっぱるようにした。

「何インチありました?」とオスナードは尋ねた。

「そうですね、理想的な長さ三十六インチ・プラスといったところでしょうか」

「プラス?」

「プラス・ランチ、と申しておきましょうか」とペンデルは答え、やっとオスナードを笑わせることができてほっとした。

「祖国(くに)が恋しくなることはありませんか?」とオスナードは尋ねた。ペンデルは気づかれないように三十八インチと書きながら答えた。

「そういうことはもうあまりないですね。ええ、ありません。自分でそう思うことはね。ありません」そう言って手帳をポケットにしまった。

「でも、サヴィル・ロウのことは時々思い出すんじゃないかな?」

「ええ、それはね」とペンデルは心から懐かしむように——今世紀の初頭の安全な時代に身を置き、燕尾服やそのズボンのための採寸をしている自分の姿を想像しながら言った。

「ええ、サヴィル・ロウとなるとまた話がちがってきます。あの頃のサヴィル・ロウがもっとあって、今あるものが今より少なければ、イギリスももっといい国になってるんじゃないでしょうか。言わせてもらえれば、もっと幸せな国に。イギリス人ももっと幸せな国民に」

しかし、そんな月並みな社会時評では、オスナードの質問の矛先を変えることはできなかった。もしペンデルがそう思っていたのだとしたら、それは考えちがいというものだ。彼はただことばを無駄につかっただけのことだった。

「話してくれませんか？」とオスナードは言った。

「話すと言いますと？」

「あなたはまずブレイスウェイト氏のところに弟子入りをした。そうなんでしょ？」

「ええ、そうです」

「大志を抱いた若きペンデルは、来る日も来る日もブレイスウェイト氏の店のまえに坐って待った。氏が店に出てくると、若きペンデルはいつもそこにいた。そしてある朝、〝おはようございます、ブレイスウェイトさん。ハリー・ペンデルという者です。どうかあなたの弟子にしてください〟というわけだ。いいですね。そういう図々しさは、人間誰しもなきゃいけない」

「そう言っていただけると嬉しいですね」ペンデルは、自分のエピソードをいくつかあるヴァージョンのひとつで語られてしまったことに、居心地の悪さを覚えながらもそう答えた。

「いずれにしろ、あなたは粘り勝ち、ブレイスウェイト氏の一番のお気に入りの弟子にな

ことという おとぎ話なのかとい うことまでは言わなかった。ペンデルもあえて訊かなかった。「そしてある日——それまで何年ぐらいかかったのかな？——ブレイスウェイト老があなたに言うわけだ。〝よかろう、ペンデル、私はおまえを弟子にしていることにもう飽き飽きした。今からおまえは私の跡取りだ〟とね。そう言ったかどうかは知らないけれど、まあ、そういう意味のことを言うわけだ。なんだか眼に浮かぶようだな。いきいきと」

ペンデルの普段は屈託なく見える眉間に今は深い皺が刻まれていた。オスナードの左脇にまわり、巻き尺をオスナードの尻にまわし、肉が一番多くついているところを計り、また手帳に書き込むと屈んだ。が、そこでいったん立ち上がり、またオスナードの脚の外側を計るために、頭がオスナードの右膝の高さのところにくるまでしゃがみ込んだ。まるで水の中で溺れている者のように。

「ズボンのまえの部分ですが——？」とペンデルは尋ねた。首すじにオスナードの視線が痛いほど感じられた。「近頃はだいたいみなさま左側にしまい込むのがお好みのようですが。と言っても、もちろん政治的な意味ではありませんが」

それはお定まりのジョークだった。無口な客もそのジョークでたいてい笑った。が、オスナードには通じなかった。

「自分のナニがどっちにあるかなんてあまり考えたことがないな。私のは吹き流しみたいなものでね」とオスナードはぶっきらぼうに答えた。「だけど、朝だったんですか？ それとも夕方？ ブレイスウェイト氏があなたのところにそういうことを言いにきたのは、一日のうちでいつのことだったんです？」

「夕方です」とようやくペンデルが答えたときには、不自然なほど長い間があいていた。しかも敗北を認めるような声音になっていた。「今日と同じ金曜日の夕方でした」

ペンデルは、たぶん左側だろうとは思ったが、あえて冒険はせず、ズボンの中身に手が触れないよう充分気をつけて、オスナードのズボンのジッパーの右側に巻き尺の端をあてた。それから左腕を下に下ろして、オスナードの靴底まで巻き尺を伸ばした。オスナードは、手入れの行き届いた、警官が非番のときにでも履きそうな、がっしりとした靴を履いていた。ペンデルは、計った長さから一インチ引いて手帳に書き込むと、勇気を奮い起こして立ち上がった。黒くてまるい眼と眼が合った。揺るぎないその眼を見て、ペンデルは敵の銃口の真んまえに立たされたような気分になった。

「それは冬でした？ それとも夏？」

「夏でした」ペンデルの声から徐々に力が抜けていった。それでも、気を取り直して、彼は話した。「夏の金曜日は、若い者はあまり遅くまで働きたがらないものですが、私は例外だったんだと思います。で、そういうこともたぶん、ブレイスウェイトの気持ちを惹くことになったのでしょう」

「それは何年のことだったのかな？」

「さあ、何年のことだったんでしょう」とペンデルはさらに気を取り直して首を振り、笑みを見せて言った。「もう一世代前のことであることだけは確かですが。時の流れを押し戻すことは誰にもできません――全イングランドの王となったカヌート王はそれをやろうとしたわけですが、その結果、彼はどうなったか」ペンデルはふと思いついてそうつけ加えた。カヌート王はどうなったのか、はっきりとは覚えていなかったが。

それでも同じだった。眼に見えないものを操る力がまた甦ってきた。ベニー叔父が〝夢をつくる力〟と呼んだものが。

「彼は戸口に立っていました」と彼はまるで詩でも朗誦するような声音で続けた。「私のほうはズボンの仕立てを任せられ、その作業に没頭していました。生地を裁断していたんです。ええ、実際、没頭してたんだと思います。声をかけられて、とてもびっくりしたのを覚えていますから。顔を起こすと、そこに彼がいて、私を見ていました。無言で。彼は大きな男でした。みんなそのことを忘れてしまっているようですが。禿げ上がった大きな頭に、あの太い眉――実に堂々とした人だった。逞しく、人生の現実というものを――」

「あなたは口髭を忘れてる」とオスナードが言った。

「口髭？」

「あの太すぎて大きすぎた口髭ですよ。きっとスープは飲みにくいだろうなと思われるような。階下の写真を撮ったときにはもう剃っていたようだけれど。あの髭にはびっくりしたものです、こっちはまだ五歳だったから」

「ミスター・オスナード、私の知るかぎり、ブレイスウェイトは髭など生やしていませんでしたが」

「そんな馬鹿な。私はまるで昨日のことのようによく覚えてる」

頑固さにしろ、あるいは本能にしろ、何かがペンデルに、ここは譲ってはならないと告げていた。

「それはたぶん記憶がどこかで渾然となってしまったせいだと思いますよ、ミスター・オスナード。別な誰かを覚えておられて、その方の口髭を頭の中でアーサー・ブレイスウェイトに生やしてしまったのでしょう」

「なるほど」とオスナードは静かな声で言った。

が、ペンデルにはオスナードのそのことばが信じられなかった。また、オスナードが彼にウィンクを送るような表情をしたことも。彼は続けた。

「〝ペンデル〟と彼は私に言いました。〝私はおまえに私の息子になってほしいんだ。おまえがクウィーンズ・イングリッシュをきちんと身につけ次第、それ以降はおまえのことをハリーと呼ぶことにしよう。そして、おまえの名を表に出し、私の後継者として共同経営者ということに――〟」

「九年かかったって言いましたね？」

「何がです？」

「ブレイスウェイト氏があなたのことを〝ハリー〟と呼ぶようになるには」

「ええ、私は見習いから始めたわけですから。そう言いませんでしたか？」

「そうでした。失礼」

「〝――言いたいことはそれだけだ。さあ、仕事に戻りなさい。それから、話し方教室の夜間講座の申し込み書にサインするように〟とね」

ペンデルはそこで話すのをやめた。もうそれ以上話せなかったのだ。咽喉が嗄れ、眼がちかちかして、耳鳴りまでしていた。それでも、どうにかやりおおせたという気持ちはないわけではなかった。なんとかやった。足は震え、体温も四十度ぐらいに上がっているかもしれないが、それでもどうにかやり通した。

「すばらしい」とオスナードは感嘆して言った。

「恐れ入ります」

「こんな美しいたわごとを聞いたのは生まれて初めてだ。おたくがまるでヒーローのように聞こえたよ」

ペンデルには、オスナードの声が、どこか遠くからさまざまな声に混じって聞こえてくる声のように聞こえた。彼が育ったロンドン北部の孤児院の声――そんなことをしたらイエスさまがお怒りになります、と彼に言って聞かせる愛徳会の修道女の声。四輪駆動車の中で笑う彼の子供たちの声。ロンドンのマーチャント・バンクが彼の経済状態について問い合わせてきたというラモンの声。必要なのはひとりの善人だというルイーザの声。そんな声が聞こえてから、市街から郊外に向かうラッシュアワーの車の音が聞こえ、ペンデルはこの場を逃れ、交通渋滞の中にある自分の姿を想像した。

「要するに、こういうことだ。私はあんたがどういう人間か知ってるんだよ」ペンデルには何も見えなかった。彼の眼をじっと見つめているオスナードの黒い眼さえ。ペンデルはすでに心にスクリーンを張っており、オスナードはそのスクリーンの外にいた。「もっと正確に言えば、私はあんたがこれこれこういう人間じゃないということを知ってる、と言えばいいだろうか。何もパニックになることはない。あんたの話はすばらしかった。何から何まで。世の中、そういう話もなきゃな」

「私は何者でもない」とペンデルは自ら張ったスクリーンの内側から蚊（か）の鳴くような声を上げた。すると、いきなり仮縫い室のカーテンが開けられた音がした。

わざと霞（かすみ）をかけた眼で見ると、オスナードが不躾に開けたカーテンから首だけ出して、〈スポーツマンズ・コーナー〉を見まわしていた。オスナードの声がした。それが耳元で聞こえ、低い声なのに、ペンデルにはまるでがなり立てるような大きな声に聞こえた。

「あんたは囚人番号九〇六〇一七。少年院あがりの前科者だ。放火で六年の刑を食らい、二年半服役して、刑務所で仕立屋の仕事を独学で学んだ。そして、親がわりだった故ベンジャミン叔父に金を出してもらい、社会への借りを返した三日後にはもうイギリスを出ていた。そうして、パナマ在住のアメリカ人肉体労働者とこちこちのプロテスタントの学校教師の娘、ルイーザと結婚。ルイーザはパナマ運河委員会のメンバーで偉大な善玉、エルネスト・デルガドのところで週五日働いてる。子供はふたり、八歳のマークともうすぐ十歳になるハンナ。稲作のための農園に投資したせいで、あんたは現在債務超過に陥っているが、そんなことより、〈ペンデル&ブレイスウェイト〉なんてのはたわごともいいところだ。そんな仕立屋はサヴィル・ロウにはそもそも存在しなかった。そもそも存在しない会社をどうやれば解散することができる？　アーサー・ブレイスウェイトは架空の人物だ。しかし刑務所（ムショ）帰りというのは尊敬に値する。そういうやつがいてこそ世の中も面白くなるのさ。そんな眼でおれを見ないでくれ。おれはあんたにとって思いがけない贈りものみたいなものなんだから。あんたの祈りに対する答みたいな男なんだから。おい、聞いてるのか？」

ペンデルには何も聞こえていなかった。頭を垂れ、足をそろえ、背中をまるめていた、耳も含め、全身麻痺（まひ）したようになって。それでも、上体を起こすと、オスナードの腕を肩の高さまで持ち上げ、手が胸のあたりに来るように肘を曲げさせて、オスナードの背に巻き尺の端をあて、肘まで伸ばしてから手首までの長さを計った。

「この件にはほかにも誰か関わってるやつがいるのかと訊いてるんだが」とオスナードが言っていた。

「この件？」

「この詐欺に、だ。聖アーサーの衣鉢をみどり児ペンデルが継ぐというたわごとに、だ。王家ご用達〈P&B〉。千年の歴史。すべては出鱈目（でたらめ）だ。奥さんのところは別だが」

「妻は関係ない」とペンデルは言い返した。頭の中で鳴り響いた警報装置に抗するかのように、思わず声が大きくなった。

「知らないのか？」

ペンデルは今度は無言で、ただ首を振った。

「ルイーザも知らないのか？　あんたは奥さんまで騙してるのか？」

だんまりを決め込むんだ、ハリー。何も言うな。

「イギリスでの些細な不都合のほうは？」

「些細な不都合？」

「前科のことだ」

ペンデルは自分だけがどうにか聞き取れるような小さな声で答えた。

「今、ノーと言ったのか？」

「そうだ。ノーだ」

「彼女はあんたに前科があることも知らなければ、アンクル・アーサーのことも知らないのか？　だったら、稲作用農園のことは？」

もう一度同じように計らなければならなかった。背中の中心から手首まで。しかし、オスナードは腕をまっすぐ下に垂らしたままだった。ペンデルはぎこちなく巻き尺を肩にかけた。

「それもノーか？」

「そうだ」

「農園は共同名義になってるんだと思ってた」

「そうだ」

「なのに奥さんは何も知らないのか？」

「金のことは私がすべてやりくりしてる」

「そのようだな。それで借金はいくらだ？」

「十万ドルぐらいだと思う」

「むしろ二十万に近いんじゃないのか。それもどんどん増えてるということだが」

「ああ、そうだ」

「利息は？」

「二だ」

「それは三カ月で二パーセントということか？」

「ひと月で」

「複利か？」

「だろう」

「あんたはこの店まで抵当に入れてる。なんでそんなことをしたんだ？」

「すべては不景気のせいだ、そっちはどうか知らないが」と答えてペンデルは、三人しか客がいないのに慌ただしさを演出したくて、三十分置きに続けて予約を入れたりした頃のことを思い出した。

「何をやった？　株か？」

「専門家の銀行家の意見に従ったのさ」

「そのあんたの銀行家は破算セールが専門なのか？」

「だと思う」

「しかし、あんたが投資したのはルィーザの金だった」

「妻の父親の金だ。その金の半分だ。妻には姉がいるから」

「警察は？」

「警察？」

「パナマのだ。地元のやつらだ」

「彼らになんの関係がある？」ようやくペンデルも呪縛（じゅばく）から解け、ことばが自然と出るようになった。「私はちゃんと税金を払っている。社会保険料も。使用人の作業票もつくっている。破算したこともない。そんな私が彼らの関心を惹くと思うかね？」

「あんたの過去を調べて、その口止め料を要求する。ここの連中はそれぐらいのことはしてくるんじゃないかと思ったんだ。賄賂が払えなきゃ、あんたはとっくに国外退去になってる。誰だってそう思うんじゃないか？」

ペンデルはただ黙って首を振った。そして、頭のてっぺんに手をのせた。祈るように。あるいは、まだ頭がそこにあるのを確かめようとするかのように。それから、刑務所にはいるまえにベニー叔父に言われた忠告を思い出し、今もまたその忠告に従った。〝自分を人の眼に立たないようにすることだ。自分を消す（ドラックン）ことだ、ハリー・ボーイ〟とベニー叔父は、あとにもさきにもほかの誰からも聞いたことのないことばをつかって言ったのだった。〝自分を押し込めて、小さく小さくしてることだ。めだとうなんて思うんじゃない。それから誰も見るんじゃない。刑務所にいるやつらはみんな見られるのがいやなのさ。哀れを催すようなやつを見ることも。だから、おまえは壁にとまった蠅（はえ）にもなるな。壁そのものになるんだ〟

しかし、ペンデルは壁でいることにすぐに飽きた。顔を起こして、仮縫い室を見まわすと、生まれて初めて体験する夜から目覚めた嬰児（えいじ）のように、眼をしばたたいた。それまで不可解に思っていたベニー叔父の告白のひとつが思い出され、その意味が今初めてわかったような気がした。

……ハリー・ボーイ、私のよくないところは、どこへ行っても、どこへ来ても、そこを台無しにしてしまうことだ……

「で、あんたは誰なんだ?」とペンデルはいくらか好戦的な気分になって尋ねた。

「私はスパイさ。愉しきイングランドのスパイだ。パナマで作戦を再開することになってね」

「なんのための？」

「そういうことは夕食でも食べながら話そうじゃないか。金曜日は何時に店を閉めるんだね？」

「閉めたくなったら、今すぐにでも閉めてもいい時間だ。初めからそれぐらいわかってたんじゃないのか？」

「家ではろうそくでも灯すのか？　キッドゥーシュ（ユダヤ教で、次の安息日の聖なることを宣する金曜日の夕食前の祈り）とかをやるのか？」

「そんなことはしない。うちはクリスチャンだ。そんなこと、やるわけがない」

「あんたは〈クラブ・ユニオン〉のメンバーだったね？」

「なったばかりだが」

「なったばかり？」

「メンバーになるために農園を買わなければならなかったのさ。ユダヤ人(ターコ)の仕立屋は駄目でもアイルランド人の農民なら問題ないというわけだ。入会金の二万五千ドルが払えるかぎりは」

「どうしてメンバーになったんだ？」

ペンデルは自分が微笑んでいるのに気づいて自ら驚いた。それは普段の彼には似つかわしくないことだった。狂った微笑。驚きと恐れによって押し出された微笑。それでも、微笑には変わりなかった。そして、その微笑は妙な安堵を彼にもたらした。自分の体はまだちゃんと動いている──そんな類いの安堵を。

「そのことについては、自分でもまだよくわからないんだよ。私にはせっかちなところがあってね。時々、闇雲(やみくも)に何かがしたくなることがあるんだ。私の欠点だ。あんたがさっき引き合いに出したベニー叔父だが、イタリアに別荘を持つのが彼の夢だった。そういうベニー叔父を喜ばせたかったのかもしれない。それとも、ミセス・ポーターを見返したかったのか」

「ミセス・ポーター？」

「私の保護観察官だ。とても真面目な人で、私のことを生まれながらの悪党と思っていた」

「〈クラブ・ユニオン〉に夕食を食べにいくことはよくあるのか？　客を連れて？」

「めったにない。私の今の経済状態ではなおさらだ。まあ、そういうことだ」

「二着ではなく、スーツを十着注文すれば、私は夕食に招待してもらえるだろうか？」

オスナードはそう言って、着ているジャケットの袖をひっぱった。そうだ、そういうことは本人にさせればいいのだ。ペンデルは反射的に手伝いたくなる気持ちを抑えながら、慎重に答えた。

「できなくはない。断言はできないが」

「だったら、ルイーザに電話するんだ。イギリス人がスーツを十着も注文してきた。〝ダーリン、ビッグ・ニュースだ。頭のいかれたイギリス人がスーツを十着も注文してきた。これからそいつを〈クラブ・ユニオン〉に連れていって、夕食を食べさせる〟とでも言うといい」

「できなくはない」

「そういうことを言ったら、彼女はどんな反応をする？」

「予測できない」

オスナードはジャケットの内ポケットに手を入れると、ペンデルがさきほど見た封筒を取り出して、ペンデルに手渡した。

「スーツ二着分の五千ドル。領収書は要らない。金はもっと出せる。夕食代の数百ドルも含めて」

ペンデルはまだ二重仕立てのヴェスト姿だったので、手帳を入れたズボンの尻のポケットに封筒をしまった。

「パナマじゃ誰もがハリー・ペンデルを知ってるだろうから」とオスナードは言った。「どこに隠れても、隠れたということがわかってしまう。だから、初めからあんたのことが知られてるところにしたのさ。そうすれば、あとでわれわれを見かけても誰もなんとも思わないだろ？」

ふたりはまた向かい合っていた。近くで見ると、オスナードが興奮を押し殺しているのがペンデルにもわかった。ペンデルは相手の影響を受けやすい男だった。で、オスナードの興奮にすぐに感染した。ふたりは階下に降りた。ペンデルが裁断室からルイーザに電話をかけるあいだ、オスナードは、〝女王の近衛旅団ご用達〟と書かれた、たたんだ傘に体重を預けるようにして待っていた。

「わかってるのはあなただけよ」熱くなっているペンデルの左の耳にルイーザの声が響いた。それは彼女の母親の声だった。社会主義と聖書学校の声。

「おれに何がわかってると言うんだね、ルー？　おれには何がわかってなきゃならないんだね？」――常に笑いを取ろうとする三流のコメディアン――「きみはおれを知ってるけど、ルー、おれは何も知らない。おれはとことん無知な男さ」

電話越しに、ルイーザはまるで刑務所の刑期のような沈黙を送る。

「これはあなたにしかわからないことなのよ。あなたを愛してる者のところに戻るかわりに、家族を見捨てて、クラブなんかへ行って、ほかの人たちと愉しむことの価値というのは、あなたにしかわからないことなりよ」

それでも、彼女の声はやさしかった。ペンデルは、もう少しで彼女の言うままになろうかと思った。が、いつものことながら、彼女はやさしいことばはつかえなかった。

「ハリー？」まるでハリーの返事をまだ待っていたかのように、彼女は言った。

「なんだい、ダーリン？」

「わたしを言いくるめようなんて、そんなことはしなくていいのよ」これが彼女なりの〝ダーリン〟という言い方だった。が、ほかに何を言いかけたにしろ、彼女はそれを口にはしなかった。

「週末はずっと家にいるんだし、ルー。どこへも行きゃしないんだから」太平洋ほどにも広い間ができた。「エルネスト・デルガド氏の今日のご機嫌は？　彼は偉大な男だ。今朝は彼のことできみをからかって悪かった。彼はきみの父さんと同じくらい立派な人物だ。おれなんか足元にも及ばない」

姉のせいだ、とペンデルは思った。ルイーザの機嫌が悪いのはいつも彼女の姉のせいだった。ただ尻軽という理由で、ルイーザは姉を妬んでいるのだった。

「内金として、五千ドルも払ってくれたんだぜ、ルー」――ペンデルは懇願していた――「おれのポケットにはもうそれだけの現金がはいってるんだ。そんな相手から、今夜は一緒に過ごす人間が誰もおらず、少しつきあってくれないかと言われて、断れるか？　店から追い出して、スーツを十着も買ってくれてありがとう、あとはどこかで女でも見つけるといい、なんて言えるか？」

「ハリー、別にそんなことは言わなくてもいいのよ。夕食に招待したいのなら、うちに連れてくればいいでしょ？　うちの都合が悪ければ、そこでやるべきことをやればいい。そうすれば、そのために自分を罰する必要もなくなるでしょ？」

さっきと同じやさしさがルイーザの声にまた戻っていた。そういうルイーザは彼女自身なりたがっているルイーザだった。自分のことだけを考えるルイーザではなく。

「何か問題でも？」とオスナードが軽い口調で訊いてきた。

彼は客用のウィスキーとグラスをふたつ見つけていて、グラスのひとつをペンデルに差し出していた。

「何も。妻は百万にひとりの女だからね」

ペンデルはひとり倉庫で、昼用のスーツを脱ぎ、条件反射的に上着を丁寧にハンガーに掛け、ズボンをメタルクリップにはさんだ。そして、パウダーブルーのモヘアのシングルを選んだ。それは半年前、モーツァルトのために、彼が自分のために仕立てたスーツだった。が、いささか派手すぎる気がして、以来一度も袖を通していなかった。それが今、鏡を見て驚いた。少しも派手には見えなかった。では、どうしてこれまで色を、形を、サイズを変えなかったのか。これはつまり、何かが起きるときには、事前に何かほかのことが起きていなければならないということなのか。朝、眼を覚まし、頼みの銀行家に世界の終わりは近いと保証され、店に出ると、こっちの過去から何から何まで調べ上げているイギリスのスパイが現れ、おまえを今のまま金持ちにしてやる、と持ちかけられるなどという出来事が起こるときには。

「あんたのことはアンドルーと呼べばいいのかな？」とペンデルは開けたままのドアの外に向けて——新しい〝友〟に向けて——呼ばわった。

「アンディ・オスナード。独身。退屈な政治関係の仕事をしてるイギリス大使館員。こっちへ来たのは最近で、ブレイスウェイト老は私の親爺の服を仕立てていて、あんたも採寸の手伝いによく私の家に来ていた。これで完璧だろう」

常々つけようと思っていたあのネクタイ、とペンデルは思った。ブルーのジグザグにリアンダー・ピンク（十九世紀初頭、イギリスのボート・クラブのメンバーが身につけていた特殊なピンク）を散らしたネクタイ。ペンデルが防犯装置をセットするあいだ、オスナードはまるで誇らしげな創造主のような顔をしていた。

第5章

雨はやんでいた。豆ランプをつけたバスが、道路のくぼみに車体を揺すりながら彼らのそばを通り過ぎていった。空は夕べの空から夜の空へ色を変えていたが、熱気はまだ残っていた。パナマではいつものことだ。乾いた熱気も湿った熱気もある。いずれにしろ、熱気が常にあるのだ。騒音と同様。車の音、パワー・ドリルの音、足場を組んだり壊したりする音、飛行機の音、エアコンの音、チープなBGM、ブルドーザーの音、ヘリコプターの音、そして運がよければ鳥のさえずり。オスナードは競馬のブックメイカーのパラソルみたいな傘を引きずっていた。ペンデルのほうは警戒しながらも、言ってみれば丸腰だった。彼自身自分が抱いている思いが不可解だった。人生の試練はこれまでにも何度も経験し、強くも賢くもなったはずだった。が、思えば、なんのための試練だったのだろう？どんなふうに強く賢くなったのだろう？　これまでほんとうに生き残ってこられたのなら、どうして身の安全を確信することができないのだろう？　それでも、そう、〝世界の空気〟にまたさらされるというのは悪い気分ではなかった。不安はあっても、生まれ変わったような気分になれた。

「五万ドル」とペンデルは車のキーを差し込みながらオスナードに言った。

「五万ドル？」

「ああいったバスの模様を手描きで描くのにかかった費用さ。ほんとうの芸術家を雇って二年もかかったんだ」

それはペンデルが知っていた事実に反していた。が、彼の内なる何かが物知りになることを彼に強いたのだ。運転席に着き、ペンデルは、かかった費用が実はおよそ千五百ドルで、製作期間も二年ではなく、二カ月だったことをあとからはっきりと思い出し、ひそかに居心地の悪さを覚えた。

「運転は私がしようか？」とオスナードは横目で通りを見やりながら言った。

しかし、ペンデルはもう動揺してはいなかった。これからはもう自由な行動はできなくなる。彼は十分前に自分にそう言い聞かせていた。〝ペンデル〟とポケットに書かれた黄麻のチュニックではなく、パウダーブルーのスーツを着て、看守を助手席に坐らせ、運転席に着いていること自体、もう束縛が始まっているのだ。

「落とし穴はないだろうな？」とオスナードは尋ねた。

ペンデルにはその意味がわからなかった。

「会いたくないやつとかはいないだろうな。金を借りてるとか、そいつの女房と寝てしまったとか、なんでもいいが」

「銀行以外どこにも借金はないよ、アンディ。もうひとつのほうも身に覚えはない。それに、たとえそういうことがあっても、客にいちいち話したりはしない。ラテンの紳士はあくまでラテンの紳士だからね。客たちは私のことを女には興味のない堅物か、ゲイとでも思ってるんじゃないだろうか」そう言ってペンデルは声を上げて笑った。その声がいささか大きすぎた。オスナードは反射的にルームミラーに映るペンデルを見た。「出身はどこなんだ、アンディ？　実家はどこにあるんだね？　あんたの親爺さんはなかなかの人物だったようだが。あんたの話が嘘でなければ。著名人だったのか？　なんとなくそんな気がするけど」

「医者だった」とオスナードはためらわず即答した。

「専門は？　脳外科とか？　心臓とか？」

「普通の開業医だ」

「だったら、開業してたのは？　どこか外国とか？」

「バーミンガム」

「おふくろさんは？」

「フランス南部の出身だ」

しかし、ペンデルは、そのことばを額面どおり受け取るわけにはいかなかった。彼自身ブレイスウェイトをピナーに託したように、オスナードもまた亡父をバーミンガムに、母親をフランスのリヴィエラに託しているのではないのか。そう思わないではいられなかった。

〈クラブ・ユニオン〉は、パナマ人のスーパー・リッチ族が集まるクラブだった。ペンデルはオスナードを助手席に乗せて赤い塔のようにも見えるアーチの下を進んだ。制服を着たふたりの警備員に、自分たちが白人で中流階級の人間であることをよくわからせようと、ほとんど停止しそうなほどゆっくりとした速度で。金曜日はキリスト教徒の子供たちのディスコ・ナイトだった。照明に煌々（こうこう）と照らされた入口では、四輪駆動車が気むずかしい顔をした十七歳のプリンセスと、金のブレスレットと死んだ眼をした、首の太い恋人たちを次から次と吐き出していた。ポーチは見るからに重そうな朱色のロープで仕切られ、そこにお抱え運転手のお仕着せを着て、ボタン穴に名札をつけた肩幅の広い男たちが並んで立っていた。彼らはオスナードにはにこやかな笑みを向けたが、ペンデルには無愛想な視線を送ってよこした。それでも、もちろん通してはくれたが。海に面した玄関ホールは広くて涼しく、そこからグリーンのカーペット伝いにバルコニー・テラスに出られた。その向こうに湾が広がっており、しけ雲の下、船がとぎれることのない列をつくり、グンカンドリのようにひしめき合っているのが見えた。その日の最後の光が急速に消えようとしていた。あたりには、煙草の煙、高価な香水の香り、そしてビートの効いた音楽が充満していた。

「あの土手道（コーズウェイ）が見えるかい、アンディ？」とペンデルは誇らしげに片手で連れの名前を記帳しながら、もう一方の手を伸ばして言った。「運河を掘った際に余った土砂で造られたものだ。水路を造って出た沈泥で川を堰（せ）き止めたそうだが、われらがヤンキーの先祖もなかなかやるもんだね」彼はルイーザと自分を一体化させてそう言った。彼にはヤンキーの先祖などいなかった。「あんたも野外映画場があった頃に来るべきだった。野外映画場なんて雨季には無理だと思うだろうが、それが可能なんだよ。パナマではどれくらいの頻度で午後六時から八時のあいだに雨が降るかわかるかい、雨季にしろ、乾季にしろ？　平均すると一年でたったの二日だ。驚異的な数字だと思わないか？」

「飲みものはどこで飲める？」とオスナードは尋ねた。

しかし、ペンデルには、それよりさきにクラブで一番新しく一番贅沢な設備を示す必要があった。それは老人病を患った女相続人たちを階から階へ九フィートほど運ぶ、パネル張りの豪勢で静かなエレヴェーターだった。

「彼女らはカード遊びをするのさ、アンディ。中には昼夜を分かたずやってるような婆さんたちもいる。死ぬときには、エレヴェーターも棺桶に入れるつもりなんだろう」

バーは金曜日の夜の喧騒を呈していた。テーブルはすべて埋まり、呑んべえたちが手を振り合い、合図を送り合い、肩を叩き合い、議論をして、椅子から立ち上がったり、大声で反論したりしていた。その中の何人かがペンデルに手を振ってきた。彼の手に軽く手を触れる者もいた。彼の着ているスーツについて淫らなジョークを言う者もいた。

「友人のアンディ・オスナードを紹介させてくれ。女王陛下のお気に入りの息子で、イギリス外交の名声を取り戻すためのご到来だ。こっちへはまだ来たばかりなんだ」と言って彼はルイスという銀行家にオスナードを紹介した。

「次からはただアンディとだけ言って紹介してくれ。どうせおれの名前なんか誰も真面目に覚えようとはしないだろうから」ルイスがまた女の子たちの相手をしはじめると、オスナードはペンデルに言った。「今夜は大物は来てないのか？　だいたいここにいるのはどういう連中なんだ？　デルガドはいない。それだけはわかる。彼は仕事をさぼって、今は大統領と日本にいるんだから」

「そうだ、アンディ。エルネスト・デルガドは、今は日本にいる。それでルイーザもいくらかは命の洗濯ができてるのさ。いや、いや、これは驚いた。誰かと思ったら。珍しいこともあるもんだ」

ゴシップ――それはパナマが文化のかわりに培っているものだ。ペンデルの眼は、若くてきれいな女と一緒にいる、口髭をはやした押し出しのいい五十がらみの紳士をとらえていた。ダークスーツにシルヴァーのネクタイ。女のほうは、黒くて長い髪を裸の肩に垂らし、本人を溺れさせそうなほど大きなダイアモンドのネックレスをしていた。そして、ふたりとも昔ながらの写真の中のカップルのように背すじを伸ばし、並んで椅子に坐り、友人たちの祝福の握手を受けていた。

「アンディ、われわれのうしろにいるのが、われらがドンファン、最高裁判事だ」とペンデルは舞台の袖から役者に台詞を教えるように言った。「彼自身に対する訴訟がつい一週間前に取り下げられたばかりなんだよ。ブラボー、ミゲル。やるもんだ」

「彼もあんたの客か？」

「ああ、それも上客だ。彼のためにつくりかけたスーツが四着、ディナー・ジャケットが一着あってね。それらはつい先週まで〝ニュー・イヤー・セール〟行きの運命だったんだよ」それ以上の説明は不要だった。「わが友、ミゲルは」とペンデルは、人が真実を話そうとするときによくやるもったいぶった口調で続けた。「二年ほどまえに結論を出した。彼はある女友達に対して、幸福な暮らしを保証する責任があると思っていたのだけれど、そのガールフレンドはまた別な人物に身を許してもいた。当然のことながら、そのライヴァルもまた法曹界の男だ。パナマでは決まってそうなのさ。それも情けないことに、たいていがアメリカで教育を受けた連中だ。いずれにしろ、ミゲルはそういう状況下でわれわれの誰がやってもおかしくないことをやった。殺し屋を雇って、元凶を断った」

「すばらしい。手口は？」

ペンデルはルイーザが没収したマークの漫画の中の台詞を思い出して言った。「銃による殺しだ、アンディ。弾丸（たま）は三発。プロの手口だ。一発は頭に、二発は胸に。その惨殺死体が新聞の第一面に載り、殺し屋は逮捕された。それはパナマではきわめて珍しいことだ。そして、その殺し屋は遵法精神に則（のっと）って——これは、まあ、ありていに言って、珍しいことでもなんでもないが——あっさり白状した」

そこでペンデルはことばを切り、オスナードが皮肉っぽい笑みを浮かべられるだけの間を取り、聞き手をさらに喜ばせようと、話の落とし所——ベニー叔父なら〝話の隠れた山場〟とでも言うことだろう——を探し、話に燃料を再補給した。

「逮捕の決め手となったのは――それが自白を引き出す決め手にもなったわけだが――ミゲルが殺し屋宛てに振り出した十万ドルの小切手で、その殺し屋は、銀行には秘匿特権があると勝手に思い込み、ここパナマで換金してしまったんだ」

「それで、あれが問題のレディというわけか？」とオスナードはこっそりと観賞するように女を見やって言った。「なかなかのタマだ」

「確かに。いずれにしろ、今ではミゲルとアマンダは晴れて夫婦というわけだ。ミゲルの束縛がきつくて、アマンダは始終文句を垂れてるそうだが、ともあれ、今夜はそんなふたりのめでたいお披露目ということなんだろう」

「しかし、彼はどうやって罪を免れたんだ？」

「まずひとつ」とペンデルは勢い込んで言った。すでに話に夢中になっていた。夢中になるあまり、実際にはよく知らないことまで話していた。「噂では、七百万ドルにも及ぶ贈収賄があったそうだ。しかし、われらが判事にはそれぐらいなんでもないんだろう、〝働きすぎの〟役人の手を煩わすことなく、コスタリカから米とコーヒーを輸入することが専門の貿易会社を持っているところを見ると。彼の弟が税関の高官なんだよ」

「ふたつめは？」

ペンデルは今この瞬間のすべてが好ましかった。自分自身も、自分の声も、普段の自分にまた戻れたという誇らかな実感も。

「ミゲルに対する不利な証拠を吟味するために組織された司法委員会が、起訴事実は信頼性に欠けるなどというなんとも賢い結論を出したんだ。まず、パナマでは人ひとり殺すのに十万ドルというのは法外な報酬である、と見なされた。せいぜい千ドルが相場だというのさ。それに、精神に異常をきたしでもしないかぎり、トップクラスのヴェテラン判事がプロの殺し屋に小切手を書くようなことなどありえない。これは司法とこの国の栄誉ある奉仕者に対する、非道な陰謀である。それが委員会が考えた末の結論だった。パナマにはこんなことわざがあってね。正義とは人である、というんだが」

「殺し屋はどうなった？」

「委員会は殺し屋の尋問もした。その結果、ミゲルにはこれまで一度も会ったことがないという殺し屋の新たな供述書が提出された。自分はサングラスをかけた髭の紳士の指示に従っただけで、しかも、その紳士にはシーザー・パーク・ホテルのロビーで、停電のときに一度しか会ったことがない、というのがその内容だ」

「それでも誰も抗議しなかったのか？」

ペンデルはもう首を振っていた。「エルネスト・デルガドを先頭に人権サイドの聖人グループが立ち上がったが、いつものことながら、なんにもならなかった。そもそも世間の信用度がちがうからね」彼は自分が何を言いたいのかもわからないままつけ加えた。車で逃走を図る犯人のように突き進んだ。「エルネストにもそういつもいつも評判どおりのことができるわけじゃない。それはよく知られたことだ」

「誰に？」

「そういうことをよく知っている世界の人間に、と言えばいいだろうか」

「それはつまり、彼もほかの連中同様、賄賂を受け取ってるということか？」

「という噂は以前から囁かれてはいるけれど」とペンデルは曖昧に答え、より大きな真実に眼を伏せた。「悪いけれど、それ以上は言えない。いい加減なことを言うと、ルイーザが一番大切に思っているものを汚すことにもなりかねないから」

「小切手はどうなった？」

店で見たときのように、オスナードの小さな眼が、おだやかなその顔の中でまた黒いピンホールのようになっていた。ペンデルはそのことに気づいて、いささか居心地の悪さを覚えた。

「もう想像はついてると思うけれど、アンディ、きわめて粗悪な偽造品ということになった」とペンデルは答えた。頬が熱くなったのがわかった。「そして、その小切手を取り扱った銀行員が解雇された。ありがたいことに、だからそういうことはもう二度と起こらない、というわけだ。しかし、この件にはもちろん白いスーツがからんでる。彼らはパナマでは大きな役割を演じている。たいていの人が思っている以上に大きな役割を」

「白いスーツ？　それはどういう意味だ？」とオスナードは尋ねた。その眼は依然としてペンデルをとらえて放さなかった。

白いスーツとは何を意味するのか――それは、どうでもいいことを秘密めかして話し、奇妙な握手のしかたをするヘンクという、見るからに生真面目そうなオランダ人の姿をさきほどペンデルが見かけたことを意味していた。

「フリーメーソンだ」とペンデルはオスナードの眼をまっすぐに見返して言った。「ここでは秘密結社が大きな力を持っている。オプス・デイ（スペイン人の神父、バラゲルが一九二八年に設立した宗教団体。特に社会的地位の高い人々に共鳴者を求めることに力を入れている）もそうだ。上流階級のブードゥー教。ここでは宗教は本来の仕事をしていない。パナマというのはきわめて迷信深いところだ。宝くじなど週に二回も売り出されてる」

「あんたは今話してくれたようなことをどうやって知るんだ？」とオスナードはテーブルより遠くへ声が届かないよううつむき加減になって言った。

「方法はふたつだ」

「というと？」

「ひとつは、私自身〝情報網〟と呼んでるものだ。うちの店の客は木曜日の夕刻、よく店に集まるんだよ。別に定期的なものでもなんでもないんだが。そして、グラスを片手に打ちとけた話をするんだ」

「もうひとつは？」また視線が鋭くなっていた。

「アンディ、仮縫い室の壁は告解室の神父より多くの告白を聞いている、と私が言ったとしよう。それでも、私はひかえめに言っていることになるだろうな」

ほんとうは第三の方法というのがあった。が、それについてはペンデルは何も言わなかった。それはたぶん、彼自身その奴隷になっていることに気づいていないからだろう。ほかでもない仕立屋という仕事そのもの。それが第三の方法だった。仕立屋の仕事とは人々を改良することだ。仕立屋は、自分の内なる宇宙が認知しうるメンバーになるまで客を裁断し、客を変形させる。それこそまさに〝夢をつくる力（フリュエンス）〟だ。仕立屋は出来事の先を行き、そこで出来事を待ち受ける。仕立屋は、相手が自分の地位を高める存在か、脅（おびや）かす存在か、ということを基準に相手を大きくも小さくもする。デルガドはダウンサイズ、ミゲルはアップサイズ、というわけだ。ハリー・ペンデルはそういうことにことさら長（た）けていた。その才能は、ペンデルが刑務所で発展させ、結婚によって完成させた、いわば生き残るためのシステムだった。そして、そのシステムの目的は、敵意に満ちた世界を少しでもおだやかなものに、耐えられるものに、友好的なものに変えること——世界の棘（とげ）を抜くことだった。

「ミゲルが今やってることは」とペンデルは巧みにオスナードの視線をかわして、部屋の反対側に笑みを送りながら言った。「最後の春を愉しむこと。よくあることさ。商売柄、私は同じような例をしょっちゅう見てる。よき父にして、よき夫、勤めも九時から五時まで真面目に果たし、仕立てるスーツは年に二着といった普通の男が、五十を過ぎた途端、ツートーンのバックスキンや黄色いジャケットを注文するようになる。すると、決まって奥さんから電話がかかってくるんだ、うちの人を見なかったかという問い合わせの電話が」

　話題をそらそうとしたペンデルの努力にもかかわらず、オスナードは観察をやめていなかった。その狐のようなすばしこい褐色の眼で、ずっとペンデルの眼を見つめていた。そのオスナードの表情は、金鉱を探りあてたものの、これから誰かに手助けを求めるべきか、ひとりで掘りつづけるべきか、考えあぐねている者のそれだった。ペンデルもオスナードの表情を読み取ろうとさえすれば、それに気づいたことだろう。

酔客の一団が階上から降りてきた。その一団の全員がペンデルの友人だった。

ジュールズ、これは驚いた。でも、会えてよかった。こちらは私の友達のアンディ――アンディ、こちらはジュールズ、フランス人の債券ディーラーだ。でも、彼に債券を勧められてもすぐには買わないように。

モルディ、これはこれは――アンディ、こちらは、アシュケナージ（一九三七〜。旧ソ連出身のピアニスト、指揮者）を先頭に、新生ロシアの新しい波に乗ってやってきたキーウの若き策士、モルディ。彼に会うといつもベニー叔父を思い出してしまう――モルディ、こちらはアンディ。

子供みたいな花嫁を連れたこのハンサムな若者は、日本貿易センターのカズオだ。ふたりはこの町で一番可愛いカップルだね――サラーム、サー！　それにマダム！　お元気そうで何よりです――アンディ、すでに替えズボン付きスーツを三着もつくってるのに、まだ彼の名前が正確に覚えられないんだよ。

ペドロ、若き弁護士だ。

フィデル、若き銀行家だ。

ホセ・マリア、アントニオ、サルバトール、ポール――まだ幼い株屋。〝白い先生たち〟と呼ばれる、白人の無分別な小公子たち。二十三歳の若さで、自らの男らしさに疑問を持ち、不能になるまで飲んでしまうことを恐れている驚き顔の投機家たち。ペンデルは、彼らと握手をしたり、背中を叩き合ったり、〝それじゃ、木曜日に店で〟といった挨拶を交わしたりする合間に、彼らの父親は何者で、彼らにはどれほどの価値があり、彼らの兄弟姉妹は政党にどれほど政治献金をしているか、といったコメントをはさんだ。

「たまげたな(ジーザス)」最後にふたりだけになると、オスナードは驚きを隠さず言った。

「どうしてジーザスが出てくるんだね、アンディ?」ペンデルは、家では神を冒瀆(ぼうとく)するようなことばづかいはルイーザに厳に禁じられていたので、いくらか果敢な口調になって尋ねた。

「別に出てこなくてもいい。おれはあんたに驚いてるんだから」

チーク材の玉座に銀の食器。〈クラブ・ユニオン〉のレストランは、酒食に贅(ぜい)を尽くす場にいかにもふさわしい造りになっていたが、なぜか低い天井と非常灯のせいで、不正を働いた逃亡中の銀行家の隠れ家のように見えなくもなかった。窓ぎわの隅のテーブルについて、ペンデルとオスナードはチリ・ワインを飲み、太平洋の魚を食べた。ろうそくが灯されたそれぞれのテーブルでは、客たちが冷ややかな眼でお互いを値踏みし合っていた――あなたは何百万持ってるの? 彼はどうやってここにはいったんだろう? あんなにダイアをつけて、彼女、どこへ行くのかしら? 窓の外はもう漆黒の闇になっていた。ライトアップされた階下（した）のプールでは、金色のビキニをつけた四歳の女の子が、水泳帽をかぶった、筋骨逞しい水泳のコーチに肩車され、プールの深いほうへ進んでいた。女の子が落ちたらすぐに対処できるよう手を差し出しながら、肥満気味のボディガードがその脇を一緒に歩いていた。プールサイドでは、デザイナー・ブランドのパンツスーツを着た母親が、見るからに退屈そうにペディキュアを塗っていた。

「ルイーザは言うなれば〝活動の中心〟といった女でね、アンディ、自慢するわけじゃないが」とペンデルは言っていた。どうして彼女の話などしているのか。オスナードが彼女について何か言ったのだ。「まさに百万にひとりの秘書だね。私に言わせれば、まだまだ潜在能力を秘めている最高の秘書だ」彼としては、あまり愉快とは言えなかった電話のあとだったので、彼女のことを誉めるだけで何かを挽回（ばんかい）しているような気持ちになれた。「骨の折れるきつい仕事と言うだけじゃ、彼女のしていることを少しも説明したことにはならない。公的には、三カ月前まで〈デルガド＆ウルフ〉法律事務所の彼の個人秘書だった。でも、デルガドは儲けることをあきらめて、今はそれより国民のために尽くそうとしているわけだからね。非公式には彼女は、運河の管理委譲をひかえ、運河委員会が大きく変わろうとしている中にあって――一方のドアからアメリカ人が出ていき、もう一方のドアからパナマ人がはいってくるという慌ただしさの中にあって、何がどうなっているのか、きちんと人に説明できる数少ない頭脳明晰なひとりと言えるだろう。彼女は人を迎え、守り、悪いところは改善する。何がどこにあるかということも、どこにもないとすれば、誰がそれを盗んだかということもちゃんと知ってる人間だ」

「なかなか希有な存在なんだ」

妻を誉められ、ペンデルはいささか得意になって言った。

「アンディ、私はそれを否定しないね。個人的見解を言わせてもらえば、デルガドはなんとも幸運な男だよ。上層部で船舶会議があったとする。このまえの会議の議事録はどこだ？　はい、これです。次はブリーフィングを待ってる外国の代表団。日本人の通訳はどこにいる？　はい、ここです」ペンデルはまたデルガドをからかいたくなった。その衝動を抑えられなくなった。「妻はまた、デルガドが二日酔いのときや、奥さんと一悶着あったときに、彼に声をかけられるただひとりの人間でもある。ルイーザがいなければ、デルガドなんてすぐにつぶされてしまうだろう。あのオーラも穴だらけになってしまうことだろう」

「日本人か」とオスナードは考え深げに語尾を引き延ばして言った。

「別に日本人じゃなくても、スウェーデン人でも、ドイツ人でも、フランス人でもかまわない。でも、最近はやはり日本人だな」

「どういう類いの？　ここに長くいるやつらか？　それとも短期滞在の連中か？　産業界のやつらか、政府のやつらか」

「そういうことは私にはわからないよ、アンディ」とペンデルは答え、不自然にくすくす笑った。「私には彼らはみんな同じに見えてならないんだ。それでも、やはり銀行関係者が多いだろうか」

「しかし、ルイーザならわかる。そういうことか」

「こっちにいる日本人はみんなルイーザの言いなりなのさ。いったいどういう魔力が彼女にあるのかわからないけれど、日本の代表団が彼女と一緒にいるところを見たら、誰でもそんな印象を受けるはずだ。ルイーザはただお辞儀をして、笑みを浮かべて、こちらへどうぞと言ってるだけなんだけれど。あれは才能としかほかに言いようがないね」

「奥さんは仕事を家に持ち帰ったりは？　週末や夜、奥さんが家で仕事をするといったことは？」

「忙しいときにはね。たいてい木曜日だな。週末に向けて自分と子供のための時間をちゃんと確保できるように。こっちは客とのつきあいがあるからね。でも、彼女のところにはは超過勤務手当てもなくてね。だから、まあ、うまく利用されてるようなところもないわけじゃないんだが、それでも、アメリカ水準の給料はもらってるから、その点はこちらの人間とはちょっとちがう。それは認めなきゃならない」

「奥さんはどんなふうにしてる？」

「仕事のことか？　まあ、タイプしたり――」

「金のことだ。おあし。給料のことだ」

「妻の給料は全部共同預金口座に振り込まれるようになってる。妻の考えで。そういうところは潔い女だよ、ルイーザというのは」とペンデルはとりすまして答えた。

そう答えて、不意に顔が赤くなったのに気づいた。そればかりか、涙がこぼれかけた。彼は驚き、こらえ、出てきたところへ涙を押し戻した。オスナードはそんなペンデルの様子を見ても平然としていた。顔を赤らめてもいなければ、黒いボタンのような眼に涙を浮かべてもいなかった。

「気の毒に。奥さんはせっせとラモンに借金を返してるわけだ」と彼は情け容赦なく言った。「しかもそのことを知らないとはね」

さすがにペンデルもその冷酷なコメントには屈辱を覚えたにちがいない。が、そういった類いの感情は顔には表れていなかった。興奮気味に部屋の遠くを見ており、その顔には喜びと不安が同時に表れていた。

「ハリー！　これはこれは！　わが大親友、ハリー・ペンデルじゃないか！」

赤紫色のスモーキング・ジャケット姿の巨体が、テーブルにぶつかり、グラスをひっくり返し、怒声を浴びながら、彼らのほうに向かってやってきた。苦痛と放蕩によるダメージが全身に現れながらも、まだその見目のよさは根こそぎ失われてはいない、若い男だった。その姿を見て、ペンデルはすでに立ち上がっていた。

「セニョール・ミッキー。わが親友ということばはそっくりそのままきみに返そう。どうだね、調子は？」とペンデルはどことなく心配そうに尋ねた。「こちらはアンディ・オスナード、私の友達だ。アンディ、こちらはミッキー・アブラカス。ミッキー、もうだいぶ聞こし召してるみたいだけど、坐らないか？」

ミッキーはジャケットをみんなに見せびらかしたがっていた。坐ってしまうと、それはできなくなる。彼は腰に手の甲をあてると、指を外に向け、ファッション・モデルがやるような爪先回転をやってみせた。が、危うく倒れそうになり、テーブルの端をつかんで体を支えた。その拍子にテーブルが傾き、皿が二枚床に落ちて大きな音を立てて割れた。

「気に入ったかい、ハリー？　自分でも誇らしいか？」ミッキーはアメリカ英語を大声でしゃべっていた。

「ミッキー、ほんとうに素敵だ」とペンデルは心底そう思って言った。「実は今、アンディにそのジャケットの肩の線ほどうまくカットできたことはほかに一度もない、なんて話をしてたところなんだ。そうしたら、思いがけずきみが現れたというわけだ。そうだったろ、アンディ？　とにかく坐らないか。馬鹿っ話でもしよう」

しかし、ミッキーはオスナードに気を取られていた。

「おたくはどう思う？」

オスナードは鷹揚な笑みを浮かべて言った。「おめでとう。〈P&B〉の傑作だな。背中の縫い目がまっすぐ真ん中を通ってる」

「あんたは誰だ？」

「彼もうちのお客さんだ」とペンデルが平和を求め、ふたりのあいだに割ってはいって言った。それは、ミッキーと一緒のときにはいつもペンデルにまわってくる役まわりだった。

「彼はアンディだ。さっき言ったのに聞いてなかったのか？　ミッキーはオックスフォードの出身でね。そうだろ、ミッキー？　アンディにきみがいた学寮（コレッジ）を教えてやれよ。ミッキーはイギリス式ライフ・スタイルのファンで、いっとき、アングロ・パナマ文化協会の会長を務めてたくらいなんだ。そうだろ、ミッキー？　アンディは外交官だ、そうだったね、アンディ？　イギリス大使館に勤めてる。それから、なんと、彼のお父さんが贔屓にしていた仕立屋がアーサー・ブレイスウェイトなんだよ」

ミッキー・アブラカスは、ペンデルに言われたことをむっつりとした顔で咀嚼（そしゃく）した。オスナードに暗い視線を投げかけながら。何かいやなものでも見るように。

「おれがパナマの大統領になったら、何をやるかわかるかい、ミスター・アンディ？」

「まあ、かけたらどうだ、ミッキー。そういう話はゆっくり聞きたいから」

「まずおれたちの大半を殺すね。おれたちにはなんの希望もないんだから。もう救いようがないんだから。おれたちは神がパラダイスを創るのに必要なものをすべて持ってる。広大な農地、浜辺、山々、信じられないような野生。ここは棒を地面に突き刺しておけば、それが果物の木になるようなところだ。そして、叫びたくなるほど美しい人たち。なのにおれたちはそんなところで何をしてる？　騙し合い、悪事の企み合い、嘘のつき合い、うわべの飾り合い、盗み合い、奪い合いだ。まるで自分以外の人間には何も残されてないかのような振る舞い。おれたちはどこまで馬鹿なんだね。どこまで腐ってるんだね。どこまで盲目なんだね。大地が今すぐおれたちを呑み込まないのが不思議なほどだ。いや、それは不思議でもなんでもないか。おれたちは大地までコロン（パナマ運河のカリブ海側にある港町）のくそアラブ人に売ってしまったんだから。女王にはそういう報告をするといい」

「ああ、報告するのが今から愉しみだ」とオスナードは嬉しそうに答えた。

「ミッキー、今すぐ坐らないとほんとうに怒るぞ。みんなの注目の的になってる。私に恥をかかせないでくれ」

「おれたちは大親友じゃなかったのか？」

「そんなことは言わなくてもわかってるだろうが。いい子だから、坐ってくれ」

「マルタは？」

「家だと思う。エル・チョリジョの自宅で、たぶん勉強でもしてるんじゃないか」

「おれは彼女が好きだ」

「それを聞いて私も嬉しいよ。その気持ちは彼女も同じだろう。いいから坐れって」

「あんたも彼女が好きだろ？」

「ああ、われわれはふたりとも彼女を愛してる。お互いちがった意味でね」今度は顔が赤くなることはなかった。ただ、声の調子が変わってしまい、ばつの悪い思いはしたが。

「頼むから坐ってくれないか、ミッキー」

ミッキーは両手でペンデルの頭を抱えると、その耳元で湿った声で囁いた。「日曜日のビッグレースはドルチェ・ビータだ、わかったか？　ラフィ・ドミンゴがジョッキーたちを買収したんだ。全員。わかったか？　マルタに教えてやってくれ。彼女を金持ちにしてやってくれ」

「ミッキー、きみはかなり大きな声でしゃべってる。ラフィなら今朝店に来たよ。残念ながら、きみは来なかったけど。試着してもらおうと、素敵なディナー・ジャケットがきみを待ってたのに。なあ、大親友と言うなら、頼むから坐ってくれないか」

ペンデルは、名札をつけたふたりの大男が部屋の隅を伝って、彼らのほうにまっすぐ歩いてきているのを視野の端でとらえると、ミッキーを守るような恰好で、その山のような肩に届くかぎり手をまわした。

「ミッキー、これ以上迷惑をかけるつもりなら、私はもうきみのスーツはつくらないぞ」と彼は英語で言った。それからふたりの男に向かってスペイン語で言った。「なんでもない。心配は無用だ。ミスター・アブラカスはひとりで帰れるから。ミッキー」

「なんだ？」

「聞いてるのか、ミッキー？」

「いや、聞いてない」

「よくできたあのきみの運転手、サントスは外にいるのか？」

「知るもんかね」

ペンデルはミッキーの腕を取り、鏡張りの天井の下、レストランからロビーまで手ぎわよく彼を連れていった。そこではサントスが心配そうな面持ちで主人を待っていた。

「すまない、アンディ。今日はミッキーにとってあまりいい日ではなかったようだ」とペンデルは自分の恥を語るような口調で言った。「でも、ミッキーはパナマの数少ないヒーローのひとりでね」

失地挽回とばかりに、ペンデルはミッキーのこれまでの足跡を問わず語りに語った――ミッキーの父親はギリシアからやってきた船主で、オマール・トリホス将軍（一九二九～八一。一九六八年の軍事クーデターでパナマの政権を掌握。事実上、独裁体制を取る）と親しかった。ミッキーが家業を継ごうとせず、麻薬取引きにのめり込んでしまったのはそのためだった。そして、共産主義との戦いの中で、麻薬の取引きを誰もが誇りに思える仕事に変えた、といった話から始めた。

「彼はいつもあんなしゃべり方をするのか？」

「さっきのはしゃべり方というほどのものでもなかった。そう言っておくよ。いずれにしろ、それでもミッキーは父親をとても尊敬していた。また、トリホスを忌み嫌ってたというわけでもなかった。しかし、〝あの人物〟のことは好きになれなかった」ペンデルはノリエガの名前を出さない地元のなかば強制的な習慣に従って言った。「で、彼は聞く耳を持った世間の人々にそのことを言ってまわらなければならないと思った。その彼の活動は〝あの人物〟が見境をなくし、投獄して彼を黙らせるまで続いた」

「マルタのことも何か言ってたけど、あれはなんだったんだ？」

「そう、すべては過ぎ去りし日のことだ。その二日酔いのようなものだな。ふたりとも反体制運動に参加してたんだよ。かたや、貧しい家に育った娘、マルタ、かたや、甘やかされた金持ちの息子、ミッキー。そんなふたりが肩と肩を並べてたのさ、言うなれば、デモクラシーのために」できるだけ早くその話題を自分の意識の背後に追いやろうという気持ちが働き、思うよりさきにことばが出ていた。「あの頃は、通常はありえない、そういった友情も珍しくなかったんだ。団結の絆はそれほど強固なものだった。それは彼が言ったとおりだ。彼らは愛し合ってたんだ。いや、今も――」

「彼はあんたのことも言ってたけど」

また思うよりさきにことばが出ていた。

「ただ、ここには刑務所がある。ここの刑務所はイギリス本国のそれとはだいぶ事情が異なる。そう言わざるをえない。イギリス本国の刑務所が楽園だなどと言うつもりは毛頭ないけれど。それでも、ここのやつらは、きわめて繊細とは言えないような長期服役者と同じ大監房にミッキーを収監したんだ。十二人、あるいはそれ以上いるような監房に。そして、頻繁に監房を変えた。わかると思うけれど、そのことでミッキーは少なからず健康を損ねた。なんと言っても彼は若い盛りで、とびきりハンサムだったわけだから」ペンデルはそこでぎこちなく話を終えた。沈黙ができた。オスナードは失われたミッキーの美貌に敬意を表し、あえてその沈黙を破ろうとはしなかった。「ただ苛立(いらだ)たせたという理由で、彼らは失神するまでミッキーを殴ったりもした」とペンデルはつけ加えた。

「面会には行ったのか？」とオスナードはぶっきらぼうに尋ねた。

「刑務所に？　ああ、それはね。もちろん」

「人間というのは、一度塀の中に入れられると、人が変わったようになったりするものなんだろうな――」

ミッキーは案山子(かかし)のように痩せ細っていた。殴打のために顔が曲がり、その眼は地獄を見ていることをありありと物語っていた。そして、注文専門の仕立屋には見るに耐えないような、ぼろぼろのオレンジ色の囚人服を着ていた。足首には、生々しい赤みがかった水ぶくれ。手首にはその水ぶくれがもっとたくさんできていた。鎖につながれた者は、殴打されるときには身悶えしてはならないことを学ばねばならない。しかし、それには時間がかかる。ミッキーは蚊の鳴くような声で訴えた。「ハリー、頼む。手を貸してくれ。お願いだ。おれたちは親友だ。ここから出してくれ」ペンデルも囁き返した。「ミッキー、よく聞くんだ。こういうところでは自分を消す(ドラックン)ことだ。誰の眼も見ちゃいけない」ふたりとも相手の言ったことを聞いていなかった。実際、ふたりに言えることは、〝やあ〟と〝じゃあ、また〟しかなかった。

「それで今は何をしてるんだ？」とオスナードは尋ねた。さきほど言いかけたことにはもう興味をなくしてしまったようだった。「死ぬほど飲んで、まわりの迷惑になっていないときには、彼は何をしてるんだ？」

「ミッキーのことか？」

「誰だと思った？」

ペンデルはそのときある衝動に襲われた。それはデルガドを揶揄（やゆ）したくなったのと同じ衝動だった。ミッキー・アブラカスを現代のヒーローに仕立て上げたくなったのだ……そうすれば、このオスナードという男がミッキーなど取るに足りない存在だと思っていたとしても、その考えを改めるのではないだろうか？　ミッキーは友達だ。仲間だ。刑務所（ムショ）仲間――塀の中を経験した者同士だ。おまえはイギリスのパブリックスクールで馬跳びでもしていたのかもしれないが、ミッキーのほうはそのときに悪質な囚人どもに輪姦（りんかん）されていたのだ。指を折られ、タマをつぶされていたのだ……

ペンデルはこっそりとまわりに眼をやり、誰にも声を聞かれていないことを確かめた。隣のテーブルでは、小さなまるい頭をした男が、給仕頭から大きな白い無線電話を受け取り、受話器に向かって話していた。給仕頭は、客が使い終えるのを待って、無線電話を持ち去ろうとしたが、すぐにまたほかのテーブルから声がかかった。

「ミッキーはまだやってるんだよ、アンディ」とペンデルは声を落として言った。「さっきあんたが見た彼はほんとうの彼じゃない。あれはミッキーのほんとうの姿じゃない。昔の姿でも今の姿でもない。そう言っておくよ」

何をしているのか。何をしゃべっているのか。ペンデルには自分で自分がわからなかった。すべてはでたらめだった。が、疲れた心のどこかではこんなことを思っていた。これはミッキーに対する友情の証しだと。本人がもう二度となることのできない人物に本人を仕立てるのだ。復活を果たしたミッキーに。薬物を断った、光り輝く、戦闘的で勇猛果敢なミッキーに。

「まだやってるって何を？　話が見えなくなった。あんたはまた暗号でしゃべってる」

「彼はまだ関わっているということだ」

「何に？」

「〈サイレント・オポジション（静かなる抵抗）〉に」とペンデルは答えていた。劣勢をはね返して勝ちに出るまえに、自らの旗を敵の軍隊に投げつける中世の騎士のように。

「なんだって？」

「おだやかな抵抗運動。結束を固めて、そういうことをしている信奉者のグループがあるんだ」

「信奉者？　なんの話をしてるんだ？」

「偽物。見せかけ。表面の下は。まあ、そう言っておくよ」ペンデルは目眩を覚えながらも、埒のない空想の測定不能の高みに昇ろうとしていた。つい最近交わしたマルタとのやりとり――そのおぼろげな記憶がにわかに援用される。「偽のデモクラシー。それが新しい清廉潔白なパナマの姿なのさ。すべては見せかけなんだ。あんたもさっき聞いただろ？彼が話していたのはそういうことなんだ。騙し合い、悪事の企み合い、嘘のつき合い、うわべの飾り合い。カーテンを開けてみたら、〝あの人物〟に服従していたやつらが、今度は自分で手綱を取ろうと待っていたというわけだ」

ピンホールのようなオスナードの眼が今またペンデルをとらえていた。ペンデルは不可視光線でも浴びているような気がした。が、そこでふと気がついた、オスナードが求めているのは、情報の正確さではなく、情報の範囲であることに。そう思うと、いくらか無謀なことをやっても身に危険は及ばないような気がした。この男が知りたがっているのは、こっちが持ってる情報の精度ではなく、おれの縄張りなのだ。だから、おれがメモを読み上げようが、記憶を弄ぼうが、即席に話をつくろうが、そんなことは気にもしていないのだ。もしかしたら、こっちの話をそれほど真面目に聞いてさえいないのかもしれない。

「ミッキーは橋の向こう側の人々と今でも接触を持ってるんだよ」ペンデルは景気よく話

をでっち上げた。

「と言うと？」

橋とはパナマ運河に架かっているアメリカ橋のことだった。また、〃橋の向こう側の人々〃という言いまわしはマルタの語彙だった。

「一般市民の秘密組織、とでも言えばいいかな」とペンデルは大胆に答えた。「まあ、賄賂より国家の発展を見たいと思ってる人々の集まりだ」それもマルタのことばと一字一句変わらなかった。「いい加減で欲深な政府に裏切られた農民や職人たち。誇りを持った小さなプロたち。見ることも聞くことも決してできないパナマの良心的な部分。そういった人々が自分たちで組織をつくってるのさ。もうたくさんだというわけだ。そして、それはミッキーも同じ気持ちなわけだ」

「その組織にはマルタも参加してるのか？」

「可能性はある。直接訊いたことはないけど。私はそういうことを知らなきゃならない立場にいるわけじゃないからね。と言って、私自身考えないわけじゃないが。まあ、そういうことだ」

長い間(ま)ができた。

「もうたくさんだというのは、正確には何がたくさんなんだ？」

ペンデルは秘密めかした視線をすばやくまわりに送った。虐げられた善良な人々に希望をもたらすロビン・フッド。彼の気分はそれだった。隣のテーブルでは騒々しい十二人のグループが、ドン・ペリニヨンを飲み、ロブスターをたいらげていた。

「これだよ」とペンデルは低い声ながらきっぱりと言った。「ここにいる彼ら。彼らにまつわるものすべてだ」

オスナードは日本人についてもっと知りたがった。

「一般的に日本人の地位は――さっさそういうひとりに会ったから訊くんだと思うけど――パナマでは低くはない。彼らがそういう地位を占めるようになって、もうかれこれ二十年ぐらいになるんじゃないかな」ペンデルはただひとりの親友のことから話題が離れたことを歓迎し、勢い込んで答えた。「見物人が大勢集まるパレードや、日本人のブラスバンドや、日本人がつくって国に提供した魚市場や、そう、日本人の基金をもとにしてつくられたテレビの教育チャンネルまである」とペンデルは、彼の子供たちが見ることを許されているいくつかの番組を思い出してつけ加えた。

「トップの日本人は？」

「客の中で？　さあ、誰だろう。私にとっては彼らは不可解な連中だからね。マルタに訊けばわかるかもしれないけれど。ひとりの日本人の採寸をしようとしたら、そのひとりの写真を撮るために、お辞儀だけする人間が六人やってくる、なんて私たちはよく言い合うんだが、それはそれほどまちがってないと思う。店に来て横柄な態度を取る、貿易使節団のミスター・ヨシオに、大使館のトシカズ。しかし、問題は、それが彼らのファースト・ネームなのかセカンド・ネームなのか、それさえ調べなければわからないということだ」

「あるいは、マルタに訊かなければ」

「ああ」

オスナードの黒い視線がまた気になり、ペンデルは笑みを向けて、それとなくオスナードに視線をそらさせようとした。が、無駄だった。

「エルネスト・デルガドを夕食に招待したことは？」ペンデルは日本人についてもっと訊かれるのではないかと思っていた。が、オスナードは話題を変えてそんな質問をした。

「そういうことはまだね。そういうことはまだしたことがない」

「どうして？　彼はあんたの奥さんのボスなんじゃないのか」

「率直に言って、私が招待しようとしてもきっとルイーザが反対するだろう」

「どうして？」

ペンデルはまた衝動を覚えた。何物も完全に消えることはない。いっときの嫉妬が一生涯にわたるフィクションを紡ぎ出すこともある。善人に対してできるただひとつのこと。一度その善人を引きずり下ろしたら、あとはとことん引きずり下ろすしかない。いわばそんな衝動だった。

「私に言わせれば、デルガドはこちこちの保守派だよ、アンディ。本人は認めないだろうが、〝あの人物〟の下では彼もほかの連中と変わらなかった。そりゃ、リベラルな友人たちと一緒のときには、威勢のいいことを言ったりするかもしれないが、その友人たちに背を向けられたら、すぐさま〝あの人物〟の隣に引っ越して、〝はい、閣下、ええ、閣下、なんなりとお申しつけください〟なんて平気で言う男だ」

「しかし、それは一般に知られてることじゃない。ちがうか？　彼は今でも清廉潔白な人間で通ってる。ちがうのか？」

「そこが彼の危険なところさ。ミッキーに訊くといい。デルガドはいわば氷山みたいなものでね。見えている部分より水面下にある部分のほうがずっと大きな人間だ。そう言っておくよ」

オスナードはロールパンをちぎると、バターをつけ、牛が反芻するように下顎をゆっくりまわしながら咀嚼した。が、その小さな黒い穴のような眼はパンとバター以上のものを求めていた。

「店の二階にあった部屋だが――〈スポーツマンズ・コーナー〉といったかな」

「気に入ったかい?」

「あそこを客用のクラブルームみたいにすることを考えたことは? みんながくつろげる場所にするのさ。木曜日の夜には客がよく集まるということだが、くたびれたソファと肘かけ椅子だけの一階より、くつろげる場所になるんじゃないかな」

「実を言うと、それはこれまでに何度も考えたことなんだ。ただ一目見ただけなのに、あんたがそんなことを言うとはね。驚いたな。でも、いつも同じ動かしがたい障害にぶつかるんだ。それはつまり、それじゃ、〈スポーツマンズ・コーナー〉はどこへ持っていけばいいのか、ということなんだ」

「スポーツ用品は儲かるのか?」

「そう、結果的には利益を生む」

「おれはそれほど気持ちをそそられなかったが」

「スポーツ用品というのは、言うなれば客寄せ商品みたいなものなんだ。私が売らなければ、誰かが売りはじめる。そしてそのうちそいつがうちの客を持っていってしまう。そういうことだ」

オスナードが無駄な動きをいっさいしないことに気づき、ペンデルは落ち着かない気持ちになった。そういう巡査部長に一度あたったことがあるのだ。そうした男は手をむやみに動かすことも、頭を掻くことも、尻をもぞもぞさせることもしない。ただ坐って、その眼で相手をじっと見るのだ。

「あんたは私のサイズを計ってるのか、アンディ？」とペンデルはおどけて言った。

しかし、オスナードはその質問に答えずにすんだ。ペンデルが視線をまた部屋の奥の隅に移したのだ。そこでは十人ばかりの男女の新たな騒々しい一団が、今から長テーブルに陣取ろうとしていた。

「かたわれが来た、そう言ってよければ」と言ってペンデルは、長テーブルの上席に着いた人物と、派手なジェスチュアを交えて挨拶を交わした。「ほかでもない、ラフィ・ドミンゴだ。ミッキーのもうひとりの友。信じられないことに」

「どうしてかたわれなんだ？」

ペンデルは秘密めかして、片手を口元にやって言った。「彼の隣に坐ってる女性のことを言ったのさ、アンディ」

「あの女がどうした？」

「ミッキーの奥さんなんだ」

オスナードは料理をせっせと食べる手を休めることもなく、すばやい視線をそれとなく送った。

「あのおっぱいの大きな女か？」

「そうだ。あんたも時々、人はどうして結婚するのか考えることはないかね？」

「ドミンゴをくれ(ギヴ・ミー・ドミンゴ)」とオスナードはペンデルに命じた。中央ハの音をくれ、とでもいった口調で。

ペンデルは息を深く吸い込んだ。頭がくらくらし、心も疲れていた。しかし、まだ誰も休憩とは言ってくれなかった。彼としてはプレーを続けるしかなかった。

「自家用機を持ってる」とペンデルは気ままに始めた。

店で耳にした話だ。

「なんのために？」

「誰も泊まらないような高級ホテルを何軒も経営してるんだよ」

ラフィ・ドミンゴについては、舞台をひとつの国にかぎらない噂話がいくつもある。

「どうして？」

ここからは〝夢をつくる力(フリュエンス)〟に任せる。

「そのホテルはマドリッドに本部を置く、ある共同事業体(コンソーシアム)のものなんだよ、アンディ」

「だから？」

「そして――そのコンソーシアムは、コカインの取引きにまったく関係がないとは言えないコロンビアの紳士たちのものだという噂があるのさ。しかし、そのコンソーシアムの経営はなかなか順調なようでね。それ自体は悪いことではないはずだ。チトレに新しい高級ホテルを建てて、ダビデに一軒、ボカス・デル・トロ（どれもパナマの地方都市）に二軒、現在建設中だ。それで、ラフィ・ドミンゴはフライパンの中のコオロギみたいに、自家用機で建設現場を行ったり来たりしているというわけだ」

「なんのために？」

ウェイターが水を注ぎ足しているあいだ、ふたりのスパイは黙り込んだ。角氷がグラスにぶつかり、教会の鐘のような音を立てた。ペンデルの耳には、その音がやけに大きく響いた。

「これはただの想像でしかないけれど、アンディ、ラフィはホテルの仕事のことなど何も知らないと思う。でも、そんなことはどうでもいいことなのさ。なぜなら、さっき言ったように、彼らのホテルは客を取らないんだから。彼らはホテルの宣伝もしておらず、こっちが予約をしようとしても丁重に満室だと断られるだけなんだ」

「もうちょっとわかりやすく話してくれないか？」

ラフィは気にしないだろう、とペンデルは自分に言い聞かせた。ラフィはベニー叔父とよく似たところがある。だから、きっとこんなふうに言ってくれるはずだ、ハリー・ボーイ、それでオスナードが喜ぶならなんでも話してやるがいい、おまえがしゃべったという証人が誰もその場にいないかぎりは。

「どのホテルもそれぞれ毎日五千ドルずつ銀行に預ける。そうして、そういうことを一年か二年続ける。そして、そのホテルの預金高がかなりの数字になると、売りに出され、競り値の一番高い買い手に所有権が譲渡される。その一番高い競り値をつけるのが、また別な会社の代表であるラフィ・ドミンゴだったりするわけだ。ホテルそのもののメンテナンスについてはどこも申し分がない。しかし、それは驚くにあたらない。客室に誰ひとり泊まったことがなく、厨房も一度たりとも使われてないんだから。ハンバーガーひとつ調理されてないんだから。そして、その時点からホテルを経営することは、非の打ちどころのない合法的なビジネスということになる。パナマではどんな金も三年経てば立派なクリーン・マネーだ。アンティーク・マネーと言ってもいい」

「さらに、彼はミッキーの女房と寝てるというわけだ」

「まあ、そんな話を聞いたことはあるけど」とペンデルは慎重に答えたが、それはまぎれのない事実だった。

「聞いたというのはミッキーから？」

「はっきりと聞いたわけじゃないが。こっちから根掘り葉掘り訊いたわけでもない。それに、ミッキーに関しては眼で見ることのできない部分があるからね」またでっち上げていた。何がそうさせるのか。自分は何に駆られているのか。その答がオスナードであることにまちがいはない。が、演技者はどこまでも演技者で、観衆が見てくれているかぎり、どこまでも演じつづけてしまうものなのかもしれない。それとも、自分のフィクションをずたずたにされてしまったために、他人のフィクションでその埋め合わせをしているのだろうか。自分の世界を再構築するための活路をそんなところに見いだそうとしているのだろうか。

「とにかくラフィもまた彼らのひとりだ。掛け値のないところ、彼は一番の大物のひとりだ」

「なんの？　なんの大物だ？」

「〈サイレント・オポーザー（静かなる抵抗者）〉の。ミッキーとその仲間。舞台の袖で出番を待っている連中。私はそう呼んでいる。災いの兆候を見て取った連中。ラフィは雑種だ」

「雑種？」

「雑種だ、アンディ。マルタと同様。私もそうだ。ラフィの場合は先住民族だが。パナマでは人種差別というものがない。これはいいことだ。それでもユダヤ人（ターコ）はあまり好かれていないようだが。新参者は特にね。もちろん、ここでも社会の階段を昇れば昇っただけ白い顔が増える。私はそれを高山病と呼んでる」

それはつい最近仕入れて、ペンデル自身、自分のレパートリーに加えようと思っていたジョークだった。が、オスナードはにこりともしなかった。意味がわからなかったのか、わかりながらも面白いとは思わなかったのか。ジョークより公開処刑を見るのを好みそうなタイプ。ペンデルの眼にオスナードはそんなタイプに映った。

「報酬は結果を見てからということで」とオスナードは言った。「それしかないと思うが、それでいいだろ？」彼は頭を低くして、それと同時に声も低くして言った。

「それは私自身、店を始めてからずっと通してきてる営業方針だ」とペンデルは熱っぽく答えた。最後にそんな払い方をしたのはいつだったか、思い出しながら。

酔ってもいたのだろう、また、自分自身も含めたまわりの非現実感のせいもあったのだろう、もう少しで、それはアーサー・ブレイスウェイトの方針でもあった、と言いかけたのをどうにか思いとどまった。一晩の分量として、ブレイスウェイトの話はもう充分すぎるほどしていた。話自体はたとえ一晩じゅうでもできたとしても、度を越さぬのが〝名人〟というものだ。

「今の時代、誰も金銭的動機を恥ずかしいものとは思わなくなった。むしろ人を動かす唯一の原動力になったと言ってもいい」とオスナードは言った。

「確かに」とペンデルは、オスナードがイギリスの現状を嘆いているのだと思って同意した。

誰かが自分たちの話に耳をそば立てていないかとまわりに眼をやって、額を合わせ、何やら秘密めいた話をしているまわりの客の多さに勇気づけられたのだろう、オスナードはペンデルに落ち着きをなくさせるくらい厳しい表情になると、低いながら、どことなく神経を逆撫でするような声で言った。

「あんたはラモンにしっぽをつかまれてる。彼に借金が返せなきゃ、あんたはえらいことになる。一方、借金が返せたところで、あんたの手に残るのは米をこれから育てることもできない、水も米もない農園だけだ。それがルイーザに知れたら、彼女はどんな反応を示すか、考えるまでもない」

「そのとおりだ、アンディ。そのことは否定しないよ。そのためにここ何週間も食事が咽喉を通らないような状態だということも」

「あんたが裁判で負けそうな隣人というのは?」

「不在地主だ。とことん底意地の悪い亡霊みたいなやつだ」

「名前は？」

ペンデルは首を振った。「相手は個人じゃないんだ。たぶんマイアミの会社だと思う」

「そいつの取引き銀行は？」

「そんなことはわからない」

「それがなんとあんたの友達のラモンなのさ。そう、そのマイアミの会社というのはラモン・ラッドの会社なんだ。ラッドが三分の二所有し、残りの三分の一をミスターＸが所有してる。そのミスターＸが誰だかわかるか？」

「信じられない。頭がくらくらしてきた」

「あんたが実質的に農園の運営を任せてるやつ。なんていったっけ？」

「アンヘル？　彼は私のことを兄のように慕ってる」

「騙されてるんだよ、あんたは。ミイラ取りがミイラになるというやつだ。考えてもみろよ」

「ああ、考えてるよ、アンディ。でも、そんなことは思いもよらなかった」ペンデルはまたひとつ自分の世界が視野から消えていくような気がした。

「あんたの農園をただ同然で買い取ろうと言ってきたやつはいないか？」オスナードがい

つのまにかふたりのあいだにできた靄の壁の向こうから訊いていた。

「今われわれが話してる隣の地主だ。私の土地を買い上げ、水を戻し、生育可能な稲を植えて、買った値の五倍の値打ちのある農園にする腹なのさ」

「それにアンヘルも一枚噛んでるというわけだ」

「だんだん、輪っかが見えてきた。私を中心とした輪っかが」

「隣の地所の広さは?」

「二百エーカー」

「そこで何を?」

「牛を飼ってる。経営維持費のかからない牧牛だ。水も要らない。なのに、私のほうへはまわしてくれないんだ」

逮捕者が警官に調書を取られているようなやりとりになっていた。オスナードは何も書き取ってはいなかったが。その狐のような褐色の眼に記憶していた。

「そもそもその農園は、ラモン・ラッドに勧められて買ったものなんだろ?」

「そう、安い買いものだと言われてね。相続税を払うためにしかたなく売りに出された物件ということだった。ルイーザの金を投資するには持ってこいというわけだ。要するに私はいいカモだったということだな」

にし、ひとつ息を吸い込んでから言った。実際、半音下がったような声になった。

オスナードは大型のブランデーグラスを口に持っていき、声がまわりに広がらないようにし、ひとつ息を吸い込んでから言った。実際、半音下がったような声になった。

「ハリー、あんたこそ持ってこいの人間、神の賜物だ。古典的な、完璧なまでの情報収集者だ。政治家とつながりのある妻。得がたいコネ。レジスタンスに身を投じている友達。大衆運動に参加している店の女性。行動パターンは十年あまりのあいだにすでに決まっていて、商売はめだたない仕立屋で、地元のことばも話すことができ、おまけに能弁で機を見るに敏だ。あんなにうまいつくり話は初めて聞いたよ。あんたのような人間があと何人かいたら、パナマの一大叙事詩だってでっち上げられるだろう。それでも、拒否したければ拒否してもいい。やるか、やらないか、どうする？」

ペンデルはにやりと笑った。それは、誉められて悪い気はしなかったのと、自らの苦境に怯えたためでもあった。が、ほんとうのところは、自分の人生が自分の意志とは無関係に大きく変わろうとしている瞬間を目のあたりにしているからだった。

「正直に言って、拒否するつもりならもっとまえに拒否できていたわけだ」彼の心はすでに彼の人生の境界線を越えたところをさまよっていた。が、まだ彼はイエスとは答えていなかった。

「マイナス面は一日目からもうどっぷり首まで浸かることになるということだ。その点はどうだ？」

「私はもうすでにどっぷり首まで浸かってるよ。問題は、それでも、どういうところに浸かりたくないかということだ」

老猾（ろうかい）な揺るぎない眼がまた、聞き、記憶し、臭いを嗅いでいた。それらの仕事を同時にこなしていた。そんな眼に逆らい――あるいは、そんな眼によけいに闘志を掻き立てられ――ペンデルはあえて自分を主張した。

「私は借金に首がまわらなくなっているような男だ。あんたはそんな人間をどう利用しようと言うんだね？　私としてはそこのところがよくわからない」ペンデルは有罪を宣告された者のゆがんだ矜持（きょうじ）をちらつかせて言った。「私は自分をどう救えばいいのかわからない。頭のいかれた億万長者というのはそうどこにもいるわけじゃない」彼は意味もなくまわりを見まわした。「この中にひとりでもそういう億万長者を見つけてみるといい。もちろん、私だって彼らがみな正常な心を持った連中とは思わない。ただ、私のほうを向いてくれる、頭のいかれた億万長者はひとりもいないということだ」

オスナードは眉ひとつ動かさなかった。視線も。豪華な白いテーブルクロスの上に置いた手も。声も変えなかった。

「私のうしろについてる人間はみな充分いかれてるから心配しないでいい」

安堵を求めて、ペンデルはまわりを見まわした。パナマで誰より嫌われているコラムニスト、〝ベアー〟がぞっとするような恰好で、レストランの最も暗い部分に置かれたテーブルに向かって、ただひとり歩いていた。が、その姿を眼でとらえただけで、ペンデルはまだイエスとは答えず、片方の耳でベニー叔父のことばを必死になって聞いていた……ハリー・ボーイ、ペテン師に会ったら焦らすことだ。また来週来いと言われるほどペテン師が嫌がることはないんだから……

「やるか、やらないか、どっちだね？」

「考えてるんだよ、アンディ。自分はいったい何をしようとしているのか」

「どうして？」

素面の大人として決断したいからだ、とペンデルは心の中でいささか好戦的に答えた。馬鹿な衝動に突き動かされず、いやな記憶にも、相手の影響力にも左右されずに決断したいからだ。

「私にはいったいどういう選択ができるのか。それをあらゆる角度から吟味してるんだ」と彼はむしろ堂々と答えた。

オスナードは誰も口にしてはいない非難に対して反論していた。その弾力ゴムのような体軀に見合った、粘りつくような囁き声で。しかし、ペンデルにはオスナードの言っていることが半分も頭にはいってこなかった。別な夕べのことを考えていた。気づくと、またベニー叔父のことを考えていた。すぐにも家に帰り、眠りたかった。

「われわれは人を悪く言ったりはしない。

「あんたがそんなことをしてるなんて誰も言ってないよ、アンディ」

「それはわれわれのやり方じゃない。だいたいあんたの前科をパナマ人にばらしてなんの得がある、あんたという人間をこっちが必要としてるときに」

「ああ、そんなことはしてもなんの意味もないね。それでも、実際にあんたにそう言われて悪い気はしないよ、アンディ」

「ブレイスウェイトのことをどうしてみんなに言わなきゃならない？　どうしてそんなことをあんたの奥さんや子供に教えて、あんたに決まりの悪い思いをさせなきゃならん？　そんなことをして、幸せな家庭を壊す必要がどこにある？　おれたちにはあんたが必要なんだよ、ハリー。あんたは売るものを山ほど持ってる。一方、こっちの望みはただ買うことだ」

「農園を買ってくれたら、もうなんでも言うことを聞くよ」とペンデルは冗談めかして言った。

「そういうのは駄目だ。われわれはあんたを意のままに操りたいわけじゃないんだから。あんたの魂を必要としてるんだから」

オスナードの真似をして、ペンデルもブランデーグラスを両手で持ち、ろうそくの明かりに照らされたテーブルの上に上体を押し出す。まだ決断できない。答はイエスで、すでにほぼ決まっている。イエスという返事をしないために味わわされる屈辱から逃れるためだけにも、今すぐイエスと答えたい。それでも、彼はさらに引き延ばした。

「私の仕事についてはまだ聞いてなかったね、アンディ？」

「秘密情報の収集。もう言ったよ」

「ああ。でも、あんたは私に何を聞いてこさせたいんだね？　何が一番重要な問題なんだね？」

オスナードの眼がまた針のように鋭くなる。赤いスパークがその奥で光っている。顎だけを見ていると、心ここにあらずといったふうに、ただ漫然と動いている。まえ屈みになった肥った若い男の体。への字に曲げた唇から、音を引きずるような、低い声が発せられる。

「それほど多くを望んではいない。二十一世紀における世界の力のバランス。世界貿易の将来。パナマの政治地図。〈サイレント・オポーザー〉、あんたの言い方に従えば、〝橋の向こう側の人々〟の動向。アメリカ人が手を引いたときには――もしほんとうに手を引いたら、ここはどうなるのか。一九九九年の十二月三十一日には、誰が笑い、誰が泣くのか？　こそ泥どもが仕切り、世界の二大運河のひとつが競売にかけられたら、いったいどういうことになるのか。まあ、そういった単純明快なことと言えばいいだろうか」とオスナードは答えた。が、一番いいところはまだ取ってあるとでも言わんばかりに、最後のひとことは疑問口調になった。

ペンデルはお返しににやっと笑った。「だったら、何も問題はない。明日の昼食時までには全部答をパックして渡せるんじゃないかな。その答が気に入らなければ、すぐに送り返してくれればいい」

「ただ、メニューには載っていないものが二、三あってね」とオスナードはさらに低い声で言った。「そう、まだ載っていないと言うべきものが」

「なんだね、それは？」

オスナードはただ肩をすくめた。それは、何かをほのめかすようでもあり、一方的な共謀を強いるようでもあり、見ていていらいらさせられる、途方もない権力と経験を併せ持った官憲の仕種だった。

「実際、いろいろあるんだよ。この手のゲームには。それは一晩では学べない。いずれにしろ、今の答は〝イエス〟と受け取っていいんだな？　はぐらかしているわけじゃないな？」

ペンデルは実はまだためらっていた。そのことに気づいて、彼は逆に驚いた。それは優柔不断こそただひとつ残された道であることが本能的にわかるからか。ベニー叔父がまだ袖をひっぱっているからか。魂を売ろうとする者には、考慮する時間が充分与えられるべきであり、それが囚人の権利というものだという漠然とした思い込みのためか。

「はぐらかしているわけじゃないよ、アンディ」と彼は果敢に立ち上がり、胸を張って言った。「人生の岐路に立たされて選択を迫られたら、ハリー・ペンデルというのは、これでなかなか計算高い男なのさ」

子供たちを起こさないよう、ペンデルは家の手前二十ヤードほどに近づくと車のエンジンを切った。そして、あとは慣性の法則に任せ、最後にブレーキを踏んで車を停めた。すでに十一時を過ぎていた。片手で押し、片手で鍵をまわし、両手を使って玄関のドアを開ける。さきにドアを押したほうがスムーズに開くのだ。それを逆にすると、錠前が銃声のような大きな音を立てる。キッチンへ行き、少しでもブランデーの匂いを消そうと、コーラで口をゆすぐ。それから廊下で服を脱ぎ、その場に重ね置いて、足音を忍ばせて寝室にはいる。ルイーザは窓をふたつとも開けている。そうして寝るのが好きなのだ。太平洋から海風が寝室にはいり込んでいる。シーツをはぐって彼は驚いた。ルイーザは眼を開け、彼をじっと見ていた。彼同様、何も身につけず。

「どうした？」とペンデルは口論になって子供を起こすことを心配しながら言う。

するとルイーザは、その長い腕を伸ばし、激しく彼にしがみついてきた。彼は彼女の顔が涙に濡れているのに気づく。

「ハリー、ほんとうにごめんなさい。ほんとうに、ほんとうに。わたしがそう思ってることを知ってほしかったの。ほんとうに、ほんとうに、ごめんなさい」彼女は彼にキスをしつづけ、彼のほうにはキスをさせなかった。「でも、あなたはわたしを許すべきじゃないわ。今はまだ。あなたはいい人よ。いい父親で、いい夫よ。仕事もちゃんとしてくれて。父は正しかった。わたしは冷たくて、心の狭いいやな女よ。わたしにはどうしてもやさしいことばが言えないのね。そのことばにお尻を嚙みつかれでもしないかぎり」

彼女の中にはいりながら、彼は思う。もう遅すぎる、と。われわれはもっと早くこうなるべきだったのだ。

第6章

ハリー・ペンデルは、妻と子供をまさに遵奉するように愛していた。その感覚は、それまで自ら家族を持ちえなかった者——人格者の父を尊敬し、幸せな母を愛するというのがどんなことかも知らず、この世に生まれ出た当然の見返りとして彼らを受け入れるということをついぞしたことのない者——にしか理解できないものだろう。

ペンデルの二階建てのモダンな家は、ベタニアと呼ばれる住宅地の丘のてっぺんにあり、芝生を敷きつめた前庭と裏庭にはブーゲンヴィリアが咲き乱れ、そこから遠くに旧市街とパイティージャ岬が見渡せた。ペンデルはまわりの丘はいわば見せかけで、地下にはアメリカの原子爆弾が埋められ、秘密の作戦室があちこちに置かれているという噂を聞いたことがある。が、ルイーザによれば、それだからこそこの一帯は安全なのであり、彼女との議論を好まないペンデルは、そうかもしれないと答えていた。

ペンデル家には、タイルの床をモップがけするメイド、洗濯をするメイド、ベビーシッターと買いものをするメイド、庭の手入れをし、頭に浮かんだものはなんでも植え、禁制品の薬物を煙草にして吸い、キッチンに寄っては食べものをねだる、白い無精髭を生やした半白の黒人がいたが、この使用人の一団に対して、ペンデル家は週に百四十ドル払っていた。

夜、寝るとき、ペンデルにはひそかな愉しみがあった。両膝を胸につけ、顎を引き、両手で耳をふさぎ、同室の囚人のうめき声が聞こえないようにするという、服役していた頃の恰好でわざと眠り、そうして眼覚め、そこが刑務所ではなくベタニアで、彼を必要とし、尊敬もしている貞淑な妻と、廊下ひとつをへだてて幸せな子供たちとともにいることをゆっくりと確認するのだ。子供たちは彼にとってまさに恵み――ベニー叔父に言わせれば、〝善行(ミツヴァ)〟――だった。九歳のカトリックのプリンセス、ハンナ。八歳のユダヤの反抗的なヴァイオリニスト、マーク。しかし、献身的に、義務的に、家族を愛しながらも、ペンデルはそのことを恐れてもいて、これはまやかしの金(きん)であることを努めて忘れないようにしていた。

だから、闇に包まれたバルコニーに出て、ひとり考えごとをするときには――それは仕事のあとの夜ごとの日課のようなものだ――ベニー叔父がよく吸っていた小さな細巻きの葉巻をくわえ、湿った空気によけいに甘さを増した花の匂いを嗅ぎ、靄の中を泳いでいるように見える街の灯と、気まぐれな雲の合間に見え隠れする、運河の開口部近くの船の列を眺めながら、よく思った、自らの運のよさとそのもろさを。ハリー・ボーイ、こんなことが長続きするわけがない。世界というのは、いつ眼のまえで炸裂してもおかしくないものだ。実際、まさにこの場所からそれを見たじゃないか。一度起こったことはまた起こる。なんのまえぶれもなく、気まぐれに。だから、気を抜かないことだ――

そんなことを考え、平和すぎる市を眺めていると、やがて赤と緑の曳光弾と炎が見えはじめ、マシンガンのたえまない炸裂音と、削岩機のような大砲の砲声が聞こえだし、彼の記憶の劇場に、一九八九年十二月の真昼に起きた狂った出来事が甦る（米軍のパナマ侵攻）。あのとき、何物にもさえぎられることなく海側から飛来してくる、武装ヘリコプターがエル・チョリジョ地区のみすぼらしい木造建築が密集した一帯に折檻を加えるのを見て、丘は仰天し、震えた。世の常とはいえ、すべての責任はいつも貧しい者に負わされる。武装ヘリは燃えさかる小屋を気ままに弄び、燃料補給のためにいったん去ってはまた戻って、打擲を繰り返した。彼らとしてもそれは本意ではなかったのだろう。彼らもまたよき息子よき父であって、目的はノリエガの司令部を攻撃することだったのだろう。しかし、それも何発かの砲弾が外れ、さらにそれに何発かが続くまでのことだった。善意の人間が戦時に意志の疎通をはかるというのは、容易なことではない。自制心など知らぬまに打ち捨てられてしまう。貧しい近郊住宅地区に敵の狙撃兵が逃げ込んだからと言って、それがその一帯すべてを焦土に変えたことの説明にはならない。〝われわれが行使したのは最小限の軍事力である〟などと、血とガラスを浴び、スーツケースと子供を引きずり、怯え、行き場をなくして逃げ惑う人々に言ったところで、それが何になると言うのだろう？　銃撃戦を始めたのは〝ノリエガの威厳大隊〟のしぶとい残党のほうだ、などと言っても。たとえそうであったとしても、誰がそんなことばを信じる？

やがて叫び声が丘を登って聞こえてきた。それまでに叫び声を聞いたことはあったし、ペンデル自身叫び声を上げたこともあった。が、人間の叫び声には、胸の悪くなるような武装車両の持続的な音や、最新技術を駆使した兵器の衝撃音をしのいで、自らを主張することができることを知ったのは、そのときが初めてだった。その叫び声が幾重にも重なり、怯える子供らの嗄れた咽喉から発せられ、人肉の焼ける異臭とともに聞こえてくるときにはことさら自らを主張するという事実を知ったのは、それが初めてのことだった。

「ハリー、中にはいって。こっちにいてちょうだい、ハリー。ハリー、そんなところにいないで。そんなところで何をしてるの、ハリー！」

ルイーザが叫んでいた。彼女は階段下の箒入れの中にはいり、その長い背をドアに押しつけ、自分を子供らの盾にして、マークを抱えていた。まだ二歳にもならないマークは、そんな彼女の胸にしがみついていた。おむつ越しに彼女に湿り気を伝えながら。彼と米兵には共通点がひとつあった、それは、弾薬と紙おむつのちがいこそあれ、消耗品がかぎりなく供給されるということだ。ハンナは、ヨギ・ベアーの柄のパジャマにスリッパという恰好で、ルイーザのそばにひざまずいて、ジョヴィーと自分が名づけた何者かに祈っていた。ジョヴィーというのは、ジーザスとエホヴァとジュピターの寄せ集め——彼女が三年間に聞かされた宗教物語から断片を拾い集めてつくったカクテルだった。もっとも、それはあとになってわかったことだが。

「自分が何をしてるのか、彼らにはちゃんとわかってやってるんだから」とルイーザは繰り返した。彼女の父親を思い出させる耳ざわりな軍隊口調になっていた。「いきあたりばったりにやってることじゃないんだから。すべて計算し尽くしてやってることなのよ。市民を撃ったりするわけがないでしょ？」

ペンデルはルイーザを愛していた。だから、彼女の信念は安全地帯に置いたままにしておいてやりたかった。たとえエル・チョリジョが泣き叫ぼうと。次なるペンタゴンの攻撃がどのようなものであれ、そのためにエル・チョリジョが消えてなくなろうと。

「マルタがあのあたりに住んでるんだよ」とだけペンデルは答えた。

子供のことを心配している女は、子供以外の誰の心配もしない。翌朝、ペンデルは丘を降り、それまでパナマ・シティで一度も聞いたことのなかった静寂を聞いた。そして、すぐにその意味を悟った。停戦期間中は、エアコンをつけないことにも、工事や掘削や浚渫（しゅんせつ）をしないことにも誰もが合意したのだ。すべての乗用車、トラック、スクールバス、タクシー、ゴミ収集車、パトカー、救急車を神の視野から永遠に消すことに。どれほど死の苦しみを味わおうと、乳児にも母親にも叫び声を二度と上げさせないことに。

朝の空に立ち昇り、かつてエル・チョリジョと呼ばれた一帯を無に帰している巨大な黒煙でさえ、ささめくほどの声しか上げていなかった。ただ、停戦を認めようとしないわずかばかりの狙撃兵の残党が、司令部（コマンダンシア）の敷地内から、まわりの通りに設えられた米軍の砲床を狙って発砲していたが、それもアンコンの丘に集結した戦車に苦もなく応戦されるまでのことで、そのうち何も聞こえなくなった。

ガソリンスタンドの電話のようなものまで自己を否定する制令措置を受けていたが、ペンデルが見つけた電話はどうにか難を免れていて、使うことができた。しかし、マルタの電話は鳴らなかった。

ペンデルは、〝人生の岐路に立たされた、成熟した孤独な男〟という新たな見せかけのマントをまとい、慢性的なペシミズムと献身のシーソーに傲然（ごうぜん）と乗りつづけた。時折、優柔不断の虫が自棄を起こし、その自棄の激しさに危うくシーソーから落ちそうになりながらも、おだやかな選択権の行使という名のもと、ベタニアの内なる声に対しては店のサンクチュアリに、店の内なる声に対しては自宅のサンクチュアリに逃げ込んだ。もっとも、彼自身は決してそのことを認めようとはしなかったが。自分をどんなに責めているときでさえ、ふたりの女のあいだを行ったり来たりしているのだとは思わなかった。ただ、最悪の予想が的中したときに、われわれをとらえる妙な快感を覚えながら、おまえは正体を見破られたのだ、とだけ自分に言い聞かせた。しかし、それもこれも身から出た錆というものだ。すべては嘘で固めた世界だったのだから。そんな世界が耳元で音を立てて崩れようと、それはいわば当然の報いだ。愚かにも、土台もないまま寺院を建てようなどと思ったのだから。彼は、しかし、そんな運命の日を予測する一方で、彼を救いに駆けつけた知恵者の声も聞いていた。

〝事実を知られたからと言って、どうして彼を破滅の使者だと思わなきゃならないんだね〟――ベニー叔父の声がその知恵者の声だった――〝わざわざおまえに会いにやってきた若くて立派な外交官に、今こそ立ち上がり、祖国イギリスのために男になってくれと頼まれ、どうして、自分はもう死体置き場の呪われた死体になってしまったなどと思わなきゃならないんだね？　ネメシスが頭のいかれた億万長者を演じようなどと言ってくれるか？　五十ドル札を詰めた、厚さ一インチの封筒を差し出し、まだまだ払う用意があるなどと言ってくれるか？　おまえのことを神の賜物とまで言ってるんだぞ、ハリー。そんなことを言うのはどっちだ、変人か？　それともネメシスか？〟

ハンナは、学校主催の読書コンクールでどんな本を読めばいいのか、それを決めてくれる偉大な決断者を必要とし、マークには、試験を受けられるほど才能があるのかどうか、そのことが見きわめられるよう、『レイジー・シープ』を新しいヴァイオリンで演奏する必要があり、ルイーザは、運河の将来に向けて何をどうすべきか判断するためという名目で、つい最近、彼女の職場のお偉方がしでかした暴挙に関する彼の意見を必要としていた。もっとも、彼女の考えは、彼に意見を求めるまえから固まっているのだが。完全無欠で、アメリカも認めている正直者、黄金の過去の守護神、エルネスト・デルガドがまちがいを犯すわけがないのだから。

「ハリー、わたしにはほんとうに理解できない。エルネストが大統領を補佐するためにたったの十日パナマを離れただけで、彼のスタッフがこんなことを決めてしまうなんて――女性の広報官をアメリカ並みに五人も雇ったのよ。彼女たちの資格と言えば、ただ若くて、白人で、ＢＭＷを乗りまわしていて、デザイナー・ドレスを着ていて、胸が大きくて、父親がお金持ちで、正規の事務員とは口さえ利かない。ただそれだけなのに」

「なんとね」とペンデルは答えた。

店では、マルタが未払いの請求書と未回収の集金の整理をするのに、彼の助言を必要としていた。誰に催促し、誰を待たせるか決められるように。

「頭痛でもするのかい？」とペンデルは彼女の顔色が悪いのに気づいて尋ねる。

「別に」と彼女は髪の向こうから答える。

「またエレヴェーターが止まったのか？」

「エレヴェーターは、今ではもう永遠に止まってしまってる」――と言って彼女は彼に歪んだ笑みを向ける――「もう修理する気もないのよ」

「それはひどいな」

「同情なんかしないで。あなたにはなんの責任もないことなんだから。オスナードというのは何者なの？」

ペンデルはわけもなく胆を冷やす。オスナード？　オスナード？　ただの客だ。彼の名前をそんなふうに叫びまわったりしないでくれ。

「どうして？」とペンデルはとりすまして訊き返す。

「いやなお客よ」

「そうでないお客がほかにひとりでもいるかい？」とペンデルはいつものジョークを繰り

返す。そのことばには、彼女が橋の向こう側の人々を高く評価していることへの揶揄が言外に込められている。

「そのとおり。でも、彼らはそのことを知らないわ」彼女はもう笑ってはいない。

「でも、オスナードは知ってる？」

「ええ、オスナードには自分が邪悪な人間であることがよくわかってる。だから、どんなことを頼まれても、彼の話には乗らないで」

「彼がどんなことを私に頼んでくると言うんだね？」

「さあ、それはわからないけど。でも、わかったら、わたしはそれを阻止するわ。ほんとうよ」

彼女はそのあと〝ハリー〟とはつけ加えなかった。が、彼女の歪んだ唇が〝ハリー〟と形だけ動いたのがペンデルにはわかった。マルタは、ことばにしろ、仕種にしろ、ふたりが互いに結ばれていることを店で仄めかしたりなど絶対にしなかった。ペンデルの寛容さをあてにするなど、彼女のプライドが許さなかった。が、ふたりは常に異なるふたつの窓から同じひとつのものを見ていた。

白いシャツもジーンズも引き裂かれ、集め忘れられたゴミのように下水溝に横たわるマルタ。愛情を込めて〝ディングバット（ばか、あるいは男性器の意）〟と呼ばれたノリエガの威厳大隊（バタリャンズ）の隊員が三人がかりで、血だらけのバットで顔から始め、かわるがわる彼女の心と魂を奪ったのだ。ペンデルはほかのふたりの隊員に羽交い締めにされ、そんな彼女を見ていた。最初は恐怖のためにわめき、次は怒りのために叫び、最後は、どうか彼女を放してくれ、と懇願していた。

もちろん彼らは放してはくれなかった。彼に見ることを強いた。誰も見る者のいないところで、反抗的な女を見せしめに懲（こ）らしめて、それにどんな意味がある？

これは誤解だ、隊長。彼女が反抗の白いシャツを着ていたのはただの偶然なんだ。

よく見ろよ、セニョール。彼女のシャツはもうちっとも白くなんかないだろ？

自らの危険をも顧みず、そんなふたりを間に合わせの診療所まで連れていったのがミッキーだった。血まみれのマルタは裸でその診療所のベッドに横たわり、ペンデルはすがる思いで医者に金を押しつけ、ミッキーは窓辺に立って見張りをした。

「わたしたちはこれよりいい」とマルタは血が噴き出している唇と砕かれた歯の隙間（すきま）から囁いた。

そのマルタのことばの意味はこうだった――いいパナマもある。橋の向こう側の人々のことを言ったのだ。

ミッキーが逮捕されたのはその翌日だった。

「〈スポーツマンズ・コーナー〉をクラブルームみたいにしようかと考えてるんだけど」とペンデルはルイーザに言った。彼はまだ〝決断〟を手に入れてはいなかった。「バーをつくりたいんだ」

「どうしてお店にバーが要るの？　わたしにはわからない。木曜日の集まりだけで充分なんじゃないの？」

「すべては人を呼ぶためさ、ルー。もっと客を集めるためだ。友は友を呼ぶ。友達同士は気が置けない。だからみんながくつろぎ、そのうち生地はどれにしようかということになって、店の予定表には注文がぎっしり並ぶというわけだ」

「でも、仮縫い室はどうするの？」

いい質問だ、とペンデルは思った。オスナードもその質問に対する答は用意してくれていなかった。かくして〝決断〟は延期される。

「すべては客のためなんだから、マルタ」とペンデルは辛抱強く説得した。「きみのサンドウィッチを食べにくる客のね。人が集まれば、自然と注文も増える」

「サンドウィッチに毒でも盛ろうかしら」

「そんなことをしたら、そのあとおれは誰の服を仕立てりゃいい？　きみの友達の過激派の学生服か？　そうなれば、〈P&B〉謹製世界初の注文仕立ての革命ということになって、うちも有名になる。ありがとう」

「レーニンだってロールス・ロイスに乗ってたんだもの。別におかしくもなんともないわ」とマルタは皮肉には皮肉で切り返した。

ペンデルはバッハを流し、残業をしながら——ディナー・ジャケットの裁断だ——ポケットについてはまだオスナードに何も訊いていなかったことに気づいた。ズボンの折り返しと幅についても。湿気の多い気候の場所では——また、時間を決めずに食事を取る生活習慣がある場合は特に——サスペンダーが便利だということもまだ講義していなかった。そういう言いわけを自分にして、電話に手を伸ばした。するとそこで逆に電話が鳴り、ほかならぬオスナードが、一杯どうかと誘ってきた。

ふたりは、ペンデルの店の近く、白い塔のように見えるエグゼクティヴ・ホテルのパネル張りのモダンなバーで会った。大きなテレビ画面がバスケットボールの試合を映し出しており、ミニスカートを穿いたふたりの魅力的な女がそれを見ていた。ペンデルとオスナードは、そんな女たちから離れ、腰をおろすとすぐに背にもたれたくなるような籐製の椅子に坐り、密談をした。

「決心はついたか？」とオスナードがまず尋ねた。

「まだそこまではいってない。思案中だ。そう、まだ熟慮しているところだ」

「ロンドンの連中はあんたのことが気に入って、早く決めたがってる」

「そう言われて悪い気はしないけど、それはあんたがそれだけ私をうまく売り込んだということじゃないのか？」

「できるだけ早くあんたに仕事をしてもらいたがってる。特に、〈サイレント・オポジション〉に関心があるようでね。指導者の名前を知りたがってる。活動資金の出所についても。それと学生とのつながり。そのグループは声明のようなものを出してるのかといったことや、活動手段、活動目的についてもだ」

「なるほど。まあ、それはわからないでもないけれど」とペンデルは答えた。が、さまざまな不安の中で、偉大な自由の闘士、ミッキー・アブラカスの姿も、強引な商売人、ラフィ・ドミンゴの姿もすでに見失っていた。「いずれにしろ、気に入ってもらえたのはよかったよ」とペンデルは慎重につけ加えた。

「マルタなんかに訊いてもいいんじゃないか？　彼女は学生運動のこともよく知っていそうだ。どこの教室で爆弾をつくってるとか」

「ああ、そうかもしれない」

「仕事をするとなると、公的な関係もはっきりさせておきたいだろ？　それはこっちも同じだ。話が決まれば、あんたを登録しなきゃならない。あんたの履歴も簡単に報告する。報酬が遅れたりすることはないから安心してくれ。それから、この世界の裏技もいくつか教えよう。いずれにしろ、お互い熱意が冷めないうちにことを運ぼうじゃないか」

「そう焦らさないでくれ。さっき言ったとおり、私は石橋を叩いて渡るほうだ。じっくり考えたいんだ」

「彼らは報酬を十パーセント引き上げてもいいと言っている。それでさらによく考えられるんじゃないか？　内訳を言おうか？」

返事を待たずにオスナードは、楊枝を使う人がやるように口に手をやって、現金でいくら、毎月のローンの返済用にいくらと話しはじめた。〝商品〟の質によって現金のボーナスが出たり、ロンドンの判断でいくらいくらの〝祝儀〟が出る場合もあるといったようなことも説明した。

そして、「長くて三年。そのときにはもうあんたは経済的危機から脱してるはずだ」と最後に言った。

「運がよければもっと早く」

「あるいは、うまく頭を使えば」とオスナードは言った。

「ハリー」

一時間後、ペンデルは家にはすぐに帰りたくない気分だった。で、ディナー・ジャケットとバッハの裁断室に戻った。

「ハリー」

ふたりが初めてベッドにはいったときにルイーザが発した声——彼女の両親が映画から帰ってくる車の音に耳をすましながら、指と舌だけですませるのではなく、ふたりとも全裸になって、カリドニアにあったペンデルのみすぼらしい屋根裏部屋のベッドにはいったときに、ルイーザが発した声だった。〝当時、ペンデルはアルトと呼ばれる賢いシリア人の紳士服飾商の店で朝から既製品を売ったあと、夜だけその部屋で仕立てのアルバイトをしていたのだが、それはともあれ、ふたりの努力はそのときには実らなかった。ふたりともそれまでの育ちというものを別々の形で引きずりすぎており、ともに恥ずかしがり屋で、晩生(おくて)すぎたのだ。

「ハリー」

「なんだい、ダーリン」〝ダーリン〟ということばがふたりのあいだで自然に出てくることはめったになかった。それは今でも変わらない。

「ミスター・ブレイスウェイトがあなたに最初のチャンスを与えてくれたわけね。あなたを内弟子にして、あなたを夜学にかよわせ、意地悪なベニー叔父からあなたを引き離してくれたのが、ミスター・ブレイスウェイトなわけでしょ？　まだ生きておられたら、心から感謝のことばを言いたいわ」

「嬉しいね、ダーリン、きみもそんなふうに思ってくれること自体が」

「あなたは彼を誇りに思い、生涯、崇拝もするべきね。そして、子供たちが大きくなったら話してあげるの、よきサマリア人がどうやって孤児の人生を救ったか」

「アーサー・ブレイスウェイトは、ぼくが出会った中でただひとり道徳心というものを持った人だった。ただひとりと言っても、それはきみのお父さんに出会うまではという意味だけれど」とペンデルはお返しにお世辞を言った。

いや、これは本心だ。ペンデルは、左の袖の部分を裁断しながら、ルイーザに熱っぽく話しかけた……愛する者のために真摯(しんし)に創り上げたものは、どんなものであれ、それはやがては真実となる。

「彼女には話そう」とペンデルは、バッハによって真実の次元に高められ、声に出して言った。そして、これまでの人生で得たさまざまな賢い教訓をすべて打ち捨て、人生の伴侶(はんりょ)

に、罪の告白をしている自分の姿を思い描き、いっとき悦に入った。そう、すべてではないまでも、言うなれば〝定足数〟に足るぐらいの真実を洗いざらいぶちまけるのだ。……ルイーザ、きみは少し面食らうかもしれないが、きみに話しておかなければならないことがある。きみが私について知っていることは、すべてがすべて事実というわけではないんだ。世の中が私に対してもっと公正でいてくれたら、自分がなれていたかもしれない人間。私はそういう人間のことを自分のことのように話してきたんだと思う。いや――とペンデルは思い直した――自分はそういう語彙を持たない男だ。実際、告白などこれまでに一度もしたことがない、ベニー叔父に一度だけしたことを除くと。だいたいどこまで話すつもりだ？　そんなことを話したあとで、ルイーザの信頼をまたかち得るのにどれだけ時間がかかると思う？　彼は頭の中で恐る恐る想像した。その想像の中の彼は、戦闘に向けて、顔に絵の具を塗る戦士だった。一方、ルイーザのほうは正装したイエスへの信仰篤い長老派のまさに長老。使用人たちをみな家から追い出し、家族だけで手をつなぎ、テーブルを囲むのだ。ルイーザは背をまっすぐにし、口を真一文字に結んでいる。真実というものを心の奥底では恐れているから。ペンデル以上に。このまえの告白の主役はマークだった。学校の校門にスプレーで、〝キンタマ〟と書いたのだ。そのまえはハンナが、キッチンの流しに速乾性のペンキを流したのは自分だと告白した。メイドのひとりへの腹いせに。

そういう主役を今度は自分が演じなければならなくなったということだ。愛する子供に話すのだ。ママとの結婚生活のあいだずっと、おまえたちがこうして物心つくようになるまでずっと、パパはわが家のヒーロー、ミスター・ブレイスウェイトについて嘘をついてきた、と。そんな人物は現実には存在しなかったのだ、と。また、パパ自身、ミスター・ブレイスウェイトの息子のような人間でもなんでもなく、おまえたちの父親は、女王陛下の刑務所で九百十二日間ひとりで裁縫業を学んできた男なんだ、と。

そこで結論が出た。やはりあとで話そう。ずっとあとで。まったく別な人生で話そう。〝夢をつくる力（フリュエンス）〟など要らない人生で。

ペンデルは四輪駆動車をまえの車から一フィートと離れていないところに停めて、うしろの車が彼の車に追突するのを待った。が、そうはならなかった。自分は今どうしてここにいるのか。もし今追突されていたら、死んでいたかもしれない。店を閉めたことさえ彼は覚えていなかった。今になって、ディナー・ジャケットの裁断を終え、裁断した布地を作業台の上に置いて、しばらく眺めたことが思い出された。それは彼がいつもやることだった。もっと人間らしい形になって戻ってくる日まで、いっとき彼らに別れを告げる創造主の儀式。

黒い雨がボンネットを叩いていた。五十ヤードほど前方でトラックが一台横向きになって、その車輪が牛の糞のように道路に放り出されていたが、滝のように降り注ぐ雨越しには、これからみんなで戦地に赴こうとしているにしろ、戦地から逃れようとしているにしろ、それら渋滞した車の列とそのトラック以外何も見えなかった。ペンデルはラジオのスウィッチを入れた。が、屋根を叩く雨の音に邪魔をされ、何も聞こえなかった。熱いトタン屋根の上の雨。永遠にここから逃れられないのではないか。ここは独房と変わらない。あるいは子宮の中か。そこで刑期を全うするのだ。エンジンを切って、エアコンも切る。そして待つ。暑くなって汗をかく。また一斉射撃が始まる。座席の下に隠れる。

降りしきる激しい雨さながら彼の顔から汗が滴り落ちる。足の下で水が音を立てて流れている。ペンデルはその流れに翻弄される。地中深く埋めてあった過去が砕け、頭上から降り注ぐ。それはすなわち、ブレイスウェイトの存在しない、未修正で、未消毒の彼の人生だ。奇跡の誕生に始まり、ベニー叔父のために服した苦役を経て、十三年前、公には立ち入ることが許されていない運河地帯で終わる人生だ。塵ひとつ落ちていないオール・アメリカンの芝生の上で、ルイーザの父親が取り仕切るバーベキューの煙の中——星条旗がはためき、楽団が〝希望と栄光〟を奏で、金網越しに黒人たちが見入る中——彼がルイーザのために自分を創り出した贖いの日（ザ・デイ・オヴ・アトーンメント）が楽日（らくび）となる人生だ。

記憶から消そうと努めてきた孤児院が見える。ベニー叔父が彼の手を引いてそこから連れ出す姿とともに。そのときホンブルグ帽をかぶったベニー叔父は文字どおり光り輝いて見えた。ペンデルはそれまでホンブルグ帽を見たことがなく、ベニー叔父は神様なのではないかと思ったのを覚えている。ホワイトチャペルの灰色の歩道の敷石が、次々に現れては足の下を過ぎていくのが見える。彼は衣服を積んだ手押し車を押している、右に左に揺れながら、車のクラクションの中、ベニー叔父の倉庫まで。次に眼に浮かんだのは、それから十二年後の自分だったが、姿は子供のままだった。背丈はいくらか伸びていたが。ベニー叔父の倉庫の中――オレンジ色の煙の中、魔法にでもかけられたかのように身動きができず、ただ立っている。足元に火を放たれた磔（はりつけ）の修道女さながら、女物のサマーコートが並んでいる。

手で口をおおいながら叫んでいるベニー叔父の姿が見える。「逃げるんだ！　ハリー・ボーイ！　何をしてる？　おまえは馬鹿か？　頭をなくしたか？」非常ベルの音、遠ざかるベニー叔父の足音。彼のほうは、流砂に捉（とら）えられた者にも似て、手も足も動かすことができない。青い制服を着た男数人が彼に近づいてくるのが見える。彼らは彼を捕まえ、ヴァンまで彼を連れていく。親切そうな巡査部長が空の灯油の缶を掲げ、立派な父親のような笑みを浮かべて言う。「ひょっとしてこれはきみのかね、ハイミ君（ユダヤ人のこと）？　それとも、たまたまきみはそれを手に持っていただけのことか？」

「足が動かない」と彼は親切そうな巡査部長に説明する。「どんなに動かそうとしても。攣（つ）ったか何かしてしまったんだ。走らなきゃいけないのに、走れない」

「もうそんなことは心配しなくていい。すぐに何もかもはっきりするから」と親切そうな巡査部長は言う。

留置場の煉瓦（れんが）の壁に向かって立たされている、痩せこけた裸の自分が見える。青い制服の男たちが替わる替わる彼を殴る、遅々とした長い夜が始まる。彼らの手口は巧妙だ。そこがマルタの場合とちがっている。彼らの腹におさめられたビールの量も。親切そうな巡査部長、立派な父親は、そんな彼らをけしかけている。水をかけても、もうペンデルが意識を取り戻さなくなるまで。

雨がやんだ。めったにないことだ。急に元気づいた車がまた動き出し、誰もがわが家をめざす。ペンデルは疲労困憊（こんぱい）していた。それでも、エンジンをかけ、前腕をハンドルに置いて、ゆっくりと四輪駆動車を走らせる。危険な道路のくぼみに気をつけながら。ベニー叔父の声が聞こえ、彼はふっと笑みを洩らす。

「あれは暴発だったのさ、ハリー・ボーイ」とベニー叔父は涙ながらに語ったものだ。

「肉欲が暴発したんだ」

毎週刑務所に面会に来るということがなかったら、ベニー叔父がペンデルの出自について語ることもなかっただろう。が、ポケットに名前が書かれた、箱ひだのあるデニムを着て、背すじを伸ばして坐る甥（おい）の姿を見るというのは、ベニー叔父には耐えがたいことだった。いたたまれないほど罪悪感に苛（さいな）まれずにはいられなかった。妻のルースに、どれほど多くのチーズケーキと良書を持たされようと。どのような状況に置かれようと。ペンデルが忠誠を尽くしてくれたことに対する感謝のことばを何度咽喉をつまらせて述べようと。そう、ペンデルはだんまり（シュトゥム）を通したのだ。

「そうです、自分がひとりで考えたことです、刑事さん……倉庫が憎かったんです、刑事さん……人をこき使いながら、給料さえ払ってくれないベニー叔父に心底腹が立ったんです、刑事さん……裁判長、今は自分が犯した邪悪な行為を心底悔やんでいること、自分を愛し、育ててくれた人たち――特にベニー叔父に対して心から申しわけなく思っていること、それ以外申し上げることは何もありません……」

ベニー叔父はとても歳を取っていた。子供の眼には柳のように年老いていた。出身はリヴィウ（ウクライナ西部の都市）で、ペンデルは、十歳になった頃には自分の故郷もリヴィウと思うようになっていた。ベニー叔父の親族はみな貧しい農民か、職人、小商いをしている商人、それに靴屋といった人々で、強制収容所への列車の旅が、彼らの多くにとって、小さなユダヤ人村（シテトル）とユダヤ人街（ゲットー）の外の世界を垣間見る最初で最後の旅になった。が、ベニー叔父はちがった。当時の彼は大きな夢を抱いた若くて賢い仕立屋で、収容所行きをうまく逃れると、はるばるベルリンまで足を延ばし、ドイツの将校の軍服をつくりはじめた。もっとも、彼のほんとうの夢はジーリに次ぐテノール歌手となって、イタリア中部の州、ウンブリアの丘に別荘を持つことだったが。

「なんと言っても、あのドイツ国防軍（ヴェールマハト）のぼろ服（シュマタ）が一番だった、ハリー・ボーイ」と〝民主主義者〟の彼はよく言ったものだ。彼にとって布はすべてシュマタであり、品質などどうでもよかった。「アスコット競馬場にでも着ていけるような上着だ。それに、最良のハンティング・ズボンにブーツ。スターリングラードの戦いのあと、落ち目になるまえまでは、われらが国防軍にはあの袖章なんかなかったんだよ」

ドイツからロンドンの東、リーマン・ストリートに移ると、彼は家族で搾取工場を設立して、一部屋に四人の工員を住まわせ、商売の規模を広げた。それもこれもすべてはウィーンに行き、オペラを歌うためだった。当時からすでに、彼はアナクロニズムの持ち主だったのだろう。四〇年代の後半には、ユダヤ人の仕立屋の多くは、ストーク・ニューイントンやエッジウェアに転出し、より高級な仕事に精を出すようになっていて、それまで彼らがいたところには、インド人や中国人やパキスタン人が多く住みはじめていた。が、ベニー叔父はひるまなかった。その結果、イースト・エンドが彼の第二の故郷となり、彼にとってはリーマン・ストリートがヨーロッパで最高の通りとなった。数年後、そのリーマン・ストリートに、兄のリオンが妻のレーチェルと数人の子供とともにやってきて、そのリオンが――ベニー叔父の言う〝肉欲の暴発〟によって――十八歳のアイルランド人の小間使いに生ませた子供がハリー・ペンデルというわけだった。

ペンデルは永遠に向かって走っている。疲れた眼で前方の汚れた赤い星を追いながら。自らの過去という前車にぴたりと身を寄せて。眠りながら、半ば笑い出している。苦悩に満ちたベニー叔父のモノローグが嫉妬とともに思い出され、いっとき〝決断〟は忘れ去られる。

「レーチェルはどうしておまえの母さんを家に入れたりしたのか、わしにはどうしても理解できん」とホンブルグ帽を振りながらベニー叔父は言った。「聖書を熟読してなくたって、おまえの母さんが危険な存在だってことはわかっただろうに。無垢（むく）や貞淑とはおよそ縁のない女だったんだから。女が一番きれいに見える年頃で、とことん馬鹿で、色気が香るような女（シクサ）。それがその頃のおまえの母さんだ。一突きすれば、もうそれだけでいっちまいそうな女だった。そんなことは初めからわかってたことなのに」

「名前は？」

「チェリー」とベニー叔父は、まるで死にゆく者が最後の秘密を明かすかのように、ため息まじりに言った。「もとの名は確かチェリダだったと思うが、それをちぢめてそう呼んでたんだ。証明書みたいなものは見たことがないが。テレサでもバーナデットでもカーメルでもよかったわけだが、そう、やはりチェリダじゃなきゃならなかったんだろう（チェリーには〝処女〟の意がある）。親爺はメイヨー州の煉瓦職人で、アイルランド人はわしらよりも貧しくて、わしらはアイルランド人の小間使いをよく雇ったもんだ。わしらユダヤ人は歳をとることを嫌がる。それはおまえの父さんも同じだった。そう、わしらはわしらを迎えてくれる天国を信じとらんのだよ。わしらはみんな神様の長い廊下で待たされた挙句、ぴかぴかの神様の部屋にはいるときにも、また待たされるんだ。だから、わしらの多くは果たして自分の番が来るのかどうか、疑っとるんだよ」彼は鉄製のテーブルの上に身を乗り出すと、ペンデルの手を固く握った。「ハリー、聞いてくれ。ユダヤ人は赦（ゆる）しを神様にではなく人に求める。しかし、これは簡単なことじゃない。なぜなら、神様より人のほうがずっと手強（てごわ）

いからだ。ハリー、それでも、わしはおまえに赦しを乞いたい。おまえが赦してさえくれたら、わしはそれで罪を贖(あがな)って死ねる。ハリー、すべてはおまえ次第だ。それを忘れないでくれ」

ベニー叔父に何を求められようと、ペンデルは与えただろう。〝暴発〟についてさらに詳しく聞けさえしたら。

「おまえの父さんによれば、それは匂いだったそうだ」とベニー叔父は言った。「悔恨の念に髪をかきむしりながら、囚人服こそ着ていなかったが、今のおまえみたいにわしのまえに坐って、おまえの父さんは言った。〝その匂いのためにおれは理性をなくしてしまったんだ〟とな。おまえの父さんはもともと信心深い男だった。〝彼女は暖炉のまえで膝をついてた。おれはそんな彼女の甘い女の匂いを嗅いだんだ。石鹸や洗剤の匂いじゃなくて自然な女の匂いだ。その匂いにおれは圧倒されてしまったんだ〟。おまえの父さんはわしにそう言った。その日はサウスエンド・ピアでパーティがあってな。レーチェルは汚れなきユダヤの娘たちと一緒にそれに出てたんだ。そのパーティさえなけりゃ、おまえの父さんも罪に落ちることはなかっただろう」

「でも、落ちた」とペンデルはさきを促して言った。

「カトリックとユダヤの罪の涙にまみれ、アヴェ・マリアとオイ・ヴェイ（悲嘆を表すイディッシュ語の感嘆詞）との狭間で、おまえの父さんはチェリーを女にした。それも神の思し召しということなのかもしれんが、わしにはそんなふうにはどうしても思えない。ユダヤの厚かましさとアイルランドの二枚舌。それはふたつともおまえのものだ、罪さえ捨て去ることができたら」

「孤児院からはどうやってぼくを出したんだ？」とペンデルは尋ねた。ほとんど叫ぶような声になっていた。どうしても知りたかった。

ベニー叔父が救い出してくれるまえの少年時代。その泥だらけの思い出の中に、ルイーザと同じような黒い髪の女が、青いローブをまとったよき羊飼いと神の子羊の像に見つめられ、運動場ほどもある広い石の床を磨いている光景がある……

ペンデルはまっすぐ家に向かって走っている。なじみのある家並みはもうとっくに眠っている。星が雨に洗われ、鮮明に見える。刑務所の窓の外に見えた満月。もう一度独房にぶち込んでくれ、とペンデルは思う。刑務所とは、〝決断〟をしたくないときに人が行くところだ。

「ハリー、そりゃもういい恰好をして行ったもんだ。あそこの尼さんたちは俗物ぞろいだったからな。そんなわしを見て、掛け値なしの紳士と思ったはずだ。とことんけりまで(フル・モンティ)着飾っていったのさ。ファッション雑誌に載ってるみたいなグレーのスーツに、ルース叔母さんが選んでくれたネクタイ、それに合った靴下、セント・ジェームズ通りのロブスのハンドメイドの靴。ロブスの靴がわしの道楽だ。しかし、ふんぞり返ったりはしなかった。手はずっと脇に垂らしてた。わしが社会主義者だってことは、尼さんたちには決してわからなかっただろうよ」ベニー叔父はさまざまな顔を持っていたが、その中には労働運動の熱烈な支持者で、人権擁護の信奉者という顔があった。「〝シスター〟とわしは尼さんたちに言ったもんだ。〝これだけはお約束します。たとえそのために私が死ぬようなことがあっても、ハリーにはいい暮らしをさせます。善行(ミツヴァ)のできる人間になるよう育てます。知恵のある方たちのところへ連れていけと言われたら、ただちに白いシャツを着させ、指示を仰ぎに出向かせます。あなた方が選んだ授業料の要らない学校で教育も受けさせます。音楽も淫らなものを聞かせたりはしません。そういう家庭生活ができるなら、片眼を差し出してもいいと、どんな孤児でも思うような暮らしをさせます。食卓にはサーモンを出し、淫らなことばを慎ませ、個人の寝室を与え、羽根布団のベッドに寝かせます〟。当時はこっちも羽振りがよかったんだ。その頃はもうぼろ服(シュマタ)なんぞではなくて、ゴルフクラブや履きものを扱っていてな、ウンブリアの別荘に手の届くところまで来ていた。わしらはもう明日には百万長者になれるものと思ってたのさ」

「チェリーは？」

「もう亡くなっていた。もう亡くなってたんだ、ハリー・ボーイ」とベニー叔父は沈んだ声で言った。「消息がわからなくなってたんだが、誰に彼女を責められる？　その後、いつだったかメイヨー州の彼女の叔母さんから一通の手紙が来てな。その手紙にはこう書かれてた、罪を洗い流させるためにシスターたちが彼女に与えた試練に耐えられなくなったんだろうとな」

「ぼくの父さんは？」

ベニー叔父はさらに沈んだ声になって言った。「おまえの父さんももう土の中だ」彼は新たに浮かんだ涙を拭った。「おまえの父さん、わしの兄は、おまえにこんなことをさせたわしがいなきゃならんところにいる。わしに言わせりゃ、兄貴は恥に耐えかねて死んだんだよ。しかし、それはおまえを見るたび、わしがここでしてることだ。あの夏物のフロックコートがわしにしたことだ。けれど、売れ残った五百着もの夏物のフロックコートを秋口に見ることほど、気が滅入ることもない。そんなことはどんな阿呆にだってわかる。日が経つにつれ、〝保険〟ということばが悪魔の囁きになった。わしは習慣の奴隷となった。それは今も同じことだが、何より恥じねばならんのは、自分の欲得のためにおまえを利用したことだ」

「今、講座を取ってるんだ」面会時間終了のベルが鳴り、ペンデルはベニー叔父を慰めようとして言った。「世界で一番の裁断師になるよ。これを見てくれる？」彼は刑務所内の倉庫から持ち出して、自分で裁断した端切れを見せた。

次の面会のとき、ベニー叔父は、ブリキの額に入れた処女マリアのイコンをペンデルに贈り、これを見るたび、リヴィウで過ごした頃を――ゲットーをこっそり抜け出して、異教徒の祈りを見にいった子供の頃を思い出すと言った。ペンデルはそのイコンを今でも持っている。ベタニアの彼の家の寝室にある。ベッドサイドに置かれた籐製のテーブルの上に、目覚まし時計と一緒にのっている。消え入りそうなアイルランドの笑みを浮かべ、ペンデルが汗に濡れた囚人服を脱ぎ捨て、ベッドにはいり、ルイーザと無垢な眠りを分かち合うのを見守っている。

明日だ。彼女には明日言おう。

「ハリー、あんたか？」

ミッキー・アブラカス。地下の偉大な革命家、学生たちの秘密のヒーロー。午前二時の頭脳明晰な呑んだくれが、妻に家を閉め出されて、これから自殺をすると言っている。

「今どこだ？」と訊き返し、ペンデルは闇に向けてふっと微笑む。どれほどの面倒を惹き起こそうと、ミッキーは生涯の〝刑務所仲間〟だ。

「どこにもいない。おれはただの呑んだくれだ」

「ミッキー」

「なんだ？」

「アナは？」

アナというのは、山岳地帯出身のマルタの幼なじみで、ミッキーをありのままに受け入れている、元気で実務的で威勢のいい、ミッキーの〝愛人〟だ。マルタがふたりを引き合わせたのだ。

「ハイ、ハリー」アナの陽気な声がした。ハイ、とペンデルも応えた。

「ミッキーはどれぐらい飲んでる？」

「わからない。彼の話じゃ、ラフィ・ドミンゴとカジノへ行って、ウォッカを飲んで、いくらかすったってことだけど。きっとコカインもやったんでしょう、本人は忘れてても。体じゅう汗まみれなのよ。お医者さんを呼んだほうがいいかしら？」

ペンデルが答えるまえにミッキーが電話口に出てきた。

「ハリー、愛してる」

「わかってる。でも、ありがとう。愛してるのはこっちもご同様だ、ミッキー」

「あの馬には賭けたか？」

「もちろん、賭けたとも。そう、賭けてしまったと言うべきか」

「すまん、ハリー。ほんとうにすまん」

「気にしないでくれ、ミッキー。別に大損したわけじゃないから。いい馬がいつも勝つとはかぎらない」

「愛してるよ、ハリー。あんたは親友だ。おい、聞いてるのか？」

「そういうことなら、死ぬこともないわけだ、ミッキー、だろ？」とペンデルは言った。

「きみにはアナがいて、おまけに親友までいるんだから」

「そうだ、こうしよう、ハリー。週末を一緒に過ごそう。あんたとおれとアナとマルタで釣りに行こう。くそっ」

「それなら、今夜はぐっすり寝て」とペンデルはきっぱりと言った。「明日の朝、店に来てくれ。仮縫いをしよう。それから、サンドウィッチを食べながら、四方山話でもしようじゃないか。どうだ？　わかった。それじゃ」

「誰だったの？」ペンデルが電話を切るとルイーザが言った。

「ミッキーだ。また奥さんに閉め出されたらしい」

「どうして?」

「彼の奥さんはラフィ・ドミンゴとの浮気で忙しいのさ」とペンデルは答えた、避けることのできない人生の基本原則と格闘しながら。

「だったら、どうしてミッキーは彼女をぶん殴らないの?」

「彼女? 彼女というと?」とペンデルは愚問を発した。

「彼の奥さんに決まってるでしょ、ハリー? 誰だと思った?」

「彼はくたびれ果ててるんだよ。ノリエガに魂を抜かれてしまって」

ハンナが彼らのベッドにはいってきた。そして、そのあとに何年もまえに捨てたはずのテディベアーを抱いて、マークもやってきた。


翌日、彼は彼女に話した。

信用されたかったんだ、と彼は彼女に言った、彼女が寝入ったのを見届けてから。きみが落ち込んだときに、ちゃんときみの支えになれるように。きみが何かにすがりたいとき、ただの自分の肩ではなく、ほ、ん、と、う、の自分の肩をきみに差し出せるように。

おしとやかにしていなければ、エミリーのような結婚はできないと、エミリーが結婚するまえから二十年ものあいだ母親に言われつづけながら、そうすることができなくて、すぐによけいなことを口にしては自分から腹を立てている、運河地帯在住のアメリカ人技師の娘。そんな娘にとってより望ましい人物になれるように。

きみは、まわりがみなエミリーのように魅力的で、背丈もほどよい女ばかりの中で、自分ひとり醜く、背も高すぎると思っている。

しかし、きみはどんなに自分を無防備で心もとなく感じようと、どんなにエミリーに意趣返しをしたいと思おうと、いくら血を分けた叔父のためとはいえ、サマーコートに火をつけて倉庫に放火などする人間ではない、百万年経っても。

ペンデルは、すぐにベッドにはいろうとはせず、肘掛け椅子に坐り、上掛けを自分に掛けた。

「今日は一日店にはいないから」翌朝、店に着くと、ペンデルはマルタに言った。「客の相手はきみがしてくれ」

「十一時にボリヴィア大使との約束があるけれど」

「日にちを替えてくれ。それから……きみに会いたい」

「いつ？」

「今夜」

今まではよく家族で来たものだった。ピクニックに来たのだ。マンゴーの木陰に坐り、ワシやミサゴやコンドルが灼熱の風に悠然と舞うのを見上げたり、パンチョ・ビヤ（一八七八〜一九二三。メキシコの革命家）の最後の兵士のような、白い馬に乗った男を眺めたり、水がいっぱいに張られた水田に、ゴムボートをひっぱりだしたりしたこともある。ルイーザは上機嫌で水の中を歩き、ボガート役のペンデルを相手に、『アフリカの女王』のキャサリン・ヘップバーンを演じ、マークは怯え、そんなマークをハンナが、意気地なしと嘲ったのだった。四輪駆動車を駆って、黄色い砂埃の舞い上がる未舗装路を森のきわまで走り、ベニー叔父の受け売りながら、道に迷ったとわざと騒ぎ立て、子供たちを喜ばせたこともある。そのあと、椰子の木立ちを抜け、五十ヤードばかり前方に工場の煙突が見えるまで、ほんとうに道に迷ったのだが。

収穫期には、ふたり一組で殻竿のついた刈り取り機に乗って、稲を叩き、何千何万という虫を飛び立たせたこともあった。厳しく低い空。むっとするほど熱い空気。テーブルのようにたいらな田畑はマングローヴの湿地に消え、マングローヴの湿地は海に向かって消えていた。

しかし、今日の彼は〝偉大な決断者〟としてやってきていた。ひとり車を走らせていると、眼にはいるものすべてが癪の種、あるいは凶兆に見えた。〝おれはおまえが嫌いだ〟と言わんばかりのレーザーワイアで囲まれた、米軍の弾薬庫。それはペンデルにルイーザの父親を思い出させる。非難がましく〝土地はイエスのもの〟と書かれた表示板。ボール紙でつくったような丘の村々。そう、こっちも近々おたくらの仲間入りだ。

そんな汚さのあとに、ペンデルの短い子供時代の失われた楽園が現れる。学校の遠足で行ったオケハンプトン、デヴォン州の赤い大地。バナナの果樹園の中からイギリス種の牛が彼を見つめている。ハイドンを聞いていても、その牛たちが誘う憂鬱からは逃れられない。農園の中の道にはいって、ペンデルがまず知りたいと思うのは、穴ぼこだらけの道をなんとかするようアンヘルに言ってから、いったいどれぐらい経っているのかということだ。角張った乗馬靴に麦わらのトリルビー・ハット、それに金の鎖のネックレスという恰好のアンヘルを見ると、よけいに腹が立つ。ふたりは、マイアミの法人である隣人がペンデルの川に壕を掘ったところまで車で行く。

「ハリー、言ってもいいかな？」

「なんだね？」

「あの判事がしたことは不道徳なことだよ。ここパナマじゃ、賄賂を受け取ったら、そりゃもうちゃんと仕事はしてくれるってことだ。ほかに何がある？」

「何も」

「約束は約束じゃないか、ハリー。あとからまた金を出すことも要らなきゃ、圧力をかけるなんてことも、あと戻りもなしだ。あの男は社会の道徳に反することをしてる」

「こっちはどうすりゃいい？」

アンヘルは満足げに肩をすくめる。悪い知らせが好きな男のように。

「おれに訊いてるのかい、ハリー？　率直なところを？　友達として言えってか？」

ふたりは川べりにたどり着く。川の向こう岸では、隣人の忠実な使用人たちがペンデルの存在に気づかぬ振りをしている。壕はすでに運河ほどの広さにもなって、干上がった川底が見える。

「だったら、おれの意見を言おう。交渉することだ。このままじゃ損をするばかりだからね。取引きしろよ。相手に探りを入れたけりゃ、その役は引き受けてもいい。まず話し合いから始めるんだ」

「それはできない」

「だったら、銀行だな。ラモンはタフな男だ。交渉は彼に任せるといい」

「どうしてラモン・ラッドを知ってるんだ？」

「ラモンのことは誰だって知ってるよ。いいかい、おれはあくまであんたに雇われてる身だけど、あんたの友達だってことも忘れないでくれ」

しかし、ペンデルに友達と呼べる相手はいなかった、マルタとミッキーのほかには。このふたりと――ひょっとしたら――海岸から十マイルほど内陸にはいったところに住んでいて、これからペンデルがチェスを差しに来るのを待っている、ミスター・ブルットナー以外には。

「ブルットナーはピアノは好きなんだろうか？」とペンデルはベニー叔父に尋ねた。ふたりは、雨に洗われたティルブリ（ロンドンの東、エセックス州の港湾都市）の波止場に立って、釈放された囚人を人生の新たな戦地に運ぶ錆びついた貨物船を眺めていた。

「われわれの同類だ、ハリー・ボーイ。もっとも、彼がそうなったのはわしの影響だが」とベニー叔父は雨と涙に顔を濡らして言った。「チャーリー・ブルットナーは今でこそパナマのぼろ服（シュマタ）の王だが、おまえがわしのためにしてくれただんまり（シュトゥム）をわしが彼のためにしなければ、今日の彼はなかった」

「叔父さんも夏物のフロックコートを燃やしたのかい？」

「それよりもっと悪いものだ、ハリー・ボーイ。彼はそのことを一日だって忘れちゃおらんだろう」

ふたりは生涯で、最初で最後の抱擁を交わした。ペンデルも泣いていた。が、どうして泣いているのか自分でもわからなかった。なぜなら、タラップを歩きながら、彼が考えていたのは、自分は出ていく、もう二度と戻らない、ということだけだったのだから。

ミスター・ブルットナーは、ベニー叔父のことばどおりの好人物で、ペンデルは、パナマに着いて転がり込んだカリドニアのみすぼらしい下宿屋からすぐに救い出された。お抱え運転手付きのメルセデスが彼を迎えに来て、堂々たるブルットナーの山荘へ連れていかれたのだ。芝生をきれいに敷きつめた、何エーカーもある広大な所有地に建つ山荘で、そこからは太平洋が見渡せた。タイルの床、エアコン付きの厩舎（きゅうしゃ）、ノルデ（一八六七～一九五六。ドイツ表現主義の画家）の絵画。もっともらしく聞こえても実在しないアメリカの大学がミスター・ブルットナーに博士号を授けたり、彼を名誉教授や評議員に任じたりしていることを証明する、けばけばしいほどの証書や賞状。そして、ゲットーから持ち出したアップライトのピアノ。

数週間で、ペンデルは自分の眼から見てもミスター・ブルットナーの息子のような存在になれたと思った。気づいたときにはもう、騒がしく短気な子供たちや、いかめしい叔母さんや肥った叔父さんたち、それにパステルグリーンのチュニックを着た使用人たちに伍（ご）して、自分自身の自然な居場所を確保していた。家族の催しや、キッドゥーシュで、ペンデルが下手な歌を歌っても、それを咎める者は誰もおらず、一族のプライヴェート・コースでひどいゴルフをやっても、誰も彼に詫びを求めなくなった。彼は彼で子供たちと浜辺で水遊びをしたり、サンドバギーを駆って黒い砂に覆われた砂丘を殺人的なスピードで飛ばしたりして愉しんだ。あまり賢くない犬たちと戯れ、落ちていたマンゴーを投げたり、ペリカンの群れが海を渡るのを眺めたりして、そして、すべてを信じた。彼らの忠誠も、彼らの富の合法性も。ブーゲンヴィリアも、千の異なる緑も信じた。ミスター・ブルットナーの苦難時代に、ベニー叔父がどのような火をつけたにしろ、その輝きがもたらした彼らの今の暮らしも。

ミスター・ブルットナーの親切は家の中だけにとどまらなかった。そもそもペンデルが注文専門の仕立屋になる第一歩を踏み出せたこと自体、〈ブルットナー・コンパーニャ・リミターダ〉のおかげだった。コロンにある自社の巨大な倉庫に保管してある生地の在庫を半年の掛け売りにしてくれたのだ。また、最初の客はすべてブルットナーの紹介だった。ペンデルがそういったことに感謝をしようとすると、皺が深く刻まれた、血色のいい顔をした小柄なミスター・ブルットナーは首を振りながら、「感謝はベニー叔父さんにすることだ」と言い、「あとはいいユダヤ人の女房を見つけて、ハリー、私の家との関係を切らないことだ」といつもの忠告をした。

ペンデルはブルットナーを訪ねつづけたが、ルイーザと結婚したあとは、必然的に秘密の訪問という形を取るようになり、ブルットナー邸はペンデルの秘密の楽園——口実をつくり、ただひとり訪れる神殿となった。ブルットナーのほうは、意趣返しにルイーザの存在自体を無視しつづけた。

「流動資産のことで実はちょっとした問題を抱えてしまったんです、ミスター・ブルットナー」とペンデルは北側のヴェランダに置かれたチェス台をまえにして言った。風をいつでもよけられるように、岬角に建てられたブルットナー邸には、四方にヴェランダが設えられていた。

「農園のことか？」とブルットナーは尋ねた。

彼のその小さな顎は、笑みを浮かべるまではまるで岩でできているかのように見える。今、彼は笑っていなかった。よく眠りをむさぼる眼は今もまた眠っていた。

「店のほうも」とペンデルは顔を赤らめながら答えた。

「農園の経営資金を調達するのにあの店を抵当に入れてしまったのか？」

「まあ、言うなればそういうことになりますかね」とペンデルはことさら軽い口調になるよう努めて言った。「で、今は、頭のいかれた億万長者を探しているところというわけです」

ブルットナーは、チェスの手を考えるときであれ、借金を申し込まれたときであれ、熟考する人間だった。じっと動かず、息さえしていないかのように見えた。ペンデルは彼とよく似た犯罪常習者がいたことを思い出した。

「頭がいかれているにしろ、億万という富の持ち主にしろ」とブルットナーは最後に言った。「ハリー・ボーイ、これは永劫不変の真理だ。人は誰しも夢の代価は払わねばならない」

ペンデルはいつものことながらいささか緊張して、かつては運河地帯の境界線になっていた七月四日通りを通って、彼女のもとに向かった。右手にアンコンの丘。その丘の手前に、再開発中のエル・チョリジョ。以前、司令部があったことを示す、青々としすぎて見える緑地。償いのしるしに建てられ、パステルカラーで縞模様が描かれた、安ピカ高層ビル群。マルタはその中央の建物に住んでいた。ペンデルはそのビルの悪臭漂う階段を慎重に昇った。このまえに来たとき、階上の暗がりから小便をかけられ、それに続いて、刑務所でよく聞いたような甲高い口笛と野卑な笑い声を浴びせられたことがあったのだ。

「ようこそ」とマルタはドアに取り付けられた錠前を四つ全部はずすと、しかつめらしく言った。

そして、いつも横たわるベッドに横たわり、ペンデルの手のひらをその乾いた小さな指で撫でた。ともに服を着たまま、互いにあいだをあけて横になった。椅子はどこにもなかった。椅子ひとつ置くほどのスペースもないのだ。彼女のアパートは小さな部屋がただひとつあるだけで、彼女はその小さな部屋を茶色のカーテンでさらに三つに仕切って使っていた。ひとつは体を洗う間、もうひとつは料理をする間、そして横になる間。ペンデルの左の耳の近くにガラスケースがあり、その中には、マルタの母親のものだった陶製の動物の置物が並べられ、靴下を履いたままのペンデルの足元には、三フィートの高さのやはり陶製のトラの置物が置かれていた。マルタの父親が自分たちの二十五回目の結婚記念日に――ふたりとも爆弾に吹き飛ばされて木っ端微塵になる三日前に――妻にプレゼントしたものだった。もしマルタもその夜、両親とともに、すでに結婚していた姉を訪ねていたら――砕かれた顔と打ちのめされた体をいたわって、ベッドに横になっていなかったら――両親同様、木っ端微塵になっていたことだろう。彼女の姉は侵攻の第一波を受けた通りに住んでいたのだ。今日、その通りを探すことはできない。マルタの両親を、姉を、姉の夫を、生後六カ月の姪を、それにオレンジ色のヘミングウェイという名の猫を探すことができないように。死体も、瓦礫も、いや、今はもう通りそのものが公式にはどこにもないのだ。

「また以前住んでいたところに戻ってほしいな、私としては」とペンデルはこれまで何度も言ってきたことを口にする。

「それはできない」

それはこの建物が建っているところに彼女の両親が住んでいたからだ。

ここが彼女のパナマだからだ。

そして、彼女の心はまだ死者とともにあるからだ。

ふたりは自分たちが関わった怪物のような秘密の歴史について考える。しかし、多くは語らない――理想に燃える若くて美しい女従業員。彼女は暴君に異議を唱える大衆運動に参加している。そんな彼女がある日、息を切らし、見るからに何かに怯えて職場に現れる。その夜、彼女の雇主は家まで車で送ろうかと彼女に申し出る。目的は明らかだ。この数週間というもの、ふたりはずっと互いに抗しがたいものを感じていた。よりよいパナマの夢は、ふたりが人生をともに分かち合う夢でもあった。アメリカ人がつくりだした災厄は、アメリカ人にしか排除できない。そして、アメリカ人は一刻も早く行動を取るべきだ。そのことにはマルタも同意していた。彼女のアパートメントに向かう途中、ふたりはノリエガの威厳大隊の検問にひっかかり、尋ねられる。どうしてこの女は白いシャツを着ているのか。抵抗運動のシンボルである白いシャツを。彼らはどんな説明も受けつけない。ただ、マルタの顔を破壊する。ペンデルは、とめどなく血を流すマルタを後部座席に乗せ、猛スピードで狂ったように大学まで車を走らせ――当時はミッキーもまだ学生だった――図書館にいたミッキーを奇跡的に見つける。そのときペンデルには、〝安全な〟人物はミッキーただひとりしか考えられなかったのだ。ミッキーは医者を知っており、電話をし、脅し、賄賂をつかませ、ペンデルの四輪駆動車を運転する。ペンデルは膝にマルタの頭を抱えて、後部座席に坐る。血がズボンを濡らし、座席のクッションに永遠に染み込んでいく。医者は最悪の手術をし、ペンデルはマルタの両親に事情を告げ、金を渡し、店でシャワーを浴び、着替えをし、ルイーザのもとへはタクシーで帰る。そして三日間、何があったのか、罪悪感と恐れからルイーザに打ち明けることができず、結局のところ、どこかのいかれたドライヴァーが横からぶつかってきたのだというつくり話で、その場しのぎをする。もうまるで使いものにならなくなってしまったんだよ、ルー、新しく買い替えるしかないな。保険屋に話したら、金銭的には何も問題はないようだ。マルタが学生の暴動に巻き込まれたというつくり話をするには五日を要し、彼はどことなくすまなそうに言う、彼女、顔にひどい怪我をしてしまって、それが治るにはかなり時間がかかりそうなんだけど、治ったらまたうちで雇うって彼女には言っておいた、と。

「それから、ミッキーが刑務所に入れられた」と彼はいかにも些細なことのようにつけ加える。卑劣な医者が密告したということは省略して。もしペンデルも名前を知られていたら、同じことになっていた、ということも、もちろん省いて。

「ひどい話ね」とルイーザは繰り返す。

「ひどい話ね」とルイーザは言う。

「理性は感情が関わって初めて機能する」とマルタがペンデルの指を口に持っていき、一本一本キスして言う。

「どういう意味だ？」

「本で読んだのよ。今日のあなたはなんだか迷ってるように見えるから。もしかしたら役に立つんじゃないかと思って」

「理性というのは論理的であるべきだ」とペンデルは反論する。

「感情のないところに論理もないわ。何かがしたくて、したとする。それはいかにも論理的なことよ。でも、何かがしたいのに、しなかったとする。それは理性が衰弱してる証拠ね」

「なるほどそれはそうかもしれない」と自らの抽象性しか信じないペンデルは答える。

「でも、きみがそういうむずかしいことを言うのは、読んでいる本のせいだ。で、きみはまるで可愛い教授のように見える。なのに、きみは試験を受けようとさえしないんだからな」

マルタは何事にも彼に圧力をかけるということがない。だから、ペンデルも気楽に彼女のところに来られるのだが、彼女は彼が誰にも真実を話していないことを――その慇懃（いんぎん）さからすべてを自分の胸に秘めていることを――知っているように見える。だから、彼が話すことはどんな些細なこともふたりにとって貴重なことなのだ。

「オスナードはどうしてるの？」と彼女は尋ねる。

「彼はどうしていなきゃいけないんだね？」

「どうして彼はあなたをまるで所有してるみたいに思ってるの？」

「あれこれ知ってるからだ」とペンデルは答える。

「あなたのことを？」

「そうだ」

「わたしはそれを知ってる？」

「いや、知らないと思う」

「知られては困ることを知られてるの？」

「そうだ」

「あなたが望めば、わたしはどんなことだってするでしょう。それがどんなことであれ、わたしはあなたを助けるでしょう。彼を殺したいのなら、彼を殺して刑務所に入れられてもかまわない」

「パナマのために？」

「いいえ、あなたのために」

ラモン・ラッドは旧市街にあるカジノを共同所有しており、そこでくつろぐことが多かった。ふたりは今、フラシ天の長椅子に坐り、彼らの視線の先には、裸の肩をさらした女たちと、誰も席に着いていないルーレット台のそばで所在なげにしている、気取った眼つきのクルピエがいた。

「借金は全部返そうと思う」とペンデルはラモンに言った。「元金も利子も全部。きれいさっぱり清算しようと思う」

「どうやって？」

「頭のいかれた億万長者を見つけたとでも言えばいいだろうか」

ラモンは黙って、ただレモン・ジュースをストローで飲んだ。

「それからあんたの土地も買うよ、ラモン。利益を得るには、あんたのあの土地は狭すぎる。それに、あんたはあそこを農場にするために買ったわけでもない。あんたは私を食いものにするためにあの土地を買ったのさ」

ラモン・ラッドは鏡に映っている自分を見た。が、顔色ひとつ変えなかった。

「何か別な商売を始めたのか？　私の知らない何か新しい商売を」

「そういうことができればどれほどいいかと思うよ、ラモン」

「何か非公式のことなのかね？」

「非公式も何も。そういうことができればどれほどいいかと言っただけだ」

「何か新しいことを始めたのなら、私もその商売に一枚嚙む権利がある。なんといってもあんたには大金を貸してるんだからな。話してくれ、その商売のことを。それが商倫理というものだ。フェアにいこうじゃないか」

「率直に言って、今夜はあまり倫理的な気分ではなくてね、ラモン」

ラモンはしばらく考える顔になった。あまり幸せそうには見えなかった。

「頭のいかれた億万長者を見つけたということなら、一エーカー三千ドルで買ってもらおうか」とラモンはさっき言ったものとはまた異なる不変の商倫理を持ち出して言った。

ペンデルはその言い値を二千ドルまで値切って、家に帰った。

ハンナが熱を出す。

マークは卓球で、三人のうち誰よりも強くなりたがっている。

洗濯専門のメイドがまた妊娠をする。

床拭きのメイドが、庭師が始終言い寄ってきて迷惑をしていると訴えてくる。

庭師は、人間七十にもなれば、誰でも選んだ女に言い寄る権利があると主張する。

聖なるエルネスト・デルガドが東京から帰ってくる。

翌朝、店に出て、ペンデルはしかつめらしく生産ラインを点検した。仕上げの手縫いをしているグナ族の女たちから始めて、イタリア人のズボンの縫製師、中国人の上着の縫製師、朝から晩までヴェストをつくって飽きることを知らない、赤毛の高齢女性、セニョーラ・エスメラルダのところまで点検した。決戦前夜の偉大な指揮官のように、彼は彼らひとりひとりにねぎらいのことばをかけた。もっとも、ねぎらいが必要なのは彼のほうだったが。今必要とされているのは彼の部隊ではなかった。給料日とあって、彼らは一様に機嫌がよかった。裁断室にこもり、ペンデルはロールから型紙を二メートル引き出して作業台に広げ、木のスタンドに手帳を広げて立てかけ、アルフレッド・デラー（一九一二〜七九。イギリスのカウンター

的バトルロイヤル・ゲーム「PUBG」の開発者による
大型ゲーム化進行中！　韓国ファンタジイ話題作

涙を呑む鳥1　ナガの心臓（上・下）

イ・ヨンド／小西直子訳

eb7月

人間、ナガ、トッケビ、レコンの四種族が暮らす大陸。その南方に暮らすナガの少年リュンは、死の際の友に託された使命を果たすべく北へ旅に出る。そして彼を守るため三人の仲間が集まった……。〈ドラゴンラージャ〉著者による本格ファンタジイ、シリーズ開幕

四六判並製　定価各2640円［18日発売］

『転生令嬢と数奇な人生を』が新サイト〈ハヤコミ〉でしろ46によるコミカライズ決定！

元転生令嬢と数奇な人生を2
精霊の帰還

かみはら／イラスト：しろ46

eb7月

平行世界から、やっとの思いで帰還した転生令嬢カレン。皇帝ライナルトとの新婚生活を満喫していたのも束の間、今度はライナルトに異変が!?　カレンは意識のない彼に代わり皇帝代理として立つことに。皇帝不在の裏には世界の変革の兆しが……書き下ろし短篇付

四六判並製　定価2475円［3日発売］

HPB2005

田舎に引っ越してきた夫婦を怪現象が襲う、戦慄のホラーサスペンス

幽囚の地

マット・クエリ&ハリソン・クエリ／田辺千幸訳

eb7月

都会の喧騒を離れ田舎に家を買ったブレイクモア夫妻。そこに、隣人のダンが忠告にやって来る。この地には精霊が住んでおり、季節ごとに彼らを悩ませるというのだ。最初は不気味な光が飛び回る程度だったが、やがて精霊たちは夫妻に直接危害を加えはじめ……。

ポケット判　定価2970円［3日発売］

代作家による傑作を集めたシリーズが始動！
目は選りすぐりの近未来短篇アンソロジー

台湾文学コレクション1

近未来短篇集

格言・他　三須祐介訳
呉 佩珍、白水紀子、山口 守編

遠する母と反発する娘を描く「2042」、恋する相手のデー
る女性の行き過ぎた愛情の行方を語る「USBメモリの恋
介護ロボットの真相を痛切に描く「小雅」など、台湾の実
の選りすぐりの傑作SF8篇を収録

四六判並製　定価3190円［3日発売］

統治下の台湾で生きた母の真実とは？
現代を往還する台湾の巨匠の傑作長篇

台湾文学コレクション2

風の前の塵

叔青　池上貞子訳
呉 佩珍、白水紀子、山口 守編

台湾で弾圧される先住民の青年。日本人に憧れる客家人の
人村で育つ警察官の娘、月姫。彼らは何を願い、誰を愛し
を経て、月姫の娘の無弦琴子は期せずして亡母の足跡をた
幻想を織り交ぜて描かれた傑作歴史小説。

四六判並製　定価3190円［18日発売］

台湾現
一巻

近

伊

先端技術を
タを収集す
人」、逃げ
力派作家た

日本
過去

台

旅

日本統治下
写真家。日
たのか？ 時
どる。史実

JA15?

知能侵蝕3

林 譲治

eb7月

偵察期間は終わったのか？――アフリカ中部を占領したオビックのロボット兵たちは、驚くべき行動に出る。とまどう人類の運命は？

定価1210円[18日発売]

NV1527,1528

冷戦後の諜報戦をユーモラスに描く巨匠ル・カレ後期の傑作

パナマの仕立屋（上・下）

ジョン・ル・カレ／田口俊樹訳

eb7月

英国の諜報員オスナードは、パナマ運河返還後の政情を探るためパナマへ向かう。彼は要人御用達の仕立屋ハリーに目をつけ……。

定価各1452円[18日発売]

NF611

アメリカの光と闇を描き切った犯罪実録。エドガー賞受賞

万博と殺人鬼

エリック・ラーソン／野中邦子訳

eb7月

万博間近の19世紀末シカゴ。欲望うごめく大都会に「殺人ホテル」を構える猟奇殺人犯が潜んでいた。『悪魔と博覧会』復刊文庫化

定価1848円[18日発売]

海外編第3位
』の衝撃の続篇

館の客人

フーズ／加賀山卓朗訳

ィが開かれる館。新聞記者ジェイ
にパーティへ招かれるが……

[3日発売] eb7月

宅香帆さん推薦！
読書エッセイ

孤独』を
に読む

とん

者の代わりに読む「私」。ところ
自主制作本を文庫化。

賛発売中] eb7月

ー）のメロディアスな哀歌を聞きながら、アンドルー・オスナードから注文を受けたアルパカのスーツの輪郭を慎重に描きはじめた。以前はサヴィル・ロウにあったという王家ご用達の仕立屋、〈ペンデル＆ブレイスウェイトＣｏ．リミターダ〉がつくるオスナードのスーツ二着のうち、まず一着目の仕立てに取りかかった。

実務家にして、比較考量の達人にして、状況の冷静な査定官は今、鋏を使って、票を投じようとしていた。

第7章

ミスター・アンドルー・オスナードが〝助っ人〟として、パナマのイギリス大使館にやってくるという、モルトビー大使の陰気な報告を聞いて、善良なる政治部長、ナイジェル・ストーモントは、オスナード？　鳥の名前か、とまず思い、次に耳を疑い、最後にはその着任を憂慮した。

通常、こういう話はどんな大使も政治部長には別個に伝えるものだ。それが礼儀というものだ。〝ナイジェル、きみには誰よりもさきに知らせておかなきゃと思ったもんでね……〟。しかし、一年というつきあいを経て、ふたりにとって礼儀が当然とされる段階はもう過ぎていた。それに、そもそも、モルトビーには人を驚かすことを喜ぶ性癖があった。で、彼は月曜日の朝のミーティングまで――日常業務の中で、そのミーティングに出ることが最もつまらない仕事だと、ストーモントがひそかに思っているミーティングまで、そのニュースを明かすことをひかえたのだった。

出席者はストーモントを含めた男三人に美女がひとり。モルトビーの机のまえに、クローム製の椅子を三日月形に並べて坐っていた。モルトビーはそんな三人に対し、まるでより大きくて、より貧しい人種のような風情で向かい合っていた。歳は四十代後半、身長は六フィート三インチ、どことなく不潔そうな黒い前髪。あまり役に立ちそうにない大学の優等学位。微笑みと解してはならないうすら笑い。ただひとり出席している美女に眼をとめた彼を見たら、誰もがこう思うことだろう、この男はほんとうはずっと見ていたいのにその勇気がないのだ、と。実際、彼は長いこと見ていられず、見るたびに恥ずかしそうに壁のほうに眼をそらしていた。うすら笑いはそのまま。椅子の背にスーツの上着をかけていた。その上着についたふけに朝日があたり、きらきらと光っていた。シャツの趣味はけばけばしく、今朝は幅広の派手なストライプ。それほど上機嫌ということなのだろう。この状況を必ずしも快く思っていないストーモントはそう思った。

外国における英国官界の大仰なイメージに従うつもりがモルトビーにないとすれば、それは大使館そのものも同じことだった。法に頼ることなく原地民に劣等感を植えつけるための錬鉄製の門も、けばけばしいポルチコ、大階段もなかった。飾り帯をつけた十八世紀の偉大な男たちの肖像画もなかった。モルトビーに与えられた大英帝国の領土は、パナマで最も大きな法律事務所が所有し、屋上にスイスの銀行のトレードマークを頂く高層ビルの中、四分の一ほど昇ったあたりに浮かんでいた。

入口のドアは、ヨーロピアンオークの合板で縁取りをして、防弾加工を施した鉄製で、そこまでは静かなエレヴェーターで昇ることができ、そこに描かれたイギリス王家の紋章は、エアコンのよく利いた静けさの中で、どこかシリコンと葬儀社を思わせた。窓ガラスもまたドア同様、アイルランド人を苛立たせるために補強されており、また、太陽の癪の種をつくるためにブロンズ加工されていた。現実世界からは囁きさえ聞こえない。車の音も、クレーンの音も、船の汽笛も。新市街と旧市街の騒音も、バルボア通りの中央分離帯で、落ち葉を掃いている女たちの声も。それらは女王陛下ののぞき穴から見た、音を立てない標本だった。が、中にはいると――イギリスが治外法権を有する空間にひとたび足を踏み入れると、人は外ではなく、中を見ることになる。

そのミーティングではまず、パナマが北米自由貿易協定(NAFTA)の条約国になる可能性について、簡単に意見交換がなされ（ストーモントに言わせれば、取るに足りない議題だった）、次にパナマとキューバの関係が議題になり（文字どおりいかがわしい(シーディ)通商同盟、この二国の関係は麻薬なしには語れない、とストーモントは思っていた）、さらにグアテマラの総選挙結果がパナマの政治家に与える心理的影響に関して話し合われた（そんなものはゼロだ、とストーモントはすでに政治部の部下に話していた）。いつものことながら、モルトビーは運河に関する不愉快な話題も持ち出した――偏在する日本人の件、香港の代表と偽る中国の件、さらに、フランスのノウハウとコロンビアのドラッグ・マネーを利用して、フランスとペルーの共同事業体（コンソーシアム）が運河の接収を目論（もくろ）んでいるといったあやしげな噂についてまで。そういった話のどこかで、これまたいつものことながら、退屈と自己防御本能から、ストーモントは気づくと、これまでの自らの苦難の人生を思い起こしていた。

ナイジェル・ストーモント――生まれたのはもう何年もまえすぎるくらいのことだ。シュルーズベリー校からオックスフォード大学ジーザス学寮（コレッジ）に進んではいたが、学校の成績はあまり芳しくはなかった。ご多分にもれず、歴史の二級学位を持ち、また、ご多分にもれず、離婚歴があって、しかも、彼の場合は大衆日曜紙の紙面を飾る類いの離婚だった。全員参加のクリスマス・パーティでマドリッドのイギリス大使館の親しい同僚に、ワッセル酒を入れた銀のボウルを投げつけられたのだ。結局、その同僚の妻だったパディ――かけがえのないパトリシアと再婚するのだが、その代償が刑期三年の流刑で、流刑地がここパナマ、人口二百六十万、その四分の一が失業者、その半分が貧困線以下の生活者であるパナマというわけだった。この次はまだ決まっていない。廃棄処分にされるという以外は。

六週間前に彼が出した手紙に対して、昨日やっと届いた人事部の返事を見るかぎりそうだった。いや、そんなことよりパディの咳だ。それが今の彼には一番の心配事だった。いったいあのヤブ医者どもは何をしてるんだ？

「どうしてイギリスのコンソーシアムがという話にはならないんだね？　たまにはそういうことがあってもいいだろうに」とモルトビーはやたらと鼻にかかる声で不満を言っていた。「そして、たまにはそういった謀略の中心にいたいものだ。そんなことはこれまで一度もなかった。きみはどうだ、フラン？」

「ああ……」

フランチェスカ・ディーンは、そのきれいな顔に気前のいい笑みを浮かべて言った。

「〝ああ〟なんだね？　イエスかね？」

「ああ、ノーです」

フランチェスカに夢中なのはモルトビーだけではなかった。パナマの男たちの半分が彼女を狙っていた。手に入れられるとなれば、男ならみな人殺しさえいとわないだろう。そんな体にもひけを取らない頭。ことさらラテン系の男たちを狂わせる、イギリス的なクリーミーなブロンド。それに見合った肌の色。ストーモントは、さまざまなパーティで、彼女が結婚相手にいかにもふさわしいパナマの若い男たちに取り囲まれ、デートの誘いを受けている姿を何度も見かけていた。が、彼女は、十一時にはもう本を持ってベッドにはいり、翌朝の九時にはかちっとした黒いパワースーツ姿で机に向かっている、といった類いの女だった。化粧もせず、この〝楽園〟で新たな一日を迎えることにすべてを充てていた。

「イギリスが運河をマスの養殖場にするなんて噂がこっそり囁かれたりしたら、それだけで愉しいとは思わないか、ガリー？」とモルトビーは、イギリス海軍の退役大尉で、隙ひとつないいでたちの大使館の生産資材購入担当者、ガリヴァーに言った。本人としては面白いジョークのつもりだった。「稚魚はミラフローレス閘門に、少し大きくなったら、ペドロ・ミゲル閘門に、成魚はガトゥン湖にというわけだ。すばらしいアイディアだと思うがね」

ガリヴァーは騒々しい笑い声を上げた。彼の関心は生産資材の購入などにはまったくなかった。彼のほんとうの仕事は、ありあまるドラッグ・マネーをつかわせて、イギリス製の兵器をできるだけ多く相手かまわず売ることで、地雷が彼の専門だった。

「すばらしい。まさにすばらしいアイディアです、大使」とガリヴァーはいつもの軍隊式のがさつさで言い、しみだらけのハンカチを袖から取り出して派手に鼻をかんだ。「余談になりますが、この週末、すばらしいサーモンを釣りましてね。二十二ポンドもありました。そういうのを釣るには、さすがに二時間ばかり車に乗らなければならなかったけれども、それだけの値打ちは充分ありました」

ガリヴァーはフォークランド紛争に出陣しており、勲章までもらっていた。ストーモントの知るかぎり、それ以来、大西洋の向こう側へは一度も戻っていないはずだった。酔うと、〝海の向こうにいる忍耐強い可愛い女性に〟と言って乾杯の音頭を取り、わざとため息をついてみせることがよくあったが、それは感謝のため息であって、恨みのため息ではなかった。少なくとも、ストーモントはそう思っていた。

「政治担当官？」とストーモントはおうむ返しに尋ねた。

思ったより大きな声になってしまったのだろう。たぶん舟を漕いでいて。彼は前夜パディと徹夜をしていた。無理もない。彼は自分でそう思った。

「政治担当官は私じゃないんですか、大使？　政治部というのは政治を担当する部署じゃないんですか？　なのにどうしてその男は政治部所属にならないんです？　ここはノーときっぱり返事をなさってください。断固としてノーと」

「残念ながら、この手のことについては誰にも何も言えないんだ。もうすでに既決事項なんだよ、ナイジェル」とモルトビーは答えた。いつもストーモントを苛立たせている官僚的な堅苦しい口調で。「もちろんやれることはやった。人事部には抗議のファックスを送った。どうしても丁重な文面になったが。オープン・ラインではそれほどずけずけとは言えないからね。きょうび暗号通信のコストは天文学的数字に上ってる。それに新しい機材も要る。賢明なる女性たちも」彼はおもねるような笑みをフランチェスカにまた向けた。「しかし、人は誰しも自分の縄張りは自分で守らねばならない。彼らの返事は思ったとおりのものだった。同情はされたが、抗議は聞き入れてもらえなかった。まあ、それもわからないではないが。私だって自分が彼らなら同じことをするだろうからね。つまり、彼らにも選択権がないのさ、われわれ同様。状況をすべて考慮に入れると」

ストーモントには、追伸のようにつけ加えられたこの〝状況〟ということばがまず最初のヒントになった。が、サイモン・ピットにさきを越された。サイモンというのは茶目っ気のある背の高い男で、亜麻色の髪をポニーテールに結んでいた。モルトビーの専制的な妻に髪を切るように言われながら、今でもまだそのままになっている。パナマに来てまだ日が浅く、今のところ誰もやりたがらない仕事を任されていた――ヴィザ、受付、案内、故障がちのコンピューター、パナマ在住のイギリス人。それに雑役。

「ぼくの仕事をいくらか手伝ってもらうというのはどうです、大使？」とサイモンは、まるでオークションで競り値をつける人のように片手を胸のまえで上げて、いたずらっぽく言った。「手始めに、〝アルビオン（グレート・ブリテン、のちにイングランドの古名）の夢〟担当とか」〝アルビオンの夢〟というのは、現在のところ、パナマ税関の倉庫で腐りかけたまま、英国文化振興会の嘆きの種になっている、イギリスのゴシック初期の水彩画コレクションのことだ。

モルトビーは普段にも増してしかつめらしく言った。「それはどうかな、サイモン。彼に〝アルビオンの夢〟を任せるわけにはいかないと思う」そして、いくらか考える顔つきになり、クリップを選んではねじって広げながら続けた。「オスナードは厳密に言えばわれわれのひとりではない。彼らのひとりだ、どういう意味かわかると思うが」

そこまで言われても、ストーモントにはまだモルトビーの真意がつかめなかった。彼らしくないことだった。「すみません、大使、おっしゃっていることがどうもよくわかりません。誰のひとりなんです、彼らのひとりというのは？　外部の人間ということなんですか？」不愉快な思いつきがふと彼の心をかすめた。「まさか実業界から送り込まれてくるんじゃないでしょうね？」

モルトビーは忍耐強くクリップにため息を吐きかけて言った。「いや、ちがうよ、ナイジェル。彼は実業界から派遣されてくるわけじゃない、私が知ってるかぎりは。でも、もしかしたら、そうなのかもしれない。その件に関しては、私としてもはっきりとした否定はできない。彼の過去に関して何も聞かされてないんだよ。現在に関しても教えられたことはいくらもない。未来もまた閉じられた本の中だ。しかし、彼はわれわれの〝友〟だ。

大親友とは言えなくても。そう、われわれはみな、いつかはひとつになるという希望のもとに生きているというなら、大親友であってもかまわない。とりあえず、今のところは友とだけ言っておこう。これでわかってもらえただろうか？」

モルトビーはそこでことばを切り、ストーモントにしばらく考える時間を与えてからまた続けた。

「彼は〝公園〟の向こうから来る、ということだ、ナイジェル。いや、今は川か。移転したそうだから。昔は公園、今は川だ（イギリス情報部の所在地。以前はセント・ジェームズ公園をはさんで官庁街の反対側にあった。現在はテムズ川の対岸にある）」

ストーモントは言うべきことばを最後に見つけて言った。「われらが〝友〟は支局を開こうとしてるんですか？　ここパナマに？　考えられない」

「ほう、面白い。どうしてだね？」

「彼らはすでに出ていったからです。ここからはもう手を引いたはずだからです。冷戦の終結とともに、彼らは店をたたみ、フィールドをアメリカに明け渡した。もちろん、情報交換はその後もするという取り決めは交わしましたが。互いに心地よい距離を取るという条件でね。情報管理の合同協議会は今でもやっていて、大使館側からその会議に出ているのが、ほかでもないこの私です」

「知ってるよ、ナイジェル。そっちの方面ではきみがきわめてよくやってくれてることも」

「だったら何が変わったんです？」

「状況だ。冷戦は終わり、われらが〝友〟は出ていった。が、ここへ来てまた冷戦に戻りつつあり、今度はアメリカが出ていこうとしてる。もちろんこれは私の憶測だ。はっきりとした情報をつかんでるわけじゃない。それはきみと変わらない。で、われらが〝友〟は昔の〝席〟を求め、われらがご主人様は彼らにその〝席〟を与える決定をしたというわけだ」

「何席？」

「今のところは一席だ。しかし、ことがうまく運ぶようなら、彼らはもっと要求するだろう。その結果、諜報活動のための隠れ蓑を彼らに提供するのが大使館の第一の使命だった、あの頭の痛い時代に逆戻りするかもしれない、彼らの要求がもし通れば」

「アメリカには知らせてあるのですか？」

「いや、彼らには関係のないことだ。オスナードのことはわれわれしか知らない。今後も誰にも明かされない」

ストーモントはモルトビーのことばを咀嚼した。フランチェスカが沈黙を破った。彼女はそもそも実務的な女だったが、ときにそれが過ぎることがあった。

「彼は大使館に勤務するんですか？　物理的なことですが」

モルトビーは顔同様、フランチェスカに対してはまた別な声を持っていて、命令といたわりの中間のような声音で言った。

「そのとおりだ、フラン。物理的であれ、何的であれ、ここに勤務する」

「部下は？」

「アシスタントをひとり用意するように言われている」

「それは男性、女性、どちらです？」

「これから決めなきゃならない。と言っても、もちろん雇われる側に決めさせるわけじゃない。いくら近頃が男とも女とも決めかねる世の中だからと言っても」そこでまたくすくす笑い。

「彼の階級は？」とサイモン・ピットが口をはさんだ。

「われらが〝友〟には階級があるのかね、サイモン？　考えてみればおかしな話だ。彼らの組織は常に階級そのものといったあり方をしてるのに。そうは思わないか？　われわれがいて、われわれのうしろに彼らがいる。それがこの世界の全体像だ。もっとも、彼らは彼らでまたわれわれとは別な見方をしてるだろうが。オスナードはイートン出身だ。これもおかしな話だな。情報部（オフィス）はいったいどこで、われわれに話すことと話さないことの線引きをしてるのか考えると。いずれにしろ、予断をもって彼を迎えるということは慎まねばならない」

モルトビー自身はハーロウ校の出身だった。

「スペイン語は話せるんですか？」とフランチェスカが尋ねた。

「流暢に話すそうだ。しかし、外国語が話せるからといって、それだけでは何も保証したことにはならない。少なくとも、私の経験ではそうだ。きみはどうだね？　三ヵ国語で自分をまぬけに見せるやつがいたら、それは一ヵ国語しか話せないまぬけより三倍まぬけに見えるだけのことだ」

「いつ来るんです？」とストーモントが尋ねた。

「計ったように十三日の金曜日だ。それもあくまでそう言われただけだが」

「あともう八日しかないじゃないですか」とストーモントは不平を言った。

モルトビー大使は長い首をめぐらせ、羽根飾りをあしらった帽子をかぶった女王の肖像画が描かれたカレンダーを見た。「そうかね？　なるほど。そうなるね」

「既婚者ですか？」とサイモンが尋ねた。

「既婚とは聞かされていない」

「それはつまりノーということですか？」とストーモント。

「それはつまり、既婚者とは聞かされていないということだ、ナイジェル。それから、独身用住居にはいりたいという要望もしているところを見ると、何を持っているにしろ、その手の持ちものは本国に置いてくるということなんだろう」

モルトビーはまず両腕を広げてから、おもむろに肘を曲げ、頭のうしろで手を組んだ。彼の奇妙な仕種にはたいてい意味があり、今の仕種は、ゴルフの時間が迫っているので、ミーティングはもうそろそろ終わりにしたいという意味だった。

「いずれにしろ、ナイジェル、通常の任期が予定されている赴任だ。一時的なものじゃない。彼がすぐにお払い箱にならないかぎりは」モルトビーはそこで薄い笑みを浮かべてつけ加えた。「フラン、今話し合った新人赴任の件に関して、情報部(オフィス)はこっちのできるだけ早い返事を待ってる。今夜は残業してもらえるだろうか？　それとも夜はもう全部予定がつまってるのかな？」

狼(おおかみ)のような笑み。老齢のように悲しい笑み。

「大使」

「おや、ナイジェル。なんだね？」

ミーティングが終わって、十五分が過ぎていた。モルトビーは金庫に書類をしまっているところで、その場には彼ひとりしかおらず、そんなときに声をかけられたことを彼はあまり快く思っていないように見えた。

「結局、オスナードの仕事はなんなんです？　彼らだってそれぐらいあなたに話したはずだ。あなたも金額を記入しない小切手を彼らに渡したりはしなかったはずです」

モルトビーは金庫の扉を閉め、ダイアル錠をまわし、立ち上がって腕時計を見た。

「いや、渡してしまったことになるだろうな。しかし、それがなんだと言うんだね？　彼らはどっちみち自分たちの好きなようにやるんだから。これは外務省の問題ではない。オスナードのうしろ盾は省を超えた存在だ。誰にも抵抗はできない」

「省を超えた存在？」

「〈計画及び実行〉委員会。そのふたつがともにできたと思えたためしなど、私にはこれまで一度もないが」

「その部署のトップは？」

「誰でもない。今のきみの質問は私もしたんだが、今、私が言ったのが人事部の答だ。とにもかくにも、オスナードをありがたく受け入れなきゃならんというわけだ。きみもそれには従わねばならんだろう」

ナイジェル・ストーモントは、自分の部屋で手紙の整理をした。彼はその昔、プレッシャーに強い男として名を馳せたこともあった。それがマドリッドでのスキャンダル以降、気がつくと、意に反しながらも何事につけ、優等生的態度を取る人間になっていた。もっとも、そのおかげで現在の地位も確保されたわけだが。彼が半ば強制的な退職願いを出した時点では、人事部長はそれを受理するつもりだったのだから。ところが、より高いところから〝待った〟がかかったのだ。

「これはこれは。九つの命を持つ猫とはまさにきみのことだな」と人事部長はかつてインド局だった堂々たる暗い宮殿の奥で言った。そして、ストーモントと握手を交わそうともせず、彼の今後の処遇に関する人事部の決定事項を伝えた。「要するに、これは施しではないということだ。赴任先はパナマ〝気の毒に。まあ、せいぜいモルトビーと仲よくやってもらいたい。きみならそれぐらいできるだろう。モルトビーとは一年か二年後にまた話し合うつもりだが、今からそのときが愉しみだ」

人事部長は情報部ナンバー3である自分のオフィスで冗談まじりにそう言ったのだが、それはもちろん額面どおりの和睦というわけではなかった。

アンドルー・オスナード。ストーモントは頭の中で繰り返した。鳥の名。オスナードの一群が飛来し、ガリーがそれを撃ち落とす。笑えるではないか。〝友〟。あの友達のひとり。独身者で、スペイン語を話し、その〝刑期〟は一時的なものではない。へまをして恩赦にでもならないかぎり。階級はわからない。何もかもわからない。われらが新しい政治担当。そのうしろ盾は公的には存在しない機関。男にしろ女にしろ、どんなアシスタントもともなわず、あと一週間もすればやってくる。これはもう既決事項だ。しかし、何をしにくるのか。誰に何を？　誰と入れ替わるために？　ナイジェル・ストーモントとかいう男の交代要員？　あの男にはまるで空想力がないから。現実的な対応しかできないから。妻の執拗な咳のせいで、だいぶ神経がまいっていることには同情の余地があるにしろ。

　これが五年前なら、街角をぶらついたり、封筒に湯気をあてて開封したりする訓練を受けた、〝公園〟のまちがった側の成り上がり者が、ストーモント・クラスのエリート外交官の交代要員になるなどおよそ考えられないことだった。が、それは財務省で行政改革が推し進められ、鳴りもの入りで外務省入りした外部の凄腕(すごうで)に、海外勤務課が襟首をつかまれ、鼻づらを二十一世紀に向けさせられる以前のことだ。いやはや。

　ストーモントは政府を毛嫌いしていた。リトル・イングランド有限会社。クラクトン（イングランド南東部の保養地）のゲーム・センターの経営さえろくすっぽできないような、無能な嘘つき集団。自分たちの力を温存するためには、国の最後の電球さえ略奪しかねないのが保守党のやつらだ。彼らは官僚機構を世界での生き残りや国家の健全性と同じくらい、消費可能な贅沢と考えているのだ。彼らにしてみれば、海外勤務課などというのは、そんな贅沢品の最たるものなのだろう。騒々しい治療と、すばやい修理が流行りのこの風潮にあって、パナマの大使館の政治部長などというポストがまずまっさきに槍玉に挙げられたとしても、少しも不思議はない。

……どうしてふたりも要るんだね？……週に一日働くだけで三万五千ポンドの年収が得られる玉座に坐る、独立機関〈計画及び実行〉委員会のお偉方の声がストーモントには聞こえるような気がした……どうしてひとりにきれいな仕事をさせて、もうひとりに汚い仕事をさせなきゃならないのか。そのふたつともひとりにさせればすむことだ。オスナード鳥を飛ばせて、向こうに着き次第、ストーモント鳥は放り出せばいい。仕事は合理化しなきゃ。無駄なポストはなくさなきゃ。われわれがいつまでも納税者のおごりでランチが食べられるのは、そういう改革をわれわれがしているからではないのかね？

人事部はその案にきっと飛びつくだろう。たぶんモルトビーも。

ストーモントは棚に指を這わせながら、部屋の隅を歩いた。『フーズ・フー』にはひとりのオスナードも載っていなかった。『貴族年鑑』にも。たぶん――とストーモントは思ったーーイギリスの鳥類図鑑にも。ロンドンの人名別電話帳は、〝オスモザリー〟からすぐに〝オスナー〟に飛んでいて、オスナードに近い名前はひとつもなかった。が、その電話帳は四年前のものだった。ストーモントは外務省の古い貴紳録を何冊かめくり、スペイン語を話す、オスナードに関係がありそうな大使館員はいないかどうか調べてみた。長期勤務者も短期勤務者も含めて。ストーモントは政府の官庁便覧で、省にしろ、庁にしろ、部にしろ、課にしろ、〈計画及び実行〉といった名称がどこかにあるかどうかも確かめてみた。もちろん、そんな省庁はどこにもなかった。それから、彼は事務官のレグに内線電話をし、頭の痛い問題ーー彼とパディのアパートメントの雨漏りについて話し合った。「可哀そうに、パディなんか雨が降るたびにプディング用の鉢を持って、客用寝室を走りまわってるんだ」と彼は不平を言った。「しかもここは年がら年じゅう雨が降るときてるんだからね」

レグというのは、パナマで雇われた男で、グラディスというパナマ人の美容師と同棲していた。が、そのグラディスには誰も会ったことがなく、グラディスというのはほんとうは男なのではないのか、とストーモントは睨んでいた。彼らは例によって、工事請け負い業者のこれまでの非道と、係争中の裁判と、パナマの儀典官室の非協力的態度について嘆き合った。

「レグ、ミスター・オスナード用のオフィスはどうなってる？　そういうことは事前に話し合っておいたほうがよくはないかな？」

「われわれは何を話し合うべきで、何を話し合うべきでないのか。そういう判断は私にはできないよ、ナイジェル。私は今までずっとただ大使の命令を聞いてきた男だからね」

「それじゃ、今度のことでは、大使閣下はどんな命をお下しになったんだね？」

「東側の通路だ、ナイジェル。それも全部。金属製のドア用に錠前も新しくする。昨日それが届いた。鍵はミスター・オスナードが自分で持ってくる。それから、古い待合室に彼専用のスティール・キャビネットが置かれ、ミスター・オスナードが自分でダイアル錠の番号を設定する。それらに関する記録はいっさい残さない。そんな記録、もともと残す気はないけど。最後は電気のコンセント。ミスター・オスナードが支障なく電子機器を使えるよう、くれぐれも粗相のないようにと言われたよ。どっちにしろ、ミスター・オスナードはコックというわけではなさそうだ。だろ？」

「私に訊かれても答えようがない。私よりあんたのほうがよく知ってるんじゃないのか？」

「電話の感じは悪くなかった。どう言えばいいかな、そう、ＢＢＣのようでありながら、人間でもある、と言えばわかってもらえるだろうか」

「どんなことを話したんだね？」

「まず車のことだ。自分の車が決まるまで一台借りてくれないかと言ってきた。そのあと免許証をファックスで送ってきた」

「車の種類を指定してはこなかったのか？」

レグは笑いながら言った。「ランボルギーニじゃなくてもいいが、三輪車じゃ困ると言ってた。それから、山高帽をかぶったままで乗れるのがいいとも言ってた。けっこう背の高い男のようだ」

「ほかには？」

「あとは彼の住まいだな。どれぐらいで用意できるかとか。もう物件は見つけてあるんだ。あとは内装業者が間に合わせてくれるかどうかだ。場所は〈クラブ・ユニオン〉の上層階。だから言ってやったよ、ブルーに染めた髪とか、かつらとかに好きなときに唾を吐きかけられるって。でも、内装業者に頼んでるのは、ただ壁を塗り替えるだけのことなのにな。今は白なんだよ。だから、好きな色に塗り替えられるから、何色がいいかって訊いたんだ。そうしたら、ピンクはやめてくれってことだった。淡い黄色も。で、こんなことを言うのさ、まだ湯気が立ってるようなラクダのうんこ色はどうだろうって。思わず笑ってしまったね」

「そう言えば、歳のことはまるで考えなかったな。でも、何歳であってもおかしくない感じだった」

「彼の歳は？」

「彼の運転免許証のコピーが手元にあるんじゃないのか？」

「アンドルー・ジュリアン・オスナード」とレグは読み上げた。いくらか興奮気味に。生年月日及び出生地、一九七〇年十月一日、ウォトフォード（イングランド南東部の都市）。なんとね。私の両親が結婚してしばらく住んでたところだ」

ストーモントが廊下に立って、コーヒーマシーンからコーヒーを注いでいると、若いサイモン・ピットが脇にやってきて、オスナードのパスポート用写真を手のひらにのせ、秘密めかして示した。

「どう思う、ナイジェル？　諜報界のカラザース（一九二九〜九〇。オーストラリアのボクサー。世界バンタム級チャンピオン）か、いくらか太目のマタ・ハリか？」

見るからに栄養状態のよさそうなオスナードが両耳を出して写っていた。パナマの儀典官室が発行する外交パスが、彼の到着時にはすでに作成されていなければならないので、事前に本国から送られてきた写真だった。ストーモントはその写真を見つめ、一瞬、自分の私生活が自分の手から離れてしまったような気分になった。別れた妻への扶養手当て。それは少ない額ではなかったが、彼のほうから申し出たのだ。クレアの大学の授業料。弁護士をめざすエイドリアンへの援助。いつかはアルガルヴェ（ポルトガル南端の観光地）の丘に、オリーヴ畑と、暖かい冬と、パディの咳を抑える乾いた空気付きの農園を手に入れたいというひそかな夢。年金を全額受け取れなければ、その夢は実現できない。

「感じはよさそうだね」と彼は品位を失わずに言った。「それに、眼の奥にいろんなものを秘めているようにも見える。つきあうと、なかなか面白い男かもしれない」

パディのことばに従うべきだった。パディにつきあって徹夜などするのではなかった。少しは眠っておくのだった。

月曜日は、朝のミーティングの苦痛を癒す意味もあって、ストーモントは彼と同じ地位にいるフランス大使館員、イヴ・ルグランと〈パボ・レアル〉で昼食をともにすることが多かった。ふたりには、一対一で話すのとうまい料理が好きという共通点があった。

「そう言えば、やっと新しい人員が補充されることになった」とストーモントはルグランがささやかな打ち明け話をしたあとで言った。「若い男だ。歳はきみと変わらない。政治担当だ」

「私とも気が合うかな？」

「誰とでも気の合いそうなやつだ」とストーモントはきっぱりと言った。

彼がオフィスに戻るや、フランチェスカが内線電話をかけてきた。

「ナイジェル、驚くべきことがわかったわ。なんだかわかる？」

「いや」

「あなたはわたしのあのいやったらしい異母兄のマイルズのことは知ってたわよね？」

「知っているというほどでもないけど。どういう人物かは知ってるよ」

「イートン校の出身だってことはもちろん知ってるわね？」

「いや、今知った」

「今日がたまたま彼の誕生日なんで、わたし、電話したのよ。信じられる？　彼、アンディ・オスナードと寮が同じだったんだって！　マイルズの話では、オスナードはちょっと肥っていて、ちょっと陰気なところもあったけれど、なかなか魅力的なやつだったということよ。文化祭のお芝居ではすごく演技がうまかったのを覚えてるって。でも、性的快楽（ヴェネリー）を求めすぎて退学になったんだそうよ」

「なんだって？」

「女の子よ、女の子。あなたも昔を思い出した？　ヴィーナスよ、ヴィーナス。相手が男の子だったとは思えないわ。それだと、アドネリー（ヴィーナスが愛した美少年アドニスにひっかけた駄洒落）になっちゃう。でも、マイルズが言うには、もしかしたら直接の原因は学費の滞納だったかもしれないみたい。誰がさきに彼をつかまえたのか。それはヴィーナスだったのか、学校の経理課だったのか。そこのところはよく覚えてないそうよ」

エレヴェーターの中で、ストーモントは、ブリーフケースをさげ、浮かない顔をしたガリヴァーに出くわした。

「今夜は誰かと深刻な問題を話し合う予定でも？」

「今度の娘（こ）の対応には、ちょっと気をつけなきゃいけないからね、ナイジェル。抜き足差し足でいかないと」

「気をつけろよ」とストーモントは押しつけがましくならない程度に忠告をした。

ガリヴァーはつい最近、フィービー・モルトビーのブリッジ仲間のひとりに、ゴージャスなパナマ女と腕を組んで歩いているところを見られていた。それが二十（はたち）そこそこといった女で、それに、あなた、あなたの帽子と同じくらい真っ黒な人だったの、とそのブリッジ仲間はフィービーに言い、フィービーは適当なときに夫に注意を促そうと思っていた。

パディはもうベッドにはいっていた。二階へあがると、彼女の咳が聞こえた。

どうやらショーンバーグ家へはひとりで行かなければならないようだ、とストーモントは思った。ショーンバーグというのは教養のあるアメリカ人夫婦で、妻のエルシーは大きな訴訟のためにマイアミとパナマを始終往復している辣腕弁護士、夫のポールはＣＩＡの局員だった。オスナードが〝友〟であることを知らせてはならない相手だった。

第8章

「ペンデルです。大統領にお取り次ぎ願います」

「どなた?」

「仕立屋です。ええ、本人です」

アオサギの宮殿は旧市街の中心に——湾をはさんで、パイティージャ岬と向かい合うようにして、海に突き出た一角にあった。湾の反対側から車で旧市街に向かうには、土地開発業者が描いた地獄図のような地区から、十七世紀のスペイン植民地時代の名残りをとどめる、不潔でエレガントな一帯を通り抜けなければならない。その一帯はぞっとするようなスラムに取り囲まれているが、適切なルートを選べば貧民たちを見ることもない。その朝、宮殿前の広場では、式典のためのブラスバンドが、誰も乗っていない外交官の車と警察のオートバイの列に向けて、シュトラウスを演奏していた。演奏者はみな白いヘルメットに白い制服、白い手袋といった恰好で、彼らの持つ楽器もまたホワイト・ゴールドのように光っていた。また、彼らの頭上には天幕が張られていたが、奔流のような雨には用を足しておらず、彼らの首すじを雨のしずくが伝っていた。宮殿の両開きのドアの脇には、趣味の悪い黒いスーツを着た護衛が立っていた。

　演奏者とはまた別な白い手袋をはめた男が、ペンデルのスーツケースを取り上げて電子スキャナーに通した。別な男が手招きをして、ペンデルを〝処刑台〟に乗せた。ペンデルはそこに立ち、パナマではスパイは銃殺されるのか、それとも絞首刑になるのかどっちだろう、と思った。白い手袋にスーツケースを返され、〝処刑台〟に人畜無害であることを保証され、偉大なスパイは今、要塞にはいることを許された。

「こちらへ」と背の高いハンサムな黒人が言った。

「わかっています」とペンデルは誇らしげに答えた。

　大理石でできた噴水池が大理石の床の真ん中に設えられていた。その噴水の中で、乳白色のアオサギが気ままに何かをついばんでいた。壁に埋め込まれた禽舎からは、もっと多くのアオサギが迷惑そうな顔で、通りかかる人間どもを観察していた。ほんとうに迷惑しているのかもしれない――ペンデルは、ハンナから週に何度も聞かされる話を思い出して、そう思った。ハンナは絶対につくり話ではないと主張しているのだが、一九七七年、ジミー・カーターが新しい運河条約を批准するためにパナマにやってきたときのことだ。シークレット・サーヴィスがふたりの大統領の健康を考え、宮殿に消毒剤を散布したところ、アオサギが全滅してしまい、夜になるのを待って、秘密裏にチトレ（パナマ南部の都市）から同じようなアオサギを空輸したのだという。

「お名前は？」

「ペンデル」

「職業は？」

待たされて、ペンデルは子供の頃の鉄道の駅を思い出した。多すぎる大人たちが多すぎる方向に急ぎ足で彼の脇を通り過ぎ、どこへ置いても彼のスーツケースがそんな大人たちの歩く邪魔になってしまうのだ。やさしそうな声の女が彼の名を呼んでいた。その声のするほうを振り向き、その声の美しさに彼はマルタにちがいないと思った。が、光があたった女の顔はつぶされてはいなかった。ガールスカウトの制服のような茶色のスーツに付けられた名札から、大統領付きの事務官であることがわかった。

「重くないですか？」と彼女は尋ねた。

「羽根のように軽いです」とペンデルは答えて、差し出された手を拒んだ。

大階段を彼女について昇った。大理石の輝きがマホガニーの深く暗い赤に変わった。ドア柱の脇に、趣味の悪いスーツを着てイヤフォンを耳に差した男たちがまた立っており、値踏みするような視線を彼に送ってきた。今日は大統領は特別お忙しくて、と天使のような事務官が彼に話しかけていた。

「外国から帰国されたときはいつもそうだけど」と天使は言い、自分が住んでいる〝天〟を見上げた。

……彼が香港で姿を消した謎の時間の行動を探る……それがオスナードの指示だった……パリでは何をしてたのか。女とやりまくってたのか、それとも誰かと密談をしてたのか。

「ここまではコロンビアに統治されていました」と天使はその無垢な手でかつてのパナマの統治者たちを示して彼に言っていた。「ここからはアメリカ合衆国。でも、もうすぐわたしたち自身が統治することになります」

「すばらしい」とペンデルは熱意を込めて言った。「もうそうなっていい頃です」

彼らは本のない図書館のようなパネル張りのホールにはいった。床磨き剤の甘い匂いがペンデルの鼻をかすめた。天使は、ベルトにつけたポケットベルが鳴って、部屋を出ていった。ペンデルはひとり残された。

……旅行中のすべての行動を探るんだ。失われた時間すべてについて……

ひとり立ったままスーツケースを手に待った。黄色いカヴァーが掛けられた椅子が壁ぎわに並んでいたが、〝罪人〟が坐るには華奢すぎた。それとも、そのひとつを壊せば、かえって罪の意識が薄れるということもあるだろうか。日が重なり、週になる。ハリー・ペンデルがひとつよく知っていることがあるとすれば、それは刑期の務め方だ。それが義務となれば、彼は一生そこに立っていることもできる、スーツケースを手に、自分の名前が呼ばれるのを待つことができる。

彼の背後で大きな両開きのドアが勢いよく開いた。陽の光が射し込み、慌ただしい足音と、もったいぶった男の声がした。不躾な動作にならないように気を配りながら、ゆっくりと振り向き、コロンビア時代の恰幅のいい統治者の下で身を硬くし、スーツケースをさげたまま、ペンデルは自分を消す。

近づいてきたのは、数カ国語を話す、十人ばかりの逞しい男たちの一団だった。せっかちに床を打つ靴の音をしのいで、高揚したスペイン語、日本語、それに英語が乱れ飛んでいた。その一団は政治家の速さで移動していた。ただ、より騒々しく、より仰々しかったが。まるでお仕置きから解放された小学生の一団のようでもあった。制服はみなダークスーツ。全体に自画自賛する雰囲気をかもして、編隊を組んでいた。近づくと、その編隊がくさび型をしているのがペンデルにもわかった。そしてその先頭に、床から一フィートか二フィート浮かび上がるようにして、実際の太陽王よりも大きく、明るく輝く権力者にして神々しい時間の渇望者がいた。先飾りのある黒い子牛革のダッカーの靴。〈P&B〉謹製の黒のジャケットにストライプのズボン。

大統領は高潔の士でもあり、食通でもあった。その両方のバラ色の輝きが頬に表れていた。豊かな銀髪。唇は小さく、ピンク色をして濡れていた、まるで母親の乳房からついさっき引き離されたかのように。紫を帯びた青い眼は、会議が終わったばかりの昂(たか)ぶりに輝いていた。一団はペンデルに近づくと、ばらばらに立ち止まり、それぞれの階級のあいだでちょっとしたやりとりがあって、隊列が自動的にまた整えられた。大統領はまえに歩み出ると、振り返り、客たちと向かい合った。マルコという名札を付けた補佐官が主人の脇に立ち、茶色のスーツを着た天使もふたりに加わった。彼女の名前はトロイのヘレンではなく、ファニータだったが。

客たちはひとりずつまえに進み出て、大統領と握手を交わし、辞去していった。大統領はそのひとりひとりに励ましのことばをかけた。彼らを待つ母親向けのお土産(みやげ)がそこで手渡されたとしても、ペンデルは驚かなかっただろう。それより何より、偉大なスパイは心配という拷問を自らに課していた。スーツケースの中身にまちがいはないだろうか。仕上げ職人がまちがったスーツを入れてしまってはいないだろうか。スーツケースの蓋(ふた)を開けたら、ラモン・ラッドの娘、カルリータ・ラッドの仮装誕生パーティのためにグナ族の女たちにつくらせた、ハンナのボー・ピープの衣装が出てくるところが眼に浮かんだ。花柄のベルスカートとフリルの帽子とブルーのパンタロンが出てくるところが。中身を確かめたい誘惑に駆られながら、その勇気が持てない。別れの儀式はまだ続いている。客たちのふたりは日本人で、背が低かった。一方、大統領は偉丈夫だった。そのため、まるで斜面に立って交わしているような握手になっていた。

「それじゃ、約束しましょう。土曜日にゴルフ場で」という大統領のジョークに過剰に反応して、日本の紳士のひとりがけたたましい笑い声を上げる。

ほかの幸運な人々もひとりひとり選ばれる——「マルセル、いろいろとありがとう。助かったよ。それじゃ、パリでまた。春のパリで！——ドン・パブロ、おたくの大統領によろしく。彼にはそちらの国立銀行の意向は充分尊重すると伝えてほしい——」最後のグループが出ていき、ドアが閉められる。それで陽射しがさえぎられ、部屋には、大統領その人とマルコという慇懃な補佐官、ファニータという天使、それにスーツケースを持った〝壁〟だけが残される。

太陽王を真ん中にトリオが歩き出す。行き先は大統領の私室。ペンデルが立っているところからその部屋のドアまでは三フィートと離れていない。彼は笑みを浮かべ、スーツケースを手に一歩前に踏み出す。銀髪の頭をめぐらして、大統領はペンデルを見やるが、その青い眼に映ったのはただの壁だ。トリオがペンデルのそばを通り、私室のドアが閉ざされる。と思うまもなく、マルコがまた出てくる。

「仕立屋さんでしたね？」

「そうです、セニョール・マルコ。大統領のスーツをお持ちしました」

「待っててください」

ペンデルは言われたとおりその場で待った。立って仕える者は誰もがしなければならないように。何年ものときが過ぎ、ドアがまた開く。

「手早くお願いします」とマルコが言う。

……パリ、東京、香港での失われた時間。それを探るんだ……

彫金を施した衝立が部屋の一隅に立てられていた。金箔を被せた弓が衝立の格子模様の四隅を飾っている。桟に金のバラが散っている。そんな衝立のまえに、窓からの逆光線を受けて、黒いジャケットにストライプのズボンといういでたちの大統領が立っている。大統領の手のひらは老婦人のそれのように柔らかい。手はずっと大きいが。ペンデルはその絹のクッションのような感触に、日曜日のスープに供するためにチキンを乱切りにしているルース叔母を思い出す。ベニー叔父はアップライト・ピアノを弾きながら、『清きアイーダ』を歌っている。

「お帰りなさい、閣下。さぞお疲れになったこととお察し申し上げます」とペンデルは見せかけだけ咽喉をつまらせて低い声で言う。

が、そのペンデルの屈折した挨拶が、世界で最も偉大な指導者にきちんと伝わったかどうかは疑わしい。というのも、マルコが赤いコードレスフォンを大統領に手渡しており、すでに大統領はその送話口に向かって話している。

「フランコ？　その問題はもういい。彼女には弁護士を雇うように言うんだ。それじゃ、今夜レセプション会場で。また知らせてくれ」

マルコは赤い電話をしまう。ペンデルはスーツケースを開ける。出てきたのは、ボー・ピープの衣装ではなく、いくつもの勲章の重さに耐えられるよう胸の飾り布を巧みに補強した、つくりかけの燕尾服。絹の棺の中に眠っている。内側が鏡になっている金の衝立の向こうに、地球の主が立ち位置を変えると、天使は音もなく部屋を出ていく。人々に親しまれている銀髪が、宮殿の古い工芸品である衝立の向こうにいったん消え、また現れて、大統領がズボンを脱いだことがわかる。

「お手数をおかけします」とペンデルはまたつぶやくように言う。

金の衝立ての脇から大統領の手が現れる。ペンデルは大統領の前腕に黒いズボンを掛ける。腕とズボンが衝立ての向こうに消える。電話が鳴る。……失われた時間を探るのだ……

「スペイン大使からです、閣下」とマルコが机のところから言う。「閣下に直々に会いたいということですが」

「明日の夜と言ってくれ。台湾大使のあとだ」

ペンデルは宇宙の支配者と向かい合う。世界の最も重要なふたつの門のひとつの鍵を握り、世界貿易の未来と、二十一世紀のグローバル・パワーのバランスを決する、パナマの政治。そのチェスゲームのグランドマスターと相対し、そのベルトの内側に指を入れる。

マルコが今度はマニュエルという人物から電話だと言っている。

「水曜日だ」と大統領は衝立ての上から答える。

「午前ですか、午後ですか？」

「午後だ」

大統領のウェストラインは徐々に判然としなくなりはじめている。だから、ズボンの股を合わせても、丈が合わない。ペンデルはウェストを上げる。ズボンの裾が絹のソックスの上まで上がる。大統領がいっときチャップリンのようになる。

「ハーフしかまわらないのなら、午後でもいいそうです」とマルコが事務的に言う。

そこですべてが動きを止める。天の恵みのような休戦。あとでペンデルがオスナードにそう言って伝えた静寂が大統領の私室に訪れる。誰もしゃべらない。マルコも大統領も。いくつもの電話も。ただひとり膝をつき、大統領のズボンの左側にピンを刺している偉大なスパイだけが、口を動かしている。

「よけいなことをお訊きするようですが、大変な成功を収められた極東の旅では、少しはおくつろぎになったのでしょうか？　スポーツをなさったとか？　お散歩とか。お買いものとか。よけいなことをお訊きして、お気に障られましたらどうかお赦しください」

電話はまだ鳴らない。グローバル・パワーの鍵を握る者が答を考えるのを何物もさえぎらない。

「きつすぎる」と彼は言う。「きつすぎるよ、ミスター・ブレイスウェイト。大統領にも少しは息をさせてくれ、仕立屋さん」

「〝ハリー〟と彼は言った。〝土地開発業者と共産主義者さえいなければ、パリにあるような公園と同じものをここパナマに明日にもつくることができるのに〟とね」

「ちょっと待ってくれ」オスナードは手帳のページをめくり、またすさまじい勢いでペンを動かした。

ふたりは、街の喧騒な一角にあるつれ込み宿〈パライソ〉の四階にいた。通りの反対側では、コカ・コーラのネオンサインがついたり消えたりして、暗い部屋に赤い光を断続的に投げ込んでいた。廊下からはカップルが慌ただしく出入りする音――壁からは無念のため息と喜びの吐息、激しく交わる肉体と肉体の音――が聞こえていた。

「でも、その点についてはあまり多くはしゃべらなかった」とペンデルは言った。「あれこれ細かいことは」

「勝手に要約しないように。彼が話したままを教えてくれ」オスナードは親指を舐めてページをめくった。

ペンデルは、ルース叔母とツツジを見にいった日のハムステッド・ヒース、そこにあるドクター・ジョンソンの四阿(あずまや)を見ていた。

「〝ハリー〟と彼は言った。〝あのパリの公園、なんといったかな。木の屋根の四阿があってね。そのときそこにいたのは、われわれとボディガード、あとはアヒルだけだ〟。大統領は自然派なんだよ。〝そこで歴史がつくられた。もしすべてが計画どおりに運ぶようなら、まだ羽が生えたばかりのような国、パナマの繁栄と平和と独立はここで決せられた、と記された日付入りの銘板がいつの日かその四阿の木の壁に飾られることだろう〟」

「その会談の相手は？　日本か？　フランスか？　中国か？　大統領は花を相手に話して

たわけじゃない、だろ？」

「ああ、ちがうよ。はっきりとはわからないが、ヒントはあった」

「言ってくれ――」オスナードは舌を鳴らし、また親指を舐めた。

「〝ハリー、きみにはどうか私の側についてもらいたいものだが、東洋人というのは実に頭のいい連中だということがよくわかった。その点にかけてはフランス人も負けてはいないが〟」

「国の名は言わなかったのか？」

「そこまではね」

「日本か、中国か、マレーシアか？」

「アンディ、あんたは私の頭にそもそもなかったことを吹き込もうとしてる」

車の音とうるさいエアコンの音を呑み込む薄っぺらな音楽。その音楽をしのぐラテンの声。それ以外何も聞こえなかった。オスナードはせっせとボールペンを走らせていた。

「あんたはマルコには気に入られてないんだな？」

「ああ、それは以前からずっとそうだ」

「どうして？」

「廷臣としては、ユダヤ人の仕立屋が自分のボスと一対一で世間話をしたりするのが気に入らないんだろう。〝マルコ、ミスター・ペンデルとはここしばらく話をしてなかったんで、悪いんだが、呼ぶまでちょっと席をはずしてくれないか〟などと言われたら、なおさらだろう」

「マルコはゲイか？」

「見るかぎりそうは思えないけど。そういうことは訊いたことがないんでね。私には関係のないことだから」

「マルコを夕食に誘い出してくれ。そうして、安くスーツをつくってやるとでも持ちかけるんだ。そいつはわれわれの側に引き込んでおいたほうがよさそうだ。日本で反米感情が起きてることを示唆するようなことばは？」

「そういうことばはいっさいなかった」

「日本を世界の次のスーパーパワーと見なしてるようなところは？」

「それもない」

「産業界の新興国家の指導者に関する論評は？　それもなしか。日本とアメリカの利害の衝突に関しては？　悪魔か青い海か、パナマはそのどちらかを選ばなきゃならないなんてことは？　サンドウィッチのハムみたいに思ってるとか。そういうことに関しては何も言わなかったか？」

「そういうことに関しては通り一遍のことしか言わなかった。日本についても。そうだ、今思い出したんだけど、ひとつこんなことを言っていた」

　オスナードの顔が輝いた。

「〝ハリー〟と彼は言った。〝私の望みはただひとつ、テーブルの一方にジャップ、もう一方にヤンキーといった席には、もう二度と着かせないでもらいたいということだ。彼らのあいだを取り持つだけで、何歳も歳をとったような気分にさせられる。ご覧のとおり、おかげで髪がいっぺんに白くなってしまったよ〟。もっとも、彼の髪は全部が自前というわけじゃないけど。部分的にかつらを使ってると思うけど」

「いずれにしろ、そういうことはよくしゃべったわけだ」

「それはもうとめどなく。衝立ての中にいったんはいったら、実際、もう止められない。どうすればパナマを世界の〝歩(ポーン)〟にすることができるかという話になったら、それだけでもう気がつくと昼になっているということがよくある」

「東京で姿をくらました時間については？」

　ペンデルはむっつりとした顔で首を振った。「悪いけど、アンディ、そこのところは話せない」そう言って、きっぱりと答を拒否し、顔を窓のほうに向けた。

そこでオスナードのペンの動きが止まった。コカ・コーラのネオンの光がオスナードの顔にあたってはまた消えた。

「どうして？」と彼は尋ねた。

「私にとっては、彼は三人目の大統領だ」とペンデルは窓に向かって答えた。

「だから？」

「だから、したくない。できない」

「何を？」

「良心が咎めるようなことはできない。密告者のような真似はできない」

「今さら何を言ってる？　いいか、あんたは金鉱を掘りあてたようなものなんだぜ。こっちはいくらでもボーナスを出すと言ってるんだ。大統領はズボンを試着しながらなんと言ったのか。姿をくらまして日本で何をしてたのかさっさと話せ！」

ペンデルは良心を秤にかけた。その重さを確かめるにはいくらか時間がかかった。が、最後には答を出した。体のたががはずれたかのように肩を落とし、視線を部屋の中に戻して言った。

「〝ハリー〟と彼は言った。〝東京ではあまり仕事をしなかったように伝えられているはずだが、そのわけをきみのところの客たちに訊かれたら、こう答えてくれないか。妻が日本の皇后と一緒に絹糸工場を視察しているあいだ、私は生まれて初めて日本人女性のあそこを舐めていた、と〟――これは大統領自身のことばだ、アンディ。私はそんなことばづかいは店でも家でもしない――〝そう言っておけば、ハリー〟と彼は続けた。〝私が東京で取ったほんとうの隠密行動を誰にも詮索されずに、きみの客たちが形成する社会における私の株を上げることができるだろ？　私がみんなにどう思われるかなどというのは、どうでもいいことだ。すべてはパナマのためなんだから〟」

「大統領はなんの話をしてるんだ？」

「身の危険を覚えるような脅迫があった。が、民衆によけいな心配をさせないために、そのことは伏せた。そういう話だ」

「ハリー、彼のことばで言え、彼のことばで。雨の月曜日のくそ〈ガーディアン〉みたいなしゃべり方はやめろ」

ペンデルは落ち着いたものだった。

「彼のことばなんてものはなかったよ、アンディ。そんなものは。ことばなど要らなかった」

「説明してくれ」とオスナードは書きながら言った。

「誰にもわからないように、すべてのスーツの胸の左側に、小型拳銃を隠すための特別な内ポケットをつくること。それが大統領のご所望なのさ。銃身の長さについてはマルコから指示がある。〝ハリー〟と大統領は言われた。〝どうか私のことを大袈裟な人間と思わないでほしいんだが、このことは誰にも言わないでくれ。ただ、私が、愛する祖国——まだほんの子供にすぎないパナマのためにしようとしていることは、私の血という代償を求めるかもしれないということだ。この話はもうこれでやめるが〟」

階下（した）の通りから、ふたりを嘲るような、酔っぱらいのけたたましい笑い声が聞こえた。

「これであんたにはキングサイズのボーナスが保証されたようなもんだ」とオスナードは言って手帳を閉じた。「それじゃ、次はブラザー・ミッキー・アブラカスの近況だ」

舞台は変わらず、背景だけが変わっていた。オスナードは見るからに頼りなさそうなベッドサイド・チェアをひっぱってきて、背もたれを股にはさみ、その肉づきのいい太腿（ふともも）を広げて坐っていた。

「彼らは特定しにくいんだよ、アンディ」とペンデルは手をうしろに組み、部屋を歩きまわりながら言った。

「誰だ、彼らというのは？」

「〈サイレント・オポジション〉だ」

「ああ」

「彼らはみんな自分のカードを胸に押しあてて持ってるから」

「どうして？　パナマは民主国家じゃないのか？　なんで秘密にしてなきゃならない？　自分の意見は堂々と言って、学生にも呼びかけりゃいいじゃないか。なんで〝サイレント〟でなきゃならないんだ？」

「それは、ノリエガからすばらしい教訓を与えられたおかげで、みんなもう二度と屈辱を味わいたくないと思ってるからだ。ミッキーを刑務所送りにするようなことだけは誰ももう二度としたくないのさ」

「ミッキーが彼らのリーダーなのか？」

「そう、思想面、行動面両方のね。もちろん、彼自身はそれを認めようとは絶対にしないが。彼だけじゃなく、彼の〝サイレント〟な支持者も、彼が接触を持っている学生も、橋の向こう側の人々も表向きは絶対に認めないだろうが」

「そして、経済的援助はラフィがしてる。そういうことか」

「そうだ」ペンデルはまた部屋に戻った。

オスナードは膝から手帳を取り上げ、椅子の背もたれに立てかけてまた書きはじめた。

「メンバーの名簿は？　アジトにあたるようなところはないのか？　活動方針といったよ

うなものは？　何が彼らを結びつけてるんだ？」

「まずひとつ、とにもかくにも彼らはこのパナマという国をきれいにしたいのさ」とペンデルは言って、オスナードが書き終えるのを待った。愛するマルタの声が聞こえていた。彼はミッキーと会っていた。新しいスーツを着て生まれ変わった、素面のミッキーと。友情と誇り。そのふたつがペンデルの胸を満たした。「ふたつ、ほんとうにアメリカが実行するのかどうかは別にして、彼らが手を引いてここから立ち去ったあと、駆け出しながら、パナマをもっとちゃんとした民主国家にしたいのさ。三つ、それは貧しい人たち向けの教育制度の拡充、病院の建設、大学の補助金の是正、貧しい農民——特に米農家——貧しい漁師——特にエビ採り漁師——たちへの援助、それに運河も含めて、政治家がこの国の土地を最高入札者に売るのを阻止することだ」

「要するに、彼らは左翼なのか？」とオスナードはペンを動かす手を休め、そのバラのつぼみのような小さな口にキャップをくわえたまま言った。

「というより、公正で健全な人々と言うべきじゃないだろうか。確かにミッキーは左翼思想をいくらか持っているかもしれないけれど、彼のキーワードはむしろ〝中庸〟だ。それに、そもそも彼にはカストロのキューバや共産主義にかぶれている暇がない。マルタもそれは変わらない」

オスナードは手帳に書き取りながら、思案顔になって眉根を寄せた。ペンデルはそんなオスナードを見て、いささか心配になった。先走りさせてはならない。そう思って彼は言った。

「ミッキーについてはこんなジョークを聞いたことがある。彼は逆立ちした呑んだくれだというジョークだ。普通、人は飲むほどに真実を語りたがるものだが、彼の場合はそれが逆になるんだよ。飲めば飲むほど、彼は抵抗運動に関しては寡黙になる」

「で、素面のときに多くを語るというわけか。だったら、その気になれば、あんたは彼を密告することもできるというわけか。彼からはいろんなことをあれこれ聞いてるんだろ？」

「彼は私の友達だ。私は友達を密告したりしない」

「親友はな。あんたはずっと彼の親友だった。だったら、なおさらそろそろ何か彼にしてやってもいい頃なんじゃないか？」

「何かと言うと？」

「ミッキーも参加させるのさ。彼を真人間にしてやるんだよ。雇うのさ」

「ミッキーを？」

「別に大したことじゃないだろうが。彼にはこう言えばいい、彼の活動に共感した外国の博愛主義者が、こっそり活動資金を提供したがってるとでも。別にイギリス人だと明かすこともない。ヤンキーの篤志家にでもしておけばいい」

「本気で言ってるのか、アンディ？」とペンデルはいかにも信じられないといったふうに訊き返した。「〝ミッキー、スパイになる気はないかい？〟。彼にそんなことが言えるとでもほんとうに思ってるのか？」

「金のためなら。当然だろうが。それにでぶは金が好きだ」とオスナードはそれがまるでスパイの一大原則ででもあるかのように言った。

「ミッキーはアメリカ嫌いで有名でね」とペンデルは途方もないオスナードの要求と格闘しながら言った。「侵攻が忘れられないんだよ。国家によるテロリズム。彼は今でもそう呼んでる。その国家というのはもちろんパナマのことじゃない」

オスナードは、まるで子供が揺り木馬に乗っているかのように上体を前後させ、その大きな尻で椅子の座を撫でながら言った。

「ロンドンの連中はあんたのことがいたく気に入ってるが、そういうことはそう始終あることじゃない。彼らはあんたに思う存分働いてもらいたがってる。ネットワークはできるかぎり広げようじゃないか。省庁、学生、労働組合、議会、大統領府、運河。どこまでも広げるんだ。もちろん、それができればそれ相当の手当てが出る。奨励金もボーナスも。

ローン返済のためのサラリーも上がる。ミッキーとその仲間も引き入れるんだ。そうすれば、何かと都合よくなるんじゃないか？　われわれとしても」

「われわれ？」

尻を動かしているのに、オスナードの頭はまるでジャイロスコープのように一定していた。オスナードは声を低くして言った。なのに、かえって大きくしたように聞こえた。

「私はあんたの味方だ。ガイドでもあり、相談相手でもあり、友達でもある。この仕事は誰もひとりではできない。誰も。大きすぎる」

「わかった。そのことは常に頭に入れておくよ」

「金は新たな情報源にも払われる。言うまでもないが。あんたがどれだけ新たな情報源を集めようと。だから、その気になれば、あんたは一財産築くことだってできるのさ。嘘じゃない。あんたの情報が有益であるかぎり、いくらでも金が出るんだから。何か問題でも？」

「いや、問題は何もないよ、アンディ」

「だったら？」

ミッキーは友達だからだ、とペンデルは思った。ミッキーはすでに充分抵抗してきた。もうこれ以上する必要のないくらい。たとえそれが〝サイレント〟なものであれ、なんであれ。

「考えておくよ、アンディ」

「考えたって誰も金は出してくれない」

「わかってる、アンディ。でも、私はそういう人間なんだ」

オスナードのその夜の用件はまだひとつ残っていた。が、それを伝えられても、ペンデルはすぐにはその話についていけなかった。六インチの近さから肘で急所を突くのが巧みな〝フレンドリー〟という看守のことを思い出していたので……アンディ、あんたは彼を思い出させる。あんたはフレンドリーを思い出させる……

「ルイーザは、木曜日には仕事を家に持ち帰ることがあるのか？」

「そうだ」

オスナードは膝を上げて揺り木馬から降りると、ポケットを探り、金めっきをしたライターを取り出した。

「アラブの金持ちの客からのプレゼントだということにするといい」そう言って、部屋の中央に立っていたペンデルに手渡した。「ロンドンの自慢の品だ。試してくれ」

ペンデルはレヴァーを押して火をつけた。レヴァーを放すと火は消えた。彼は同じこととをもう一度繰り返した。オスナードはライターを返させると、底の部分をいじってからまたペンデルに渡して、演しものを成功させたあとの手品師のように得意げに言った。

「今度はレンズ越しに見てくれ」

マルタの小さなアパートメントは、いつしかオスナードとベタニアのあいだの減圧室のようになっていた。マルタは今、彼の脇に横たわっている、顔をそむけて。それは彼女がしばしば見せる姿勢だった。

「きみの学生たちは最近どうしてる？」とペンデルは彼女の背中に向けて尋ねた。

「わたしの学生？」

「あの時代、きみやミッキーと一緒になって走っていた男の子や女の子たちだ。きみが愛した爆弾投げの名手たち」

「わたしは彼らを愛してなんかいなかったわ。わたしが愛したのはあなたよ」

「彼らはその後どうしてるんだ？　今は何になってるんだね？」

「お金持ちになってる。学生であることをやめて。チェース・マンハッタン銀行に勤め、〈クラブ・ユニオン〉の会員になってる」

「今でも会うことはあるのかい？」

「時々、高級車の窓から手を振られることはあるわね」

「彼らは今でもパナマの将来を気づかってるんだろうか？」

「お金を外国の銀行に預けてる連中はもう気にもかけてないんじゃない？」

「それじゃ、今、爆弾をつくってるのは？」

「誰も」

「私にはなんとなく、静かな抵抗（サイレント・オポジション）運動の雰囲気が醸成されてるような気がする。それが上から起こり、徐々に下に伝わってるような気がするんだが。その結果、誰も予期しなかったところで、ある日、中流階級が革命を起こしてこの国を乗っ取るんだ。言うなれば、将校なしの将校の反乱みたいなものだ。わかるかな？」

「いいえ、わからない」

「何が？」

「静かな抵抗（サイレント・オポジション）なんてどこにも起こってないわ。あるのは利益、腐敗、それに力よ。そして、いるのは金持ちと絶望した人々だけよ。それからそういうことに無関心な人々」彼女の声音がまたいかにも教育を受けた人間のそれになっていた。本の虫の細心の声音。独学をしてきた者の学者ぶった声音。「それに、これ以上貧しくなったら死ぬしかないほど貧しい人々。それに政治家。政治家というのは、あらゆる種族の中で最低の豚ね。これはオスナードのためにしてる質問なの？」

「彼の訊きたがるような答が得られれば、彼のためにしている質問ということになるかもしれない」

彼女は彼の手を見つけると、それを自分の口に持っていき、しばらくキスをした、指一本一本に。何も言わず。

そして最後に言った。「報酬がいいの？」

「彼が百パーセント満足できるような情報は与えられない。私もそんなにあれこれ知ってるわけじゃないからね」

「そんな人は誰もいないわ。パナマで起こることを決めてるのは三十人ぐらいの人で、残りの二百五十万人はただ想像してるだけなんだから」

「きみの昔の友達で、チェース・マンハッタン銀行にもはいらず、高級車を乗りまわしてるわけでもない連中は今何をしてるんだ？」とペンデルは執拗に尋ねた。「今でも好戦的な気持ちを持ってる連中は何をしてるんだね？　何かやってるとすれば、どういう目的でやってるのか。パナマのためにかつて望んだことを今でも望んでるんだろうか？」

マルタは彼のことばをじっくり吟味してから言った。「それはつまり政府に圧力をかけたりするってこと？　今でも政府をひざまずかせようとしてるかってこと？」

「そうだ」

「まずわたしたちはカオスをつくる。あなたはカオスが好き？」

「それが必要なものなら」

「必要なものよ。カオスというのはデモクラシーを目覚めさせる前段階なんだから。自分たちが誰かに導かれてるわけではないことを自覚したら、労働者も選挙のときに自分たちの階級の中から指導者を選ぶようになるでしょう。その結果、政府は革命を恐れて総辞職する。あなただって労働者には彼ら自身の指導者を選んでほしいでしょ？」

「私としてはミッキーを選んでほしいね」とペンデルは答えた。しかし、マルタは首を振っていた。

「ミッキーは駄目よ」

「わかった。それじゃ、ミッキー抜きだ」

「わたしたちはまず漁師たちのところに行くでしょうね。このまえのときには計画されながら、結局、実行はされなかったけど」

「どうして漁師なんだね？」

「わたしたちは核兵器に反対していた。核兵器がパナマ運河を通ることに憤りを感じていた。そういう荷物を通過させることはそもそも危険だし、国家の統治権を侵すものだと信じて疑わなかった」

「でも、漁師に何ができると言うんだね？」

「わたしたちはまず漁業組合を動かそうと思った。彼らに拒否されたら、お金のためならなんでもやるような、犯罪常習者と変わらないような連中を動かそうと思った。当時、学生の中にはお金を持ってる人たちもいたから。お金と良心を持った人たちも」

「ミッキーのように」とペンデルは言った。しかし、彼女はまた首を振った。

「わたしたちは漁師にはこう言うつもりだった。〝トロール船も小型漁船もディンギーもすべてくり出し、充分な食料と水を積んで、アメリカ橋のところで集結してちょうだい。そして橋の下に錨を下ろして、そこにいつづけるって世界に宣言して〟って。大きな貨物船は、一マイルぐらい手前からブレーキをかけなければ止まれない。パナマ運河を通ろうとする船の数は三日で二百隻くらいになるはずよ。二週間で千隻。その間に、数千隻もの船が別なルートを取るか、出航地に引き返すよう指示を受けるはずよ。それでちょっとした世界危機になるでしょうね。世界じゅうの商品取引場がパニックに陥って、アメリカ人は怒り狂い、海運業界はなんらかの措置を取ろうとするでしょう。バルボアは暴落し、政府はつぶれ、核兵器はもう二度とパナマ運河を通らなくなる」

「核兵器とはね。正直なところ、思いもよらなかったな、マルタ」

彼女は片肘をつき、つぶされた顔を彼の顔に近づけた。

「でも、いい？　今日のパナマは、アメリカ人同様自分たちにも運河の管理運営ができることを世界に示そうと躍起になってる。だから、政府にしてみれば、今は運河の管理運営にどんな支障もあってはならないときよ。ストライキも、営業妨害も、サボタージュも、些細なミスもね。運河の管理運営も満足にできないような政府に、歳入と称して国民からお金を巻き上げたり、税率を上げたり、利権を売ったりなんて器用な真似ができると思う？　でも、国際金融界が危機感を覚えた途端〝白い先生たち〟はわたしたちの望むものはなんでも与えようとするでしょう。それを待って、わたしたちはすべてを要求するのよ。学校を、道路を、病院を、農民と貧しい人々のためにって。もし彼らが橋の下に結集した船を排除しようとしたり、わたしたちに実弾を発砲したり、賄賂をつかませようとしたりしてきたら、わたしたちは即刻そのことをアピールするの。日々の運河運営に必要な労働者、九千人に。そして、彼らに尋ねるの、あなたたちは橋のどちら側に立ってるのかって。あなたたちはパナマの男なの、それともヤンキーの奴隷なのって。ストライキはパナマでは神聖な権利よ。ストライキに反対する者は社会のはみ出し者。そういう国柄よ。運河の管理運営に関しては、パナマ国内の労働法を適用すべきじゃないなんて議会で言ってる馬鹿がいるけど。そういう連中にとことん見せつけてやるの」

彼女は彼の上に乗っていた。ペンデルの眼のすぐまえに彼女の茶色の眼があり、彼には
その眼しか見えなかった。
「ありがとう」と彼はキスしながら言った。
「どういたしまして」と彼女は答えた。

第9章

ルイーザ・ペンデルは夫を愛していた――頑迷な両親に甘やかされながらも、同時に囚われて育った女にしか理解できない強さで。彼女には彼女が何もかもまちがう二年前に、何もかもまちがえなかった、彼女より四インチ背の低い姉がいたが、夫に対するルイーザの愛の強さは、そんな姉を持つ女にしかわからない強さでもあった。彼女の姉は、たとえベッドをともにする気がなくても――実際にはその一線もしばしば越えていたのだが――彼女のボーイフレンドを誘惑し、そうしたことに対する唯一正しい対応として、ルイーザには高貴なピューリタンの道を歩くことを強制したのだった。

彼女はまた、彼女と子供に対する夫の不断の献身ゆえに夫を愛していた。夫が彼女の父のような努力家であることも、誰もが過去のものと考えていた古いイギリスの店をひとりで再建したことも、日曜日には縞柄のエプロン（キビッイング）をつけて、チキン・スープとエッグヌードルをつくってくれることも、よくふざけてジョークを言うことも、特別な食事のときには、客用の銀食器と皿、それに紙ではない布のナプキンを出して、テーブルの準備を手伝ってくれることも、彼女の愛の理由だった。さらに、矛盾した感情が惹き起こす、遺伝的性質のような彼女の癇癪（かんしゃく）癖に耐えていてくれることも。彼女の場合、いったん感情のたががはずれると、その昂ぶりが自然とおさまるまではどうすることもできないのだ——あるいは、彼が愛してくれるまでは。それが彼女にとっては最善の解決策だった。容姿の点で劣り、モラルの点で勝（まさ）っていようと、彼女も性欲だけは姉に負けてはいなかったから。それと同時に、彼女は彼のジョークに合わせることができず、彼の望みどおり心から笑うことができないことを深く恥じていた。実際、彼とふたりだけのときでさえ、彼女の笑い声は、祈りのことば同様、母親そっくりになってしまうのだった。怒ったときには父親そっくりに。

　彼女はまた境遇の犠牲者としての彼を愛していた。腹黒いベニー叔父の不埒（ふらち）な軍門に降（くだ）ることなく、欠乏に耐え、偉大なるミスター・ブレイスウェイトに救われる日を待った、意志強固な生存者としての彼を。思えば彼女自身、両親と運河地帯から彼に救い出されたのだ。それまで彼女をがんじがらめにしていたすべてと無縁で、自由で、申し分のない新たな人生を彼女に提供することで。彼女は孤独な決定者としての彼をも愛していた。彼はふたつの宗教の狭間で葛藤（かっとう）を繰り返したのち、賢者、ブレイスウェイトの忠告によって最後には、特定の宗教に縛られないモラルを獲得したわけだが、彼の倫理観は、少女時代全体を通じて、彼女がバルボアのユニオン教会で母親から叩き込まれた、〝ともに助け合うキリスト教信仰〟と一脈通じるものがあった。

彼女はこれらすべてを幸運と思い、神と夫に感謝し、姉のエミリーを呪った。彼女はハリーを愛していた。彼がどんな気分のときであろうと、どんな一面を見せようと。しかし、近頃の彼は彼女のまったく知らない彼だった。彼女は初めて恐れというものを覚えはじめていた。

ただ殴りさえしてくれれば。それかどうしても彼のしなければならないことだと言うのなら。彼女をこき下ろし、罵倒した挙句、子供に聞かれる心配のない庭の奥まで彼女を引っぱっていき、〝ルイーザ、われわれはもうおしまいだ。おれは家を出る。好きな人ができたんだ〟とでも言われるほうが、何もかも完璧にうまくいっているふうを——何も変わってはいないふうを装いながら、大切な客の採寸をしなければならなくなったと言って、夜中の九時に出かけていき、その三時間後に戻ってくるや、そろそろデルガドを夕食に招待してもいい頃じゃないか、などと言われるより、ずっとよかった。オークリー夫妻とラフィ・ドミンゴも一緒に招待したらどうだろう？　どんな馬鹿にでもわかる。それは大失態のためのレシピだった。エルネスト・デルガドとオークリー夫妻とラフィ・ドミンゴ。これ以上考えられない最悪の取り合わせだった。が、彼女はあえてそれを彼に思い出させようとはしなかった。いつのまにかできてしまった夫との溝が、そうすることを彼女に許さなかったのだ。

彼女は何も言わず、半ば義務的にデルガドを家に招いた。ある日の夕刻、彼が帰宅しかけたところをつかまえ、その手に封筒を握らせた。デルガドは、それを簡単な仕事のメモか何かと思い、無造作に受け取った。思い込みの激しい策士。それが彼だった。実際、ロビイストや政界の寝業師たちを相手に日々やり合う中で、自分が地球のどちら側にいるのかさえ忘れることがあるような人物だった、その日の時刻など言うに及ばず。それでも、翌朝オフィスに出勤してきたときには、いつものスペイン紳士に戻っていた。きわめて丁重に、妻とともに招待を喜んで受けると言った。いくらか早く辞去することを許してさえもらえたら。幼い息子、ホルへが眼の感染症のせいで、時々まったく眠れなくなることがあり、そのことを妻のイザベルがとても心配しているので。

ルイーザは、妻同伴では来ないことを承知で、ラフィ・ドミンゴにも招待状を送った。ラフィの妻はその手の招待に応じたことの一度もない女で、ドミンゴ夫妻というのはそういう〝お寒い〟夫婦だった。返事は翌日にすぐ届いた、予想どおり、五十ドルはする大きなバラの花束とともに。添えられたカードにはラフィ自身の手で、〝喜んで伺わせてもらうけど、ダーリン、ただ、残念ながら、妻はほかに用があって行けない〟と走り書きがしてあったが、ルイーザには、その花束の意味を過たず正確に理解することができた。それは、ラフィのまえでは八十歳以下の女は誰も安全とは言えないということだ。時間と動作の無駄を省くために彼はパンツを穿くのをやめた、という噂まであるほどだ。だから、きわめて正直なところ、そんなラフィを――ウォッカを二杯か三杯飲んだときには特に――どぎまぎするくらい魅力的だと感じてしまうことを、彼女はひそかに恥ずかしく思っていた。ドナ・オークリーには最後に電話で伝えた。気の進まない仕事だったので、自然とそうなってしまったのだ。ドナは言った。「最高よ、ルイーザ！　もう全然愉しみにしてるわ！」それがドナのレベルだった。なんたる集まり。

ただならぬその日、その日ばかりはペンデルの帰宅も早かった。三百ドルもする燭台を〈ラドウィグ〉で、フランスのシャンパンを〈モッタ〉で、さらにスモーク・サーモンをどこかでまるまる半尾買ってきた。その一時間後、いかにも己惚れの強そうな色男に引き連れられて、高級仕出し屋のチームが現れ、ルイーザのキッチンを乗っ取った。自分のところの使用人は信用ができないから、というハリーの発案だった。そのあと、ハンナが急に不機嫌になった。ルイーザにはまるでわけがわからなかった。ミスター・デルガドが嫌いなわけじゃないんでしょ？　彼はママのボスなのよ。パナマ大統領の友達でもあるのよ。わたしたちのために運河を救ってくれる人なのよ、ええ、エニータイム島も。いいえ、マーク、今日はいいわ。今日は『レイジー・シープ』は弾いてくれなくてもいいわ。デルガド夫妻は喜ぶかもしれないけど、ほかの方たちはどうかわからないから。

そこへハリーが現れ、ルイーザに言う。いいじゃないか、ルー、弾かせてやったら？　しかし、ルイーザはまったく受けつけず、例のモノローグにはいる。そのモノローグが彼女の口をついて出る。彼女はそれを抑えることができない。自分のことばが聞こえ、彼女はうなる――ハリー、わたしが自分の子供に指示をしていると、どうしてあなたはどこからともなくやってきて、自分がこの家の主であることを示すために、いつもわたしと正反対の指示を出そうとするの？　わたしにはまるで理解できない。そこでまたハンナが癇癪を起こす。彼女の叫び声が聞こえる。マークは自室にこもって鍵をかけ、『レイジー・シープ』を何度も何度も繰り返し演奏する。ルイーザにドアを叩かれ、こう言われるまで。「マーク、もうすぐお客様が見えるのよ」それはほんとうで、ちょうどそのとき呼び鈴が鳴り、芬々たるボディ・ローションの匂いと、へつらうような笑みを振りまきながら、ラフィ・ドミンゴが現れる。もみあげに鰐革の靴。一流の仕立屋、ペンデルの腕をもってしても、ラテン系三文役者のように見えてしまうラフィを救うのはむずかしい。ルイーザの父親なら、ラフィのヘアオイルの強烈な匂いを嗅いだだけで、即刻勝手口にまわらせただろう。

ラフィのすぐあとに、デルガド夫妻、さらにオークリー夫妻がやってくる。そしてそのこと自体、その日の集まりの特異性を物語っている。なぜなら、パナマでは誰も時間どおりに現れたりはしないからだ、よほど堅苦しい集まりでないかぎり。結局、急にそういう集まりになる。エルネスト・デルガドは政界のボスのような顔をして——それはそのとおりなのだが——ルイーザの右隣に坐り、いや、水だけでけっこうだ、ありがとう、ルイーザ、あまりいけるクチではないんでね、と言い、これに対して、こっそりバスルームで大きなグラスに二杯すでに飲んでいるルイーザは、正直なところ、わたしもあまり飲めないんです、いつもお酒が素敵な夜を台無しにしちゃうんじゃないかって、そんな気がして、と答える。しかし、これにはハリーの右隣に坐っているミセス・デルガドが耳をそばだてて、疑わしげな笑みを浮かべる。ルイーザについては別な噂を聞いているかのように。ルイーザの左隣に坐っているラフィ・ドミンゴは、そんなやりとりのあいだにも、ルイーザが許すたびにソックスだけになった足を彼女の足に押しつけるのと——そうするためにさっき靴を脱いだのだ——ドナ・オークリーの胸を盗み見るのに忙しくしている。ドナのドレスのネックラインは、エミリーのドレスと同じで、乳房がテニスボールのようにまるめられ、胸の谷間が真下を——酔ったときのルイーザの父親の言い種を借りれば、〝工業地帯〟をまっすぐに指している。

「あんたの奥さんはおれにとって何を意味するか、わかるかい、ハリー？」とラフィが食べもので口の中をいっぱいにしたまま、スペイン語のアクセントが強いおぞましい英語でテーブル越しに尋ねる。今夜は、オークリー夫妻のために共通語に英語が選ばれている。

「彼の言うことを聞いちゃ駄目よ」とルイーザが言う。

「彼女はおれの良心だ！」ラフィは歯も口の中のものもすべて見せてけたたましく笑う。「もっとも、彼女に会うまでは、そんなもの、おれにはそもそもなかったわけだが！」

そのジョークはみんなにうけ、全員が彼の良心に乾杯をする。その間も、ラフィは首をめぐらして、ドナの胸の谷間を盗み見、爪先でルイーザのふくらはぎを愛撫する。さすがにこれにはルイーザも腹を立てる。と同時に、性感を刺激される。エミリー、あなたほどいやな女もいないわね。ラフィ、ほっといてくれない？　どこまであなたはいやらしいの？　ドナから眼を離しなさい。ハリー、今夜こそファックしてくれるんでしょうね？

ハリーはどうしてオークリー夫妻を招待客に選んだのか。それもまたルイーザには不可解だった。ケヴィン・オークリーが運河に関わる投機の話をしていたことをあとから思い出して、その謎は解けたが。しかし、商品取引きの世界ではなかなかの人物であったとしても、それ以外の面では、ケヴィンというのは、ルイーザの父親なら〝あくせくしたくそヤンキー〟とでも呼びそうな男だった。一方、妻のドナは、ジェーン・フォンダのダイエット・ビデオどおりのトレーニングに励んで、ビニールのショートパンツでジョギングをし、スーパーマーケットで彼女のカートを押してくれるハンサムなパナマ人には誰にでも尻を振り、ルイーザの聞いた噂が正しければ、ただ尻を振るだけではすまないような女だった。

ハリーは、みんなが席に着いたとさから運河の話をすることに、どうやら決めていたようで、まずデルガドに水を向けた。が、デルガドからは、貴族的なばかりに落ち着き払った、決まりきった答しか返ってこないとみるや、特に意見を持たないほかの者も巻き込んで、運河に関する議論をしたがった。そして、デルガドには、ルイーザが恥ずかしくなるような不躾な質問を浴びせた。ルイーザとしては、からみつくラフィの足と、自分は今、少し酔っているという自覚さえなければ、ハリーにこう怒鳴りたいところだった……ハリー、ミスター・デルガドはわたしのくそったれボスなのよ、あなたのくそったれボスじゃなくて。なんでそう自分をくされちんぽみたいに見せなきゃいけないの？……しかし、それは売女のエミリーの物言いで、貞淑なルイーザのことばではなかった。彼女が卑語を口にするようなことは絶対になかった。少なくとも子供のまえでは。あるいは素面のときには。

いや、そうでもない、とデルガドがペンデルの砲撃に応じていた。外遊中に何かの合意が得られたというわけではないけれど、いろいろと面白い話が出たことは確かだ。全体に友好的なムードでね、ハリー、行く先々で相手国の善意が感じられた。

お見事、エルネスト、とルイーザは心の中でつぶやいた。もういい加減にするようにハリーに言ってやって。

「でも、エルネスト、日本人が運河を狙っていることは誰もが知っていることだ」とハリーは、そういったことに関してさほど詳しく知っているわけでもないのに、空虚な一般論に話を広げて言った。「そして問題はただひとつ、彼らはどっちからやってくるかということだ。ラフィ、きみはさっきから意見を言わないけど――」

絹の靴下を履いたラフィの爪先は、曲げたルイーザの膝のあいだにはさまれていた。ドナの胸の谷間は納屋の扉のように開いていた。

「おれがジャップをどう思ってるか、そんなことを聞きたいのかい、ハリー？　ほんとうに聞きたいのかい？」とラフィは競売人のようながらがら声でみんなの注意を集めて言った。

「ああ、もちろん」とペンデルは熱心さをことさら示して言った。

しかし、ラフィは全員の熱心さを求めていた。

「エルネスト、おれがジャップをどう思ってるか、あんたも聞きたいかい？」

デルガドは、日本人に対するきみの意見には大いに関心がある、と如才なく言った。

「ドナ、あんたもおれがジャップをどう思ってるか聞きたいかい？」

「さっさと言いなさいよ、ラフィ」ドナは苛立ちを隠さなかった。

ラフィはそれでも全員の関心を求めた。

「ルイーザ？」とルイーザの膝の裏側を爪先で撫でながら訊いた。

「みんながあなたのことばを待ってるわ、ラフィ」とルイーザは明るいホステスとふしだらな姉役を同時に演じながら言った。

ラフィは最後にやっと日本人に関する自分の考えを明かした。

「おれが思うに、あのくそジャップどもは、先週の重賞レースのまえに、おれの馬、ドルチェ・ビータに骨格筋弛緩剤を目一杯注射しやがったにちがいない！」ラフィはそう叫び、金歯を光らせ、自分のジョークに笑いころげた。彼につきあって、ルイーザが一番大きな声で笑い、頭の差でドナがそのあとに続いた。

が、ペンデルはそんなことでは、はぐらかされなかった。むしろよけい運河にこだわった。そして、何より妻を怒らせる話題であることを充分承知しながら、かつての運河地帯の跡地利用に関する意見を言った。

「エルネスト、私は現実を見るべきだと言いたいんだよ。あんたたちが切り分けようとしているのは、ささやかながら悪くない土地だ。セントラル・パークみたいによく手入れされた、ガーデン・アメリカの五百平方マイル。そこにはパナマ全土のプールを集めたより多くのプールがある。そのことを考えたりはしないのかい？　〝賢い市〟はそのことをまだ考えはじめたばかりなのかもしれないけれど。うちのお客さんの中には、ジャングルのど真ん中に大学を建てるようなものだと言ってる人もいる。優秀な教授がそういう場所で自分の経歴の頂点を迎えようなどと思うわけがない。もちろん、お客さんの言ってることが正しいと決まったわけでもないけれど」

彼の話はすでに煮詰まっていた。が、誰も助け舟を出そうとはしなかった。彼はさらに続けた。

「結局のところ、アメリカ軍の基地がどれだけ空き地として残るのかという問題じゃないだろうか。でも、それを予測するには水晶玉が要りそうだ。あるいは、ペンタゴンに盗聴器か何か仕掛けて、このささやかな難問の答を探すか」

「ばかばかしい」とケヴィンがだしぬけに大きな声を上げた。「賢い連中はもうとっくに互いに土地を分け合ってるよ。そうだろ、エルネスト？」

気まずい沈黙ができた。デルガドの顔色が変わり、その整った顔が石のように固くなった。誰もがことばにつまっていた、その場の雰囲気にまるで無頓着なラフィを除くと。ラフィはドナに、彼女が使っている化粧品の名前を尋ねていた——いや、何、妻にも買ってやろうと思ってね。彼はまた、ルイーザの脚のあいだに自分の足を差し入れようともしていた。ルイーザは脚を組んでそれを阻止しながら、ふと気づいた。売女エミリーが自分のことばを見つけたことに。それまで聖女ルイーザが抑えつけていたことばを見つけたことに。そして、次に気づいたときには、そのことばが彼女の中からとめどなくあふれ出していた。それは、最初は記録上の無意味な数字の羅列でしかなかった。が、すぐに彼女自身止めることのできない、酔いに昂ぶった感情の吐露になった。

「ケヴィン、あなたが何をほのめかそうとしてるのか、わたしにはほんとうに理解できない。デルガド博士は運河地帯保全論のチャンピオンみたいな人よ。あなたはそれを知らなかったの？　もしそうなら、それはエルネストが礼儀正しすぎて、謙虚すぎて、あなたにそのことを言えなかったからよ。そういうことよ。一方、あなたがここパナマにいる理由はただひとつ、運河でお金儲けがしたいから。でも、いい、運河はお金儲けのためにつくられたわけじゃないの。だから、運河でお金儲けをするただひとつの方法は、運河を壊すこと、そういうことになるわね」ルイーザはケヴィンが企んでいる犯罪行為をひとつひとつあげつらった。ことばが次から次と口を突いて出てくるといったふうだった。

「森林の伐採。運河地帯の淡水域の消滅。運河の建造物及び設備の維持はあなたたちにはできっこない、少なくとも、わたしたちの祖先が求めた水準では」声が鼻声になり、いくらか耳ざわりになった。彼女にもそれがわかった。が、止められなかった。「だから、ケヴィン、偉大なアメリカ人の汗と血と涙の結晶をどうしても売り払いたいのなら、今すぐサンフランシスコに帰るといい。帰って、金門橋を日本人に売ればいい。それから、ラフィ、わたしの膝から手をどけないと、フォークで突き刺すわよ」

その時点で、誰もが帰宅することに決めたようだった——病気の子供のもとへ、ベビーシッターのもとへ、愛犬のもとへ。どこにしろ、今、彼らがいるところより安全なところへ。

しかし、ハリーは何をしているつもりなのか。客にへつらうだけでは足りず、わざわざ車を停めたところまで見送り、玄関先で手まで振るとは。その挙句の重役への報告。

「仕事を拡張してたまでのことだよ、ルー」――ルイーザを抱いて、背中を軽く叩きながら――「ただそれだけのことだ。これまた顧客操縦法だ」――アイルランド製のリンネルのハンカチで彼女の涙を拭きながら――「拡張か、死か。今はそういう時代だ。わがアーサー・ブレイスウェイトはいったいどうなったか、思い出してほしい。まず商売が立ちいかなくなり、彼自身もそうなった。さみだって、私に彼と同じ道をたどらせたいわけじゃないだろ？　だから、われわれは拡張するのさ。その手始めがクラブだ。そのクラブを利用して、今よりもっと社交性を高める。要するに針路の変更ということだ。が、それはそうする必要があるからだ。わかるだろ、ルー？」

しかし、そのときにはもうルイーザには、ペンデルの保護者然とした慰めがうるさく感じられ、彼から身を離して言う。

「ハリー、人間の死にざまなんてほかにいくらもある。少しは家族のことも考えてくれない？　世の中では、何人もの四十男が心臓発作やストレスが原因の病気に苦しんでる。そういう人たちはいやになるくらいいる。あなたのまわりにだっているでしょ？　仕事の拡張はもうできてるんじゃないの？　できてないんだとしたら、それは驚きね。なぜって、わたしはあなたの話を覚えてるからよ、このところは売り上げも仕立ても順調に伸びてるっていう話を。でも、ほんとうに将来を心配してるのなら――それが口実ではないのなら、思い出してちょうだい、わたしたちには農園があることを。あそこに引っ込んで、生活のレベルは今より落ちても、いかにもクリスチャンらしいつましい暮らしをすればいい。そのほうがずっといいわ、リッチで不道徳なあなたの友達に無理やりつきあわさせられた挙句、あなたに死なれたりするよりずっと」

ペンデルはそこで荒々しく彼女をうしろから抱きしめ、明日は必ず早く帰ると約束する——子供たちを遊園地に連れていくか、映画を見にいくかしようと。ルイーザは喜びの声を上げる。是非そうしましょう、ハリー、絶対よ！　しかし、彼らはそうしない。一夜明けると、彼はブラジルの貿易代表団のためのレセプションがあったことを思い出す——店にとって大切な人たちが大勢集まるんだよ、ルー。だから明日にしよう。しかし、その明日が来ると——ルー、ほんとうにおれは嘘つきだ。まえにも行ったことがあるディナー・クラブが——もうそこのメンバーにもなってるんだけど——そのクラブがメキシコのお偉方向けの宴会をやるんだ。きみも〈スピルウェイ（余水路）〉で見て知ってるんじゃないかと思うけど」

〈スピルウェイ〉——それは運河委員会発行の会報の名だ。

月曜日、ナオミから週に一度のいつもの電話がかかってくる。ルイーザには、ナオミが容易ならざる知らせを伝えようとしていることが、その声からすぐにわかる。今度はなんだろう？　ペペ・クリーバーが先週ヒューストンに出張したとき、いったい誰をおともに連れていったか？　あるいは、ハキ・ロペスと彼女の乗馬の先生との噂を聞いた？　それとも、亭主には心臓のバイパス手術をした母親を見舞いに行くと言いながら、ドロレス・ロドリゲスはほんとうは誰を訪ねたか？　しかし、今回のナオミのニュースはそういった類いのものではなかった。ルイーザとしてはありがたかった。もしその手の噂なら、即座に受話器を架台に叩きつけたい気分だったから。ナオミはまず麗しきペンデル家の人々の近況を知りたがった。マークの試験の結果はどうだった？　ハリーがハンナに初めてのポニーを買ってやろうとしてるというのはほんとう？　ほんとうなら、ルイーザ、ハリーは世界で一番気前のいい父親よ。ハリーの爪の垢でも煎じて、うちの旦つくに飲ませたいほどよ。そうやって、ふたりのあいだではしばらく、めまいがしそうなほど幸せなペンデル家の甘ったるいスケッチが描かれたあとのことだ。ルイーザが、ほんとうはナオミに憐れまれていることに気づいたのは。

「わたしはあなたが羨ましいわ、ルイーザ。みんなが健康で、子供たちは順調に成長していて、家族愛がとても強くて。あなたの神様ってほんとうに親切よね。そして、ハリーはそういうことの大切さをとてもよく理解してる人よ。だから、ハリーのことをレッティ・

オルテンサスに言われても、すぐに判断できた。そんなこと、ありえないって。ついでに言えば、そういうことがすぐに判断できた自分も少し誇らしかったわね」

ルイーザは受話器を握りしめたまま、その場に凍りついた。声を出すのも電話を切るのも恐かった。レッティ・オルテンサスというのは、夫、アルフォンソ・オルテンサスの少なからぬ遺産を相続するはずの自堕落な女で、アルフォンソ・オルテンサスは、曖昧宿のオーナーだった。〈P&B〉の顧客で、悪党だった。

「ええ」とルイーザは何に同意したのかもわからないまま答え、何に同意したにしろ、さきを続けることを促した。

「こんなことわざわざ言うまでもないことだけど、ハリーは、時間単位で料金を払うような、いかがわしいダウンタウンのホテルなんかに出入りするような人じゃない、でしょ？ だから、わたし、言ってやったわ、〝レッティ、眼鏡を買い替えたほうがいいんじゃないの〟って。〝ハリーとわたしはずっと以前からプラトニックな関係を続けてるけど、ルイーザとわたしはそれでもとても仲がいいの。それは、わたしたちの関係はルイーザもよく知っていて、ちゃんと理解もしてくれてるからなのよ。つまり、レッティ、彼らの結婚は盤石な基礎の上に築かれてるってことよ〟ってね。〝だから、あなたのご主人がホテル・パライソのオーナーで、あなたがロビーでご主人を待ってるときに、ハリーが女たちを何人引き連れてエレヴェーターから降りてきたとしても、そんなことはなんの意味もないことなの。だいたいパナマの女はみんなプロみたいに見えるし、実際、多くの売春婦がパライソで商売をしてるけど、ハリーにはいろんな階層のお客さんがいるのよ〟って。それでも、ルイーザ、わたし、一応あなたの弁護はしておいたわ。いちいち言わなくてもわかると思うけど。つまり、そんな噂は絶対広めないようにとは言っといた。それから、〝こそこそしてた〟なんて言うものだから、〝ハリーがこそこそしてたことがある？〟って言い返しておいた。〝ハリーというのは、こそこそしようとしたってそれができない人なのよ。あなた、一度でもそんなハリーを見たことがある？　ないでしょうが〟って」

ルイーザの体に感覚がまた戻ってくるのにはかなり時間がかかった。自分がつくづくいやになった。そもそもディナー・パーティで感情を爆発させて以来、気分が滅入っていたのだ。

「性悪女！」と彼女は怒鳴った。涙がこぼれた。

もちろん、そのときにはもう電話を切っていた。そして、ハリーが最近買い替えた収納箱からウォッカを取り出して、グラスになみなみと注いでいた。

ことの発端は新しいクラブルームだ、と彼女は思う。〈P&B〉の最上階。そこはハリーの長年の夢を実現させる場所だった。

バルコニーの下に仮縫い室を持ってくるんだよ、ルー、と彼はよく語ったものだ。そして、〈スポーツマンズ・コーナー〉をブティックの隣に置き替えるんだ。あるいは、仮縫い室はそのままにしておいて、外階段をつける。いや、これだ！ ルー、聞いてくれ。片持ち梁(はり)でいいから、裏手に増築して、そこにヘルス・クラブとサウナ、小さなレストランを開く。〈P&B〉の客専用のレストランで、その日獲(と)れた新鮮な魚の料理とスープを出すんだ。どう思う？

ハリーは実際にその模型までつくらせ、建設費の試算までやっていた。結局のところ、その案も棚上げされることになるわけだが、そういった経緯で、〈P&B〉の最上階は頭の中だけで愉しむ、安楽椅子に坐ったままの冒険旅行の場を今でも提供してくれていた。仮縫い室は？ どこにやればいい？ その答は、どこにもやれない、だった。仮縫い室は今のままにしておかなければならない。となると、ハリー自慢の〈スポーツマンズ・コーナー〉をマルタのガラス・ブースに移さなければならなくなる。

「そうしたら、マルタはどこへ行くの？」とルイーザは尋ねた。マルタがほんとうに〝出ていく〟ことを心の卑しい部分で半ば期待しながら。マルタが負った怪我について、ルイーザにはどうにも理解できないところがあった。たとえば、ハリーだ。その怪我の責任を感じているふしがある。それがルイーザにはまったく理解できなかった。もっとも、彼には誰に対しても責任を感じてしまうところがあって、ルイーザ自身そういう彼を愛してもいるわけだが。しかし、彼が時々不用意に洩らすこと、過激派の学生やエル・チョリジョの貧しい人たちの暮らしぶり、そんなことをどうして彼は知っているのか。それはどう見てもマルタの影響だろう。ハリーに対して、マルタはわたしと同じような影響力を持っている。

嫉妬。わたしはみんなに嫉妬しているのだ、とルイーザはウォッカからドライ・マティーニに飲みものを変えて思った。わたしはハリーに嫉妬しているのだ。姉に、子供に嫉妬しているのだ。さらに自分自身に。

そして今は本だ。中国に関する本。日本に関する本。彼の呼び名に従えば、東南アジア(タイガー)に関する本。それが全部で九冊。実際、数えてみたのだ。それらは、ある夜、予告もなくやってきて、それ以来、ハリーの書斎のテーブルに陣取っている。占領軍のように静かに、不気味に。日本の歴史。経済。上がりつづける円。帝国から天皇の民主国家へ変貌した日本。それに韓国。その人口統計、経済、政治体制。マレーシア。その過去と世界情勢における将来的役割。偉大な学者のエッセイ集。その伝統、言語、生活様式、工業化に向けて、便宜を求めた中国との用心深い結婚。中国。彼らの共産主義はどこへ行くのか。毛沢東以降の寡頭政治の腐敗、人権問題、人口という時限爆弾。それはいつ爆発するのか。勉強しようと思ってね、ルー。そうしたら、はまってしまったんだ。いつものことながら、ブレイスウェイトの言ったことは正しかった。やっぱり大学へ行くべきだった。今から行くなら、クアラルンプールの大学か、東京の大学か、ソウルの大学だな。これからは今言ったような都市の時代だよ、ルー。彼らこそ二十一世紀のスーパーパワーだ。きっとそうなると思う。今から十年ぐらいしたら、うちの客は東洋人だけなんてことになってるかもしれない。

「いったいどんな利益があるのか、わたしにもわかるように説明してくれない？」――なけなしの勇気を奮って彼女は言った――「ビール代やスコッチ代やマルタの残業手当てはどこから出るの？　あなたのお客は、あなたを夜の十一時までおしゃべりやお酒につきあわせないと、スーツを買ってくれないの？　ハリー、わたしにはあなたがわからなくなった」

彼女は〈ホテル・パライソ〉の件も彼にぶつけるつもりだった。が、ぶつけようと思ったときにはもう、勇気が枯れていた。バスルームの一番上の棚に置いてあるウォッカをもう一杯飲まないわけにはいかなかった。彼女にはハリーがよく見えなかった。しかし、彼自身どれだけ自分が見えているのか、それ自体疑問だった。眼を覆う熱い霞の向こうに――今週の週末はハリーが子供たちを連れ出す番で、子供たちが四輪駆動車の窓越しに手を振るのを居間に立って見送りながら――今、彼女がハリーのかわりに見ているのは、悲しみとウォッカのせいで実年齢より老けてしまった自分の姿だった。

「われわれにとってすべてよくなるようにするから、ルー」とハリーは言っていた。病弱な者をなだめるように彼女の肩を叩きながら。

よくなるようにするとは、そもそもどこか悪いところがあるということか。いったいハリーは何をよくしようとしているのか。

何が彼を駆り立てているのか。いったい何が？　わたしだけでは満足できないというなら、いったい誰が彼の残りの部分をつかんでいるのか。まるでわたしという妻など存在しないかのような振る舞いをしたかと思うと、その次の瞬間にはプレゼント攻勢で迫り、ばかばかしいばかりに懸命に子供を喜ばせようとする今のハリーというのは、いったい何者なのか？　まるで自分たちの暮らしがかかっているかのように、せっせと街に出ていき、店の顧客としては礼をもって接しながらも、これまではまるで毒薬のように避けていた人々――ラフィのような汚れた大物や、政治屋、麻薬に関係している実業家たちの招待を片っ端から受けているハリーというのは、いったい何者なのか。運河に関する話題をもったいぶって提供したかと思えば、真夜中に〈ホテル・パライソ〉からエレヴェーター一台分の娼婦(しょうふ)と出てきたりしているハリーというのは、いったい……？　いや、そんなエピソードも昨夜の出来事に比べたら、まだわかりやすいところがある。

昨日は木曜日で、木曜日というのは、金曜日のうちにその週の仕事をすべて終え、家族のために週末をフル活用できるよう、彼女が仕事を家に持ち帰る曜日で、もともとは彼女の亡父のものだったブリーフケースが、彼女の書斎の机の上に置かれていた。彼女としては、夕食をつくり、子供を寝かしつけるまでのあいだに一時間ばかり時間を見つけて、仕事をするつもりだった。が、夕食の支度に取りかかったところで、急に狂牛病のことが気になりだし、車でわざわざ鶏肉を買いに出かけたのだが、戻ると、嬉しいことにハリーが珍しく早く帰ってきていた。ガレージにいつものように斜めに四輪駆動車が停まっていたのだ。そのため、彼女としては、プジョーを停めるスペースがなく、家から離れたところに停め、あとは買物袋を抱えて歩道を歩かなければならなかったのだが、それでも腹は立たなかった。

そのとき、彼女はスニーカーを履いており、玄関のドアに鍵はかかっていなかった。ハリーはよく忘れるのだ。脅かして、下手な駐車ぶりをからかってやろう。彼女はそう思った。そして、足音を忍ばせて廊下を歩き、彼女の書斎のまえを通りかかったときだ。開かれたドアの向こうに、彼女に背を向けて彼が立っているのが見えた。さらに、机の上のブリーフケースが開けられているのが。彼は書類を全部ブリーフケースから取り出し、何か見つけたい書類でもあるかのように一枚一枚めくっていた。その中には機密扱いされているファイルがふたつあり、ひとつは人物調査書で、もうひとつは、運河を通航する順番を待つ船にどういった便宜をはかるかという懸案に関する、新参のスタッフが書いた草稿だった。が、その草稿を書いたスタッフは、最近雑貨を扱う会社を設立しており、結果的に自社に有利になるような草稿を書いているかもしれず、デルガドはそのことを案じて、ルイーザに一読することを頼んだのだった。ルイーザ、ちょっと眼を通して、あとで意見を聞かせてくれないか？

「ハリー」と彼女は言った。

いや、たぶん叫んだはずだ。が、ハリーは不意に叫ばれても飛び上がるような男ではなかった。なんであれ、そのときしていたことをやめると、おとなしく次の命令を待つ。それがハリーだった。そのときも通常と変わらぬ反応を示した。一瞬、その場に凍りつきながらも、そのあとはゆっくりと——誰にも警戒させないように——書類を机の上に戻した。

それから、机から一歩うしろに下がり、自分を消す例のポーズで背中をまるめ、六フィート下の床に眼を落として、リブリウム（鎮静剤の商品名）を飲んだような笑みを浮かべた。

「あの請求書を探してたんだけど」と彼は負け犬の声で言った。

「あの請求書？」

「きみも覚えてると思うけど、アインシュタイン校の請求書だ。マークの音楽の特別授業料。まだ振り込まれてないって学校の事務員に言われたんだよ」

「あれなら、ハリー、先週わたしがもう振り込んだわ」

「だから私もそう言ったんだけどね。妻が先週振り込んだはずだって。妻はそういうことを忘れるような人間じゃないからって。でも、相手は聞こうとしないんだよ」

「ハリー、その件なら銀行の明細書もあるし、小切手の控えもあるし、領収書もあるわ。それに、そういうことは銀行へ電話で問い合わせればすむことじゃないの？　そのあとで現金で払ったっていいんだし。だからわたしにはわからない。どうしてすでに払い済みの請求書を探して、わたしの書斎で、あなたがわたしのブリーフケースの中身を漁るような真似をしてたのか」

「そうか、もう払ってあるのなら、気にしないでもいいんだね。それがわかってほっとしたよ」

むしろ傷ついたように――どのような演技をしているつもりにしろ――彼はルイーザの脇をすり抜けて自分の書斎に向かい、中庭を横切った。そのとき何かをポケットに入れたのが見えた。それはこのところ始終持ち歩くようになったライターだった。彼の話では、なんでも客からのプレゼントということで、まるで新しいおもちゃをもらった子供のように得意げに、彼女の眼のまえでつけたり消したりしてみせた代物だった。

ルイーザはパニックに陥った。眼に見えているものの輪郭がぼやけ、耳鳴りがして、膝の力が抜けたようになった。何かの焼ける臭いがして、子供たちの汗が彼女自身の体を伝い、全景が見えた。炎に包まれたエル・チョリジョ、バルコニーから家の中に戻ってきたハリーの顔、赤い油性の光がその眼の中でまだきらめいていた。そんな彼が階段下の箒入れのところまでやってくるのが見えた。彼は彼女を抱いた。彼女がマークを放さなかったので、マークとともに。そして、まさに今このときまで意味不明だったことばをつぶやいたのだ――今にして思えば、それは、惨劇を目のあたりにして心に傷を負った者同士、暗黙に了解し合い、意味不明にしておいたほうが得策と考えた結果だったのかもしれない。いずれにしろ、そのとき彼はこう言ったのだ。

「もし私があれほどの火事を起こしていたら、死ぬまで刑務所に入れられていただろうな」

そう言って、ついさっき、よりおぞましくやってみせたように、立ったまま祈る人のように頭を垂れ、自分の足を見つめたのだった。

「足が動かなかったんだよ」と彼はそのとき弁解もした。「地面にくっついてしまったみたいに。攣ってしまったみたいに。すぐに駆けつけるべきだったのに、できなかった」

彼はそう言ってマルタの身を案じた。

が、さっきは……この家に火をつけようとしていたのだ！　ルイーザは震え、ウォッカをすすり、中庭越しに彼のクラシック音楽を聞きながら、自分に向かって叫んだ。彼はライターを買い、家もろとも家族を灰にしようとしているのだ！　その夜はルイーザのほうから強引にハリーに迫った。彼女にそうされて、彼は感謝しているようにも見えた。が、翌朝はまるで何もなかったかのように振る舞う。実際、朝には何も起こらない。そうやってふたりはこれまでなんとかやってきたのだ。四輪駆動車のエンジンがかからず、ハリーはプジョーを借りて、子供たちを学校に送った。ルイーザのほうは出勤にタクシーを使った。タイル磨きのメイドが食料室に蛇を見つけ、ヒステリーを起こした。ハンナが歯を抜いた。雨が降った。ハリーは刑務所にぶち込まれもしなければ、新しいライターで家を焼きもしなかった。ただ、遅い時間に来る客がまたできてしまったと言って、帰宅が遅いのはそのあとも変わらなかった。

「オスナード？」とルィーザはわが耳を疑いながら訊き返した。「アンドルー・オスナード？　いったい誰なの、その人？　それにどうしてそんな人を日曜日のピクニックに招待なんかしたの？」

「彼はイギリス人だ。言っただろ、そのことは。こっちの大使館に来てまだふた月程度のものなのに、もう十着もスーツを注文してくれたご仁だ。思い出したかい？　こっちには友達がいなくて、今もまだホテルに住んでる。アパートメントの準備ができたら移るそうだけど」

「どこのホテル？」と彼女は尋ねた。〈ホテル・パライソ〉であってくれと内心祈りながら。

「〈エル・パナマ〉だ。で、ほんものの家族に会いたがってるんだよ。そういう気持ちはきみも理解できるだろ？」――忠節を尽くしながら、理解されずに鞭打たれた猟犬の口調だった。

彼女が答に窮していると、彼はたたみかけた。

「これがなかなか愉しい男でね。会えばわかると思うけど。明るくて、きっと子供とも意(ハウス)気投合(オン・ファイア)すると思う」この不吉な言いまわしのあとは、最近彼が身につけた嘘の笑い声だった。「私のイギリスの根っこ。それが自己主張しはじめたんだと思う。要するに愛国心だ。でも、それはいつか誰にも宿るものだって言うだろ？　だから、きみにもいつかは——」

「ハリー、いい、今度のピクニックはハンナの誕生日のお祝いを兼ねて行くのよ。最近のあなたがとても忙しいというのは——子供と一緒にいてやる時間もないというのは——みんながすでに気づいてることよ。そんなときにミスター・オスナードを家族のピクニックに呼ぼうということも、そのことが愛国心とどんな関係があるのかも、わたしにはさっぱりわからない」

彼はそこでうなだれ、建物の戸口に立つ物乞いのように彼女に懇願する。

「実は、ミスター・オスナードのご父君というのが、ブレイスウェイト老のお得意だったんだ。そういうつながりは大事にしたいんだ。頼むよ」

ハンナは農園に行きたがった。ハンナとは異なる理由から、ルイーザも行きたがった。農園の話がどうしてハリーの話題のレパートリーから急に消えてしまったのか、わからなかったからだ。それで、気分がとことん落ち込むようなときには、ハリーは農園に愛人を囲っているのにちがいないと思うこともあった。あの脂ぎったアンヘルというのは、女衒(ぜげん)

まがいの仕事さえしかねないような男だ。が、農園に行こうとふたりが提案すると、ハリーは言下に、農園では今、新たな計画が進行中だから、それが一段落するまでは弁護士に任せて、農園には近づかないほうがいいと、にべもなく突っぱねた。

それで、彼らはかわりに四輪駆動車で〝エニータイム〟に向かったのだが、〝エニータイム〟というのは、壁のない木造の野外音楽堂のような家のことで、大西洋側の運河の入口から二十マイルばかり内陸にはいった一帯に広がる巨大な炎暑の湖――運河の水路を示すブイが波に揺れながらどこまでも延びて彼方の靄の中に消えているガトゥン湖――に浮かぶ直径六十ヤードばかりの小さな島にあった。その島の名前自体〝エニータイム〟という、ガトゥン湖の西の端に位置し、うだるような暑さのジャングル、湾、入り江、マングローヴの湿地帯、最も大きな島、〝バロ・コロラド〟を筆頭にいくつもの島が入り組むジグソーパズルの最も小さなピースで、〝エニータイム〟という名もペンデルの子供たちの命名で、クマのパディントンのマーマレードの名に因んでいた。もともとは、ルイーザの父親が毎年わずかな賃貸料で軍から借りていた島だった。今はそれをルイーザが譲り受けた恰好になっていた。

運河は彼らの左手にあり、永遠の靄がうず巻き、船が吐く黒煙にいぶされていた。その靄の中をペリカンが飛び、車の中でも船の油の臭いがして、世界は何事もなく、これからも何事もないように思える。ルイーザがハンナの年頃に同じところで見かけたのと同じ船が今日も運河を通っている。同じアフリカ系の男が汗まみれの裸の肘を手すりについて甲板に立っている。マストには同じ旗がそぼ濡れて垂れている。その旗の意味するところを知る者は世界にひとりとしていない。知っているのは――彼女の父親はよくジョークを言ったものだ――ポルトベロ（パナマ運河の開通ですたれた、パナマのカリブ海側の小港）の盲目の海賊だけだ。オスナードが同乗しているせいで、ペンデルは妙に落ち着かず、むっつりと押し黙ってハンドルを握っている。その隣にルイーザ。オスナードが主張したのだ。自分は後部座席がいいと。

ミスター・オスナード。ルイーザはもの憂げに心の中で繰り返しつぶやいてみた。便々たるミスター・オスナード。少なくとも、わたしより十歳は若い。でも、アンディとは呼べない。イギリス紳士というのは、どれほど誠意がなかろうと、表向きは無防備なまでに慇懃になれる連中だ。以前から知っていたとしての話だが、彼女はそのことを今まで忘れていた。ユーモアと丁重さ。このふたつが合わさると危険なまでの魅力となる、というのは彼女の母親が常々彼女に警告していたことだが、それに聞き上手ということも加えなければならない、と彼女はヘッドレストに頭を休めて思う。ハンナはまるで自分のものみたいに、さまざまな景色をオスナードに指差している。今日は彼女の誕生日ということで、マークは口をはさむのをひかえている。それに気づいて、ルイーザは微笑む。マークはマークで、ハンナ同様、今日のゲストにすでに夢中になっている。

古い灯台が見えてくる。

「でも、灯台の片側を白、もう一方を黒に塗るなんて、いったいどこのどいつがそんな馬鹿なことを考えついたんだろう？」ハンナのとめどないおしゃべりをアリゲーターの食欲で聞いたあと、オスナードが言う。

「ハンナ、ことばに気をつけなさい」ハンナが笑って、オスナードのことを馬鹿と呼んだのを咎めてルイーザが言う。

「妻にブレイスウェイトのことを話してやってくれないか、アンディ」とハリーが不承不承言う。「子供の頃の彼の思い出話をしてやってくれ。妻はそういう話が好きだから」

わたしの関心をオスナードに向けさせようということなのだろうが、どうしてそんな必要があるのか、とルイーザは思う。

しかし、そう思いながらも、心は靄のかかった子供の頃の記憶に向けてすでに旅立っている。〝エニータイム〟に出かけるたびに、車の中で、彼女はまさに幽体離脱のような気分を味わう。日々予測可能なゾーニアンの暮らし。われらが夢見る先祖たちから与えられた、火葬場のやすらぎ。運河会社が一年じゅう育ててくれる花と、運河会社が手入れをしてくれる芝生に囲まれ、そんな中をただぶらぶらすること以外何もすることがない。あの頃は、運河会社のプールで泳ぎ、きれいな姉を憎み、運河会社の新聞を読んで、開拓者でもあり、入植者でもあり、運河地帯の外に住む、神を持たない先住民に対しては伝道者でもあった、アメリカの最初の社会主義者たちの完璧な世界を夢見ること以外、何もすることがなかった。それでいて、外国駐屯部隊の宿命的な議論も嫉妬も克服しようとは決してしなかった。民族的であれ、性的であれ、社会的であれ、運河会社が考えた設定を疑おうともしなかった。割り当てられた土地の外にはあえて出ようとはせず、あらかじめ決められた、潮の満ち干のない細い人生の小径を少しずつ昇り降りする、従順で無情な前進。しかし、それはわかっていたからだ。閘門も湖も峡谷も、トンネルも自動装置もダムも、自分たちの両脇に連なる人造の丘もすべて、死者たちの不変不易の偉業であることが。だから、この世とこの地における自分たちの責務とは、神と運河会社を崇め、塀と塀とのあいだのまっすぐな針路に沿って進み、誰とでも寝るわれらが色魔、エミリーに逆らい、信仰と貞節を守って死ぬまで自慰を繰り返し、その当時、世界で八番目の不思議であった運河を磨くこと、それ以外に考えられなかったのだ。

……誰が家を手に入れるんだね、ルイーザ？……誰が運河会社が残していく土地を、プールやテニスコートを、よく手入れされた垣根やプラスティック製のクリスマス向けトナカイを手に入れるんだね？……ルイーザ、ルイーザ、教えてくれ。どうやって歳入を増やせばいいのか、どうやってコストを削減すればいいのか、外国人の聖なる牛の乳はどうやってしぼればいいのか！……今、教えてくれ、ルイーザ！　われわれにまだ力があるあいだに。外国の競り手がわれわれのご機嫌うかがいをしているあいだに。涙もろいエコロジストたちが貴重な雨林とやらに関する説教を垂れにやってくるまえに。

　権謀術数、秘密の取引き、賄賂の囁き声が廊下に響いている。運河は近代化され、より大きな船舶の通過も可能になるよう水路も拡張され……新たな閘門の建設が計画され……多国籍企業の請け負い業者が莫大な額のコンサルタント料を申し出て、彼の影響力、権限を手に入れられる契約を結ぼうとしている……なのに、ルイーザには扱うことのできない書類があり、新しいボスたちは、デルガドの部屋以外どんな部屋に彼女がはいっていっても、彼女の姿を見ると話すのをやめる。高潔で、誉れ高い、哀れな彼女のデルガドただひとりが、飽くことを知らぬ彼らの貪欲さの只中で、いたずらに箒を持って掃除をしている――

　〝わたしはまだ若すぎる！〟と彼女は叫んだ。〝子供の頃の思い出が自分の眼のまえでゴミになるのを見るには、わたしはまだ若すぎる！〟

びくっとして彼女は上体を起こした。頭が頼りにならないハリーの肩のほうに傾いでいたのにちがいない。

「わたし、何か言った？」とルイーザは心配になって尋ねた。

何も言ってはいなかった。話していたのは文字どおり外交的なミスター・オスナード。慇懃この上ない口調で、彼は運河がパナマ人の手に返されるのを見るのは、喜ばしいことですか、それとも……と後部座席から彼女に訊いていた。

ガンボア港では、マークがミスター・オスナードという観客を相手に、モーターボートから防水シートを剝がして、エンジンをかけるところまでをひとりでやってみせる。さすがにボートの舵取りはハリーがやるが、ボートを浜にすばやく引き上げて、荷物を降ろすのはまたマークの仕事で、陽気なミスター・オスナードにあらかた手伝ってもらいながらも、バーベキューの火つけもマークがやった。

このもっともらしい若者は何者なのか。若くて、ハンサムで醜く、どことなく淫らで、明るく、慇懃なこの男は？　この淫らな男はわたしの夫のなんなのか。わたしの夫はこの男のなんなのか。どうしてこんな淫らな男がわたしたちに新たな人生を提供するのか――もっとも、ハリーはこの男をわたしたちに押しつけたあとで、そのことを後悔しているように見えるけれども。それに、どうしてこの男はわたしたちのことをこうもよく知っているのだろう？　わたしたちと一緒にいてくつろぎ、こうも親しげにしているのだろう？　店のこともマルタのことも、ミッキー・アブラカスのこともデルガドのことも、わたしたちに関わりのある人たちのことまで、どうして知っているのか、ただ父親がブレイスウェイトの友人だったというだけで。

そして、どうしてわたしはハリー以上に彼に好意を感じてしまっているのか。彼はハリーの友達であって、わたしの友達ではないのに。どうして子供たちはこうもよく彼になついてしまったのか。どうしてハリーはそのことに渋い顔をして、ミスター・オスナードがジョークを言うたびに背を向けるのか。

ルイーザがまず思ったのは、ハリーは嫉妬しているのだ、ということで、その考えは彼女を喜ばせた。が、二番目の考えは、なんとも恥知らずな歓喜をともなう悪夢だった。なんてことだ！　ハリーはわたしにミスター・オスナードを仕向け、それで対等になろうとしているのだ！

ハリーとハンナがスペア・リブを調理し、マークが釣り竿の準備をした。ルイーザはビールとアップルジュースを手渡し、自分の子供時代がブイの向こうに遠ざかっていくのを眺めた。ミスター・オスナードがパナマの学生について彼女に訊いていた——誰か親しい学生はいますか？　彼らは戦闘的ですか？——それから、橋の向こうの人々についても訊いてきた。

「農園を持ってはいるけど」とルイーザは愛想よく答える。「でも、向こうに住んでる人に知り合いはいないのよ」

ハリーとマークは背と背を合わせてボートに乗っている。ミスター・オスナードのことばを借りれば、魚が何匹も自ら安楽死を選んで釣り上げられている。ハンナは〝エニータイム〟の家の中にはいって陽をよけ、腹這いになっている。ミスター・オスナードが誕生日プレゼントにと買ってきた、ポニーに関する本のページをこれ見よがしにめくりながら。ルイーザは、元気づけにこっそりとすばやく飲んだウォッカの酔いの中、あのふしだらな姉、エミリーが仰向けになるまえにスカーレット・オハラを演じて用いる浮わついた声音で、ミスター・オスナードに身の上話を聞かせている。

「わたしの問題は——これだけは言っておかないとね——アンディと呼んでもほんとにいいの？　それじゃ、わたしのほうはルーで——わたしはいろいろな意味で彼を心から愛してるけど、わたしの問題は——思えば、問題がひとつしかないというのは、つくづくありがたいことね。だってわたしの知ってるパナマの女性のほとんど全員が、毎日何かしら問題を抱え込んでるんだから——わたしの問題は、そう、きっと父だと思う」

第10章

ルイーザは、子供を聖書学校に行かせるときの要領で、ペンデルに巡礼の旅支度をさせた。ただ、ペンデルの旅先は将軍だったので、聖書学校よりずっと彼女の心は躍った。上気して、頬が艶っぽく赤くなっていた。大きな身振りと大声。もっとも、彼女のその意気衝天のわけはウォッカに負うところも大きかったが。

「ハリー、車は洗っておいたほうがよくはない？ あなたはこれから現代の生身のヒーローの服の仕立てに行くんだから。将軍は、彼の階級と年齢では、アメリカのどんな将軍よりたくさん勲章をもらってる人なのよ。マーク、熱いお湯をバケツに入れて持ってきて。ハンナ、あなたはスポンジと洗剤。それから、そういう汚いことばづかいをするのはやめなさい。いいわね！」

ペンデルは、行く途中でガソリン・スタンドに寄って、機械に洗車をさせてもよかったのだが、将軍を訪ねるのには、清潔さだけでなく、敬虔さもなくてはならないというのがルイーザの考えだった。自分がアメリカ人であることがこんなに誇らしく思われることもない、と彼女は繰り返し口にし、興奮のあまり何かにつまずき、転びそうにさえなった。また、ふたりで洗車をしたときには、ペンデルのネクタイを検分した。ベニー叔父を相手にルース叔母がよくやったように。近くから遠くから、まるで絵でも描いているかのようにためつすがめつして見た挙句、よりおとなしい柄のものにペンデルに替えさせて、ようやく満足した。吐く息は歯磨きの匂いが強くした。ペンデルは、どうして彼女はこのところ頻繁に歯を磨くようになったのだろう、と思った。

「ハリー、わたしの知るかぎり、あなたは離婚訴訟の共同被告なんかじゃないんだから。南方軍の司令官を訪ねてきたのが、そんなふうに見える男だったなんて、絶対にいいわけがないでしょ？」それから彼女は、エルネスト・デルガドの優秀な秘書の声になって理容店に電話をかけ、十時の予約を入れた。「髪をふくらませたりしないでね。それからもみあげもきれいに剃って。短く、すっきりさせて。主人はそのあとアメリカ南方軍の司令官に会いに行くんだから」

彼女はペンデルに彼がなるべき人物像も教示した。

「ハリー、ジョークはなしよ。絶対になれなれしくしないでね」――そう言って、親しみを込めてペンデルのジャケットの肩のあたりを手で押さえた。ジャケットにはなんの問題もなかったが――「それから、わたしからもよろしくって言うのを忘れないでね。いえ、ミルトン・ジェニングの娘だけじゃなくて、ペンデル家全員がアメリカン・ファミリーの年中行事、感謝祭のバーベキューと花火大会をとても愉しみにしてるって伝えてちょうだい。それから、店を出るときに靴を磨き直すのを忘れないように。靴を見て相手を判断しない軍人なんていないんだから。南方軍司令官も例外じゃないわ。運転にはくれぐれも気をつけて。ほんとよ、ハリー」

忠告は無用だった。アンコンの丘の曲がりくねったジャングル・ロードを登りながら、ペンデルはいつものように何度もスピード・メーターに眼をやり、軍のチェックポイントでは、体をこわばらせ、毅然とした笑みを歩哨(ほしよう)に向けた。そのときにはもう、彼自身兵士になる道を半ば歩いていた。よく手入れされた白い官舎のまえを過ぎ、ステンシルで刷り出された居住者の階級を見ながら、〝神〟のもとに着くまでに彼自身かりそめの昇進を経験した。ナンバー・ワン・クォーリー・ハイツの玄関の階段をあがり、スーツケースを手にさげてはいたものの、腰と膝に別な動きをさせながら、上体を堂々と立てて歩くアメリカ軍人の歩き方を真似してみた。

しかし、家の中に一歩足を踏み入れた途端、ここを訪ねると必ずそうなるのだが、彼は救いようのないほど深くその家に恋をした。

それは力ではなかった。力に与えられる褒美だった。征服した外国の丘に建てられ、慇懃なローマの衛兵に守られた総督の宮殿。

「ミスター・ペンデル、将軍は今すぐお会いになられます」軍曹は、訓練された一連の動作でペンデルのスーツケースを受け取りながらそう言った。

よく磨かれた白い廊下には、この地に代々赴任してきた将軍全員の真鍮プレートが飾られていた。ペンデルは、まるで古い友人に会うかのように、それらの真鍮プレートを見ながら、望ましくない変化がどこかに現れていないか、それとなく確かめた。どうやらそれは無用の心配のようだった。いささか不似合いなヴェランダに面した窓のガラスも、見映えの悪いエアコン装置も変わりなかった。それにいくらか多すぎる絨毯も。まだ若い頃の将軍の赴任先が東洋だったのだ。その絨毯以外は、セオドア・ローズヴェルトが現代の月ロケット開発にも似たパナマ運河建設の視察に来たときとほとんど変わっていなかった。自分の重さが感じられず、自分の存在そのものが不適切であるかのような感覚を覚えながら、ペンデルは軍曹のあとについて、連続する廊下と客間と書斎と居間を通り抜けた。どの窓も隔てられた世界を象徴しているように思えた。かたや何隻もの船を押し込まれ、峡谷の底をくねくねと走る運河。かたや熱っぽい靄に包まれた藤色の森が層を成す丘。そのふたつを結ぶアメリカ橋のアーチ。湾にかかったその姿はまるで海の怪物がとぐろを巻いているようにも見える。その向こうの円錐(えんすい)形の三つの島がまるで空から吊るされてでもいるかのように見えた。

そして鳥たち、動物たち。この丘には——ペンデルはルイーザの父親の蔵書の一冊から学んだのだが——ヨーロッパの鳥を全部集めたよりも多くの種類の鳥がいるのだ。大きなオークの木の上では、立派に育ったイグアナが午(ひる)まえの光を浴びながら、物思いにふけっていた。別のオークの木からは、マーモセットが数匹降りてきて、陽気な将軍夫人が並べたマンゴーのかけらをつかみ、われさきにとばかり、互いに踏みつけ合いながら、安全な高さになるまでまたオークの木を登っていった。完璧な芝生では、逞しい茶色のハムスターが駆けまわり、彼らは彼らで自分たちの仕事をしている。総督の宮殿——そこはペンデルが以前からずっと住みたいと思っている家のひとつだった。

軍曹はペンデルのスーツケースを左手にさげて、階段を昇った。ペンデルもそのあとに続いて昇った。口髭を彼に誇示する軍服姿の昔の戦士たちの版画。忘れ去られた戦争への関与を彼に求める新兵募集のポスター。将軍の書斎。チーク材の机。その机は透けて見えそうなほどぴかぴかに磨かれていた。が、彼が何より高揚させられるのは、将軍のドレッシングルームだった。そこは九十年前、軍人の心を持った、アメリカで最もすぐれた建築家たちが軍に入隊してつくった、パナマ随一を誇る仕立屋の聖堂だった。当時、熱帯は紳士服には苛酷な地で、どんなに仕立てのいいスーツも一晩でカビが生えた。狭いところにスーツをしまうと、どうしても湿気が倍加されるからだ。それで、将軍のドレッシングルームをつくった者たちは、クロゼットのかわりに、どんな小さな風も巧みに取り入れる高い窓のある、風通しのいい天井の高いチャペルを考案し、さらに、大きなマホガニーのバーを滑車で吊るして、天井まで上げたり、床まで下げたりできるようにしたのだ。その上げ下げに力は要らず、女性でも簡単に扱えて、何着もの昼用のスーツ、モーニングコート、ディナー・ジャケット、燕尾服、礼服、高地を支配する初代司令官の典礼用軍服がその魔法のバーに掛けられた。また、そのバーは、掛けられた服がどれも窓の近くで勝手気ままにそよ風を受けることができるよう、回転式にもなっていた。さすがにペンデルにも、彼の芸術品に対してこれほどの心づかいを示してくれている顧客はほかにいなかった。

「将軍のお手入れのなさり方にはただただ感服以外ことばがございません。ここをまことに上手に使いこなしておられます」と彼は心底感じ入って言った。「こんなことを申し上げて不躾にならなければいいのですが、将軍がなさっていることは、われわれイギリス人がアメリカの方に対して通常抱いているイメージといささか異なるものです」

「ハリー、見かけどおりの人間などこの世にひとりもおらんよ。ちがうか？」と将軍は鏡の中の自分に屈託なく満足して言った。

「はい、そのとおりでございます。パナマの勇敢な主人たちの手に渡った暁には、これらすべてはいったいどうなるのだろうと危惧はいたしますが。物事を決定できる者がひとりもいなくなってしまうのではないかと」ペンデルは巧みに情報収集役にまわって言った。「無政府状態になるのではないか。事件好きなお客様方の中にはそんなことをおっしゃる方もいらっしゃいます」

将軍は気が若く、率直な話を好む人柄だった。「ハリー、これはヨーヨーみたいなものだ。彼らは昨日までわれわれを出ていかせたがっていた。われわれは植民地の暴君で、われわれに頭の上に居坐られてちゃ、息もできないというわけだ。それが今度はわれわれに居残れと言う。なぜなら、われわれはこの国最大の雇用者で、もしアンクル・サムがここから出ていってしまったら、パナマという国が国際金融市場で信用危機を迎えることが火を見るより明らかだからだ。荷造りをしたと思ったら、すぐに荷解きをさせられ、荷解きをしたと思ったら、また荷造りというわけだ。うん、ちょうどいいようだ、ハリー。ルイーザは元気かね？」

「ありがとうございます、将軍。大変元気にしておりますが、今、将軍がお気づかいくださったことを本人に伝えたら、もっと元気になることでしょう」

「ミルトン・ジェニングは優秀なエンジニアで、気品あるアメリカ人だった。惜しい人を亡くしたよ」

将軍が試着しているのは、色はチャコールグレーで、素材はアルパカのシングルのスリー・ピースだった。値段は五百ドル。それはまるまる九年前、ペンデルが最初の将軍に請求したのと同じ額だった。彼はウェストのタックをつまんだ。将軍は、スポーツマンタイプの神のような、肥満とはまるで無縁の体型をしていた。

「ここにはいずれ日本の紳士が住むようになるんでしょうね」と情報収集係は将軍に腕を曲げさせながら嘆いてみせた。ふたりとも鏡を見ていた。「それにその家族に取り巻きにコック。もう真珠湾のことを知らない日本人もいることでしょう。お許しいただけるなら率直に申し上げますが、将軍、私なんぞはなんとなく気持ちが沈みます。古い秩序が変わっていくのを目のあたりにするというのは」

将軍がどんな受け応えを考えていたにしろ、それは陽気な妻の侵入によってさえぎられた。

「ハリー・ペンデル。ちょっと主人を貸してくださらない？」彼女は百合（ゆり）を差した大きな花瓶を胸に抱えてどこからともなく現れ、明るい声で言った。「主人はわたしのものなんですから。それから、あのスーツは直してくださらなくてけっこうよ。今のままで、わたしがこれまで見たスーツの中で一番セクシーなんだから。ちょっと今から主人とまた駆け落ちをするわね。ルイーザは元気？」

彼らはネオンサインが出ている二十四時間営業のカフェで会った。かつては外洋鉄道の終着駅、今は運河を利用した日帰り旅行の船着き場がその隣にあった。オスナードは隅のテーブルについてでんと坐っていた。パナマ帽をかぶっていた。何がはいっていたのか、空のグラスがひとつ彼の肘の脇に置かれていた。ペンデルが前回会ったのはつい一週間前のことなのに、その間に体重も歳もずいぶん増えたように見えた。

「紅茶？　それともこれにするか？」

「紅茶にしよう。それでもよければ」

「紅茶だ」とオスナードはふさふさとした髪を指で梳きながら、ウェイトレスに横柄な口調で言った。「それとこれをもうひとつ」

「疲れる一日だったようだね、アンディ」

「これも作戦行動のうちさ」

窓越しに、パナマがまだ英雄的な時代にあった頃のハードウェアが見えた。古い車両。

座席はネズミと路上生活者によって剝がされていた。真鍮のテーブルランプは無傷だったが、蒸気機関も、転車台も、炭水車も、甘やかされた子供のおもちゃのように、錆びるまま放置されていた。歩道では、バックパックを背負って、店の雨よけの下で雨宿りをしている旅行者が、物乞いを追い払いながら濡れた紙幣を数え、看板に書かれているスペイン語を一生懸命解読しようとしていた。雨はほとんど午前中ずっと降りつづき、今もまだ降っていた。カフェの中は温められたガソリンの臭いがした。まわりの喧騒をしのいで霧笛が鳴った。

「おれたちはたまたま顔を合わせたことにするんだ」とオスナードはげっぷを抑えながら言った。「おれは船の時間を調べていて、あんたは買いものをしてた」

「買いもの？　私は何を買ってたことに？」

「知るかよ、そんなこと」オスナードはそう言って、紅茶を飲むペンデルを尻目にブランデーをぐいとあおった。

ペンデルが運転をする。オスナードの車には大使館のナンバープレートがついているので、ふたりはペンデルの四輪駆動車にしたのだ。スパイとほかのマイカー族が事故を起こした場所を示す路傍の〝礼拝堂〟。頭にターバンを巻いた忍耐強いインド人家族にとってつもない荷を負わされ、途方に暮れるポニー。交差点に横たわる死んだ牛。その腐肉を求めて互いに争うクロコンドルの群れ。耳を聾する銃声のような、リア・タイアがパンクした音。タイアを交換するペンデル。その作業が終わるのを道端に立ってむっつりと待つオスナード。町はずれのレストラン。ビニールの雨よけの下に置かれた硬材でつくったテーブル。チキンのバーベキュー。雨がやむ。荒々しい陽の光がエメラルド色の芝生を叩きはじめる。オウムが釣り鐘形の籠の中から黄色い声を上げる。ペンデルとオスナードのほかには、青いシャツを着た大男がただふたり、木のデッキの反対側に坐っている。

「知ってるやつらか？」

「いや、アンディ、知らない。知らない連中でよかった」

ふたりはチキンを胃に流し込む白のハウスワインをグラスで頼む――いや、待った。ボトルにしてくれ。持ってきたら、あとはもうおれたちにはかまわないでくれ。

「実際のところ、彼らはすごく神経質なんだ」とペンデルは始めた。

オスナードは片肘をついて頭を支え、もう一方の手でメモを取った。

「将軍のまわりには常に五、六人ほど人間がいて、なかなかふたりだけになれないんだ。ひとり大佐がいて、背の高い男なんだが、始終将軍を脇にひっぱっては、何かに署名させたり、耳元で何やら囁いたりするんだよ」

「何に署名してるか見たか？」とオスナードは頭を幾分傾げて、肩の凝りをほぐして言った。

「こっちにはスーツの寸法を合わせるという仕事があるんでね。そんなことはできなかった」

「だったら、大佐の囁きがたまたま耳にはいったというようなことは？」

「それもない。近くにいても膝をついてると、囁き声もよくは聞こえない」ペンデルはワインを口にふくんだ。「でも、言ってみたよ、〝将軍〟と。〝もしご都合が悪いようでしたら、私が聞いてはならないようなお話をなさっているのなら、どうかそうおっしゃってください。また後日出直しますから〟とね。すると、彼は言った、〝ハリー、今はここがきみの属する場所だ。遠慮なくいてくれ。きみは荒れ狂う海を行く正気の船だ〟。私は答えた、〝わかりました。そういうことならいさせてもらいます〟と。そのあとは彼の奥さんがやってきた。ふたりは特にことばを交わしたわけじゃないんだけど、ふたりのあいだには、百万語ぐらいの価値のある眼だけのやりとりがあった。言うなれば、互いによく知り尽くした者同士だけに可能な、示唆に富んだ、きわめて意味深いやりとりだった」

メモを取るオスナードの手の動きが緩慢になった。「〝南方軍司令官が自分の妻と、示唆に富んだ、きわめて意味深い眼だけのやりとりをした〟。こりゃもうロンドンの連中が非常態勢を取るのは必至だな」とオスナードは皮肉っぽく言った。「国務省に対して何か辛辣なことでも言ってなかったか？」

「いや、何も」

「彼らを腰抜けとかなんとか。ＣＩＡのやつらのことも、ボタンダウンのシャツを着たままイェールを出た、頭でっかちのオカマとレズだらけだなんて言ってなかったか」

ペンデルは慎重に記憶を探った。

「そう、言うなれば、そう言ってもおかしくない気配はあったね」

オスナードはさきほどよりは心もち身を入れてメモを取った。

「このさき運河の管理者が変わることについては、アメリカの力の低下を嘆いていたとか」

「警戒はしているようだった。それから学生については、敬意のかけらも払っていないような口ぶりだった」

「いいか、ハリー、彼の言ったとおりに言ってくれよ。修飾はおれがする。あんたはことばだけ正確に伝えてくれ」

言われたとおり、ペンデルは将軍のことばをそのまま伝えた。「〝ハリー〟と彼は言った。これは静かな声だった。そのとき私は彼のまえに立って襟を直してたんだ。〝きみにひとつ忠告をしておくよ、ハリー。まだ時間があるうちに、店も家も売り払って、家族を連れてこの地獄同然の国から出ることだ。ミルトン・ジェニングは優秀なエンジニアだった。彼のような男の娘さんには幸せになる権利がある〟。私はそれを聞いてなんだか感覚が麻痺したようになった。すぐにはことばが出てこなかった。わけもなく心を動かされたんだ。そのあと彼は私の子供の歳を訊いてきて、まだ学生の歳ではないことがわかってほっとしたようだった。ミルトン・ジェニングの孫が、髪を長くしたアカかぶれのごくつぶしどもと通りを走りまわっているところなど、思い描きたくもないから、ということだった」

「ちょっと待ってくれ」

ペンデルは待った。

「よし。続けてくれ」

「彼はルイーザのことも気にかけてくれていて、とても誉めていた。父親に勝るとも劣らない人物だと言っていた。あのばちあたりで二枚舌のくそったれ、エルネスト・デルガド博士に今でも我慢してるんだから、と。将軍というのは、普段はそういうことばはつかわない人だ。だから私としてはちょっと驚いた。あんたにとっても意外なんじゃないかと思うけど」

「デルガドをくそったれ呼ばわりしたんだな?」

「そうだ、アンディ」とペンデルは答えて、彼の家のディナーの席でのデルガドの無防備な姿を思い出した。それと同時に、自分が創り出したブレイスウェイトの晩年同様、デルガドの虚像をルイーザに押しつけられてきた歳月も。

「でも、どうしてデルガドはそんな言われ方をされなきゃならないんだ?」

「そのわけについては将軍は何も言わなかった。私もそこまでは訊けない」

「今後もアメリカ軍の基地が残るかどうかについては?」

「そういうことを言う人じゃない」

「もっと簡単に話せないのか、ええ?」

「ただ、こんなジョークを言ってた。ちょっとブラックなジョークだ。トイレが詰まるのは時間の問題だって、そういう意味のことは言ってた」

「それは運河の保安上のことか? アラブのテロリストが運河の機能を麻痺させようとしてるとか? ヤンキーがここにとどまって麻薬戦争を続けることや、軍隊を支配することや、平和を維持することについては——?」

ペンデルはそのひとつひとつにおだやかに首を振った。「アンディ、アンディ。私は仕立屋なんだよ、忘れたのかい？」そして、尊大な笑みを浮かべながら、蒼穹を舞うミサゴを見やった。

オスナードは航空機の燃料をさらにグラスに二杯注文した。その燃料のせいか、ことばに遠慮がなくなり、その黒い小さな眼にまた光が戻った。

「よかろう。それじゃ、次は有徳の士の話だ。ミッキーの返事は？　彼はゲームに参加したがってきたか、それとも？」

しかしペンデルは急ぎたくなかった。ミッキーのことに関しては。ミッキーのことは、時間を見つけてはいくつも話をこしらえていた。そして自分を呪っていた。あの夜、ミッキーが〈クラブ・ユニオン〉に現れさえしなければ。

「参加したがるかもしれない。彼が参加すれば、もっといろんなことがわかると思うけれど。彼が思考モードにさえはいってくれたら」

オスナードはまたペンを走らせはじめた。汗がビニールのテーブルクロスに垂れた。

「彼とはどこで会った？」

「シーザーズ・パークだ。カジノの外の広い回廊のところで。彼は気の置けない相手と会うときにはいつもそこなんだ」

危うく真実が頭をもたげた。実際、ペンデルはその前日ミッキーとそこで会っていたのだ。ただ、そのときミッキーから聞いたのは、愛憎入り交じった妻に対する愚痴と、自分の子供たちを不憫に思うことばで、ペンデルとしては、どちらの側にもミッキーを転ばせないよう、ひたすら聞き役にまわったのだった。

「ちょっと風変わりで篤志家の金持ちがいるんだとは言わなかったのか?」

「言った。そのことには彼もちょっと興味を惹かれたようだった」

「その金持ちの国籍については?」

「それも言った、アンディ、あんたに言われたとおりに。〝西洋人で、きわめて民主的な人物だが、アメリカ人じゃない〟とね。〝今のところはそれしか言えない〟と言ったら、それに対する彼の返事はこうだった、〝ハリー・ボーイ〟——彼は私のことをそう呼ぶんだ、ハリー・ボーイと——〝そのご仁がイギリス人なら、おれの心はもう半分決まったようなもんだ。忘れないでもらいたいね、おれがオックスフォード出だってことも、アングロ・パナマ文化協会の元会長だってことも〟。〝ミッキー〟と私は言った。〝悪いんだけれど、それ以上はほんとうに言えないんだ。ただ、私のその風変わりな友人は、ひとたびあんたの活動の正当性を認めたら、すぐにかなりの額の金をあんたの好きなようにつかわせてくれるだろう。はした金なんかじゃなくて、かなりの額の金をね。いずれにしろ、もし誰かが運河ごとパナマを売り払おうとしてるのなら――デモクラシーに向けてのこの勇敢な小国の処女航海に邪魔がはいり、長靴と独裁者の時代がまた来ようとしてるのなら、金で役立てることならいくらでも出そうと、その人物は言ってるんだよ〟。そう言っておいた」

「彼の反応は？」

「〝ハリー・ボーイ〟と彼は言った。〝正直に言おう。今、おれが興味を惹かれるのは金だ。なぜならおれは今破産寸前だからだ。だけど、それはおれがカジノですったせいじゃない。愛する学生や橋の向こう側の住人にカンパをしてるからでもない。おれが頼みの綱にしてる連中のせいだ。その連中に払ってる賄賂のせいだ。それはキャッシュでなきゃならない。そういう連中がパナマだけじゃなくて、クアラルンプールにも、台北にも、東京にもいるのさ。ほかにもおれの知らないところに。そのせいで今のおれは文無し同然なんだよ。それが嘘偽りないおれの姿だ〟とね」

「彼は誰に賄賂を払ってるんだ？　なんのために？　おれには想像もつかないが」

「そこのところは、彼は何も言わなかった。私もあえて尋ねなかった。彼にはよくあることだけど、いきなり話題を変えて、陰であれこれ操ってる渡り政治家と、先祖伝来のパナマの遺産を食いものにして、私腹を肥やしてる政治屋の話になった」

「ラフィ・ドミンゴは？」とオスナードは言った。金を提供しようとして断られた者がしばしば体験する一拍遅れた怒りが、その語気に表れていた。「ミッキーはドミンゴの経済的援助を受けてるんじゃなかったのか？」

「今はもうそういうことはないようだ」

「今はもうない？」

真実がまたペンデルの助手を買って出た。

「数日前のことだけれど、セニョール・ドミンゴはミッキーのテーブルにはもうつくことのできない人間になってしまったのさ。いわゆる歓迎されざる客にね。つまり、誰の眼にも明らかだったことが、最後にミッキーの眼にも明らかになったということだ」

「ようやくミッキーも妻とラフィの関係に気づいた？」

「そういうことだ」

オスナードはしばらく考えてから不満げに言った。「どいつもこいつも面倒なやつらだな。あちこちで巡らされる策略。でっかい裏切り。迫り来る暴動。学生のデモ。〈サイレント・オポジション〉。しかし、いったいそいつらは何に抵抗してるんだ？　なんのために？　どうして表に出てこない？」

「私も同じことをミッキーに言ったよ、アンディ。〝ミッキー、私の友人も得体の知れないものには投資できない。あんたは知ってても、私の友人は知らない大きな秘密があるようなら、その友人の財布から金が出ることはないだろうな〟ってね。そこのところはきっぱりと言っておいた。ミッキーを動かすにはそれぐらいはっきり言わないとね。彼にはいい加減は通用しない。〝あんたはあんたの考えてることを教えてくれればいいだけだ〟と言っておいた。〝こっちは慈善をするだけだから〟と。それから――」ペンデルはさらにことばを伝えた。オスナードはふうふう言い、汗をテーブルに垂らしながらさらに書き取った。

「そうしたら？」

「自分を消してしまった（ドラックン）」

「なんだって？」

「急に黙り込んでしまって、普段のミッキーではなくなってしまったんだ。だから、こっちは何か訊くたびに、彼から無理やりことばを引き出さなければならなかった。〝ハリー・ボーイ〟と彼は言った。〝われわれはお互い名誉というものを重んじる人間だ。あんたもおれも。だからまわりくどい言い方はやめよう〟。彼はかなり気持ちを昂ぶらせていた。〝いつと訊かれたら、おれの返事はノーだ。永遠のノーだ！　いいか、永遠のノーだ！〟」ペンデル自身のことばも熱を帯びていた。ミッキーの昂ぶりが如実に伝わるような口吻になっていた。「〃なぜなら、伝えられた機密情報を外に洩らすつもりなど、おれにはかけらもないからだ、その機密を伝えるに足る相手だということがわかるまでは〃」ペンデルはそこで声を落とし、しかつめらしく続けた。「〃そのときには、おれの運動の戦力組成も、その目的も夢も、人生の大宝くじで一等賞を当てたときのために用意してある宣言書の内容も、この政府がひそかに画策している、悪魔的としか言いようのない企みに関する数字も事実も教えよう、掛け値なしのいくつかの条件を満たしてくれれば〃」

「条件というと、たとえば？」

「〃たとえば、おれの組織には大いに敬意を払うこと、手厚い処遇を考えること、おれ及びおれが責任を負わねばならない人々の身の安全に関わることは、どんな些細なこともハリー・ペンデルを通して例外なく伝えること〃――以上がミッキーのことばだ」

沈黙ができた。オスナードはその暗い眼でじっとペンデルを見すえていた。ハリー・ペンデルはいくらか酔った眼をしかめた。今の話は、ペンデルにしてみれば、見当ちがいの自分の友情が招いた結果から、必死にミッキーを守ろうとする苦肉の策だった。

オスナードがさきに口を開いた。

「ハリー」

「なんだね？」

「何かおれに隠してることはないだろうな？」

「私は明らかなことをあんたに伝えてるだけだ。ミッキーと私のことばそのものを」

「これは大変な特ダネだ、ハリー」

「それはどうも。そう言うだろうと思ったよ」

「超弩級（ちょうどきゅう）の特ダネだ、これだけでわれわれの――あんたとおれの――存在意義が明確になるくらいの。これこそロンドンが夢にまで見て、待ち望んでたものだ。過激な中産階級。自由を求める急進派。あとはアドバルーンを上げるだけで、デモクラシーを求める気運が一気に高まる。そういう下地ができてたとはね」

「それがどういうところに行き着くかはまだなんとも言えないが」

「いずれにしろ、これで、自分の運河で、自分の櫂（かい）をそうのんびり漕いでいるわけにはいかなくなった。わかるだろ？」

「いや、どういうことだね、アンディ？」

「われわれは心をひとつにしなきゃならんということさ。ここで意見をたがえてしまったら、お互いのためにならない。あんたはミッキーを提供し、おれはロンドンを提供する。しごく簡単なことだ」

そこでふとペンデルにひとつの考えがひらめいた。それはなんともすばらしい考えだった。

「ミッキーはもうひとつ条件を言っていた。それもあんたに言っておいたほうがいいだろうな」

「なんだ？」

「いや、それがなんとも馬鹿げた条件なんだ。あんたにはわざわざ伝えるまでもないと思ったんで、〝ミッキー〟と私は彼に言ったくらいだ。〝そんなのは問題外だ。いくらなんでも虫がよすぎる。まあ、私の友人からの連絡は当分ないものと思ってくれ〟とね」

「早く言えよ」

ペンデルは笑っていた、腹の中で。出口が見えたのだ。自由になれる幅六フィートの出口が。そう思っただけで、〝夢をつくる力(フリュエンス)〟が体じゅうにみなぎった。肩のあたりがちくちくし、こめかみが脈打ち、耳の奥で歌が聞こえた。彼は息を深々と吸い込み、もうひとつ長いセンテンスを考えて言った。

「〝金の受け渡し方法が当然問題になってくる〟とミッキーは言った。〝おれの〈サイレント・オポジション〉はもっと活性化され、民族自決の瀬戸際に立たされた小国におけるデモクラシーの大黒柱にならなければならない。あんたの頭のいかれた億万長者は、そのための金をどのような形で払うつもりなんだ？〞」

「いったい何を言おうとしてるんだ、ミッキーは？」

「全部まとめて前金でもらいたいということさ、アンディ。現金にしろ、金の延べ棒にしろ」とペンデルはいかにもすまなそうに言った。「手形や小切手じゃなくてね。保安上の問題から、銀行がどこかの段階でからむような形は取りたくないんだそうだ。ただもっぱら運動のための資金。つまり、学生と漁師が直接受け取れて自由につかえる金だ」とペンデルは結論づけて、誇らしげにベニー叔父にこっそり会釈を送った。

ところが、オスナードの反応はペンデルが予期したものとはまるで異なっていた。予期に反したものだった。ペンデルの話を聞くうち、その顔が徐々に明るくなったのだ。

「そういう話はわからないでもない」とオスナードは、このミッキーの興味深い申し出を吟味するのに、当然ながらたっぷり時間をかけてから言った。「その気持ちはロンドンも同じだろう。かけ合ってみるよ。金額についても。連中がどれだけの額を呈示してくるか見てみよう。彼らの大半はものわかりのいい人間だ。鋭くて、機に臨んで柔軟にもなれる連中だ。確かに、漁師に小切手を渡すなんてな。馬鹿げてる。ほかに何か条件は？」

「いや、覚えてるのはそれだけだ。ありがとう、アンディ」とペンデルは驚きを隠し、とりすまして答えた。

マルタは自室のレンジのそばに立って、ペンデルが好きなギリシア・コーヒーをいれていた。ペンデルは、マルタのベッドに寝そべって、数字をともなった線や丸や大文字で構成された複雑な図を見ていた。

「それが戦力組成よ」とマルタが言った。「学生の頃には、わたしたち、そういうのを使ってたの。それにコードネーム、細胞、コミュニケーション・ライン、労働組合との特別な連絡係」

「ミッキーはどこにいたんだね？」

「どこにも。彼はわたしたちの友達だった。だって、まずいでしょ？」

コーヒーが沸き立ち、すぐにまたおさまった。彼女はふたつのカップに注いだ。

「ベアーが電話をしてきたわ」

「用件は？」

「あなたのことを記事にしようかと思ってるんですって」

「それはまた親切なことだ」

「新しいクラブルームをつくるのにはいくらかかったかなんて、そんなことを知りたがってた」

「なんでそんなことを?」

「それは彼もまた邪悪な人間だから」

彼女はペンデルから戦力組成表を取り上げ、かわりにコーヒー・カップを渡して、ベッドのへりに腰かけた。

「それから、ミッキーがスーツを新調したいって言ってきた。ラフィにつくったのと同じ千鳥格子のアルパカのスーツ。このまえの支払いが済んでからにしてほしいって言っておいたけど、それでよかったかしら?」

ペンデルはコーヒーをひとくち口にふくんだ。わけもなく戦慄(せんりつ)を覚えた。

「彼がそれで幸せになれるのなら、なんでも聞いてやってくれ」とペンデルは彼女の視線を避けて言った。「彼にはそれだけの権利がある」

第11章

若きアンディ・オスナードがどんな人間かわかると、誰もが彼を歓迎した。モルトビー大使も――彼の場合は、ほかの者と同じように喜びを表現することは性格上できないのではないかと思われたが――八番ホールまでプレーして、ほかの者のプレー中にじっと黙っていられるやつが悪い男であるわけがない、と言ったほどだった。ナイジェル・ストーモントも、数日でひとまず不安を脇にやっていた。オスナードは、政治部長というストーモントの地位を危うくするような存在ではなかった。同僚の気持ちを気づかい、カクテル・パーティやディナー・パーティの席で明るく振る舞いつつも、分限をわきまえるということができる男だった。

「ここではきみのことを人になんと説明すればいいだろう？」とストーモントは初めてオスナードと会ったときに言っていた。「大使館内はもちろんのこと」

「運河の専門家というのは？」とオスナードはそのとき提案していた。「植民地独立後の時代のイギリスの通商路に関する専門家ということでは？　実際、それで嘘にはならないでしょ？　運河をどう見るか、それが問題なわけですから」

オスナードの提案に不都合はなかった。パナマの主だった大使館にはどの大使館にも運河のエキスパートがいる、イギリスを除いて。オスナードはそういうことを心得て言ったのだろうか？

「それじゃ、アメリカ軍の基地に関しては、結局、何が結論になると思う？」とストーモントはオスナードが申し出たポストに対する本人の適性をそれとなく試して尋ねた。

「おっしゃる意味がよくわかりませんが」

「アメリカ軍は出ていくのか、残るのか」

「どちらとも言えませんね。ただ、外国資本が逃げていかないよう、アメリカ軍にとどまってもらいたがってるパナマ人も少なくないようですが。短期主義者（短期的収益に力点を置く投資家）は特に。彼らは過渡期と見てる」

「ほかの人間は？」

「あと一日だってごめんだと思ってる。一九〇四年以来ずっと植民地的支配下にあって、独立国家としての誇りも何もあったものではなかったんだから。出ていけ、くそったれ、というわけです。アメリカの海兵隊は、二〇年代にメキシコとニカラグアをここから攻撃し、二五年にはパナマのゼネストを鎮めた。アメリカ軍は運河ができたときからここにいるわけだけれど、それを喜んでいるパナマ人は誰もいない、銀行家を除くと。現在、アメリカはパナマをアンデスと中央アメリカの麻薬王を叩く基地に利用して、まだ誰と決まったわけではない敵相手の市街戦を想定し、ラテン・アメリカ人兵士を訓練している。そして、基地に四千人のパナマ人を雇い、さらに一万一千人の人間に仕事を与えている。アメリカ軍の兵力は公には七千ということだが、実際にはもっといる。山間部の谷間にはあれこれおもちゃが隠してあり、塹壕(ざんごう)もあちこちに掘られている。アメリカ軍が駐留していることの経済効果は、パナマのGNPの四・五パーセントと推定されるが、そんな数字は実はまるであてにならない。パナマの見えざる歳入を計算に入れると」

「条約は？」とストーモントはひそかに感心して言った。

「一九〇四年の条約は運河地帯を永遠にアメリカに譲るものだった。それが七七年のトリホス－カーター条約で、運河もそのすべての機能も今世紀の終わりに、無償でパナマに返還されることになった。そのことについては、アメリカの右翼は今でもカーターを裏切り者と思っている。その条約には、双方が望めばアメリカ軍が居残るという一項があるけれど、問題は、そういう話し合いがなされなかったとき、誰が誰になんのためにいくら払うかということです。合格ですか、私は？」

合格だった。運河専門家オスナードはアパートメントにつつがなく入居し、引っ越しパーティを開き、何人もの相手と握手を交わし、数週間で、外交という風景画の中の好ましい小さな人物像となり、さらに数週間が過ぎると、人気者にもなった。大使とゴルフをすれば、サイモン・ピットとテニスもし、若い大使館スタッフがよくやるビーチ・パーティにも加わり、パナマの貧民層救済のために慈悲深くも無尽蔵に供給され、外交コミュニティで熱烈に定期的におこなわれる、善意の募金活動にも積極的に参加した。そして、大使館でクリスマスのおとぎ芝居の俳優を決めるときには、満場一致でデイム役（おとぎ芝居で男が演じる滑稽なおばさん役）に選ばれた。

「ちょっと教えてくれないか」とストーモントは、お互い少しは理解し合えるようになると言った。「〈計画及び実行〉委員会というのは、実際のところ、どういう機関なんだね？」

オスナードもよくわかっていない。ストーモントは慎重にそう判断した。

「正直なところ、私もはっきりはしないんですが、財務省の管轄ではあるようです。省庁の垣根を越えた寄り合い所帯で、さまざまな分野から選ばれたメンバーで成り立っています。クモの巣を払う新鮮な息。あるいは、神権を与えられた特殊機関。そういったところでしょうか」

「メンバーの所属はさまざまということだが、中心になっているのは？」

「議会にマスコミ。実際、さまざまです。私のボスはその存在を大いに重要視しているようですが、あまり話してはくれません。委員長はキャヴェンディッシュという人物だそうですが」

「キャヴェンディッシュ？」

「ええ、ファーストネームはジェフ」

「ジェフリー・キャヴェンディッシュ？」

「民間人でありながら、政界の寝業師。サウジアラビアにオフィスを構え、家はパリとウエスト・エンドにあって、スコットランドに別荘を持つ、ブードルズ・クラブ（ロンドンのセント・ジェームズ・ストリートにある有名人のクラブ）の会員」

ストーモントは信じられないといった面持ちでオスナードをまじまじと見つめた。職権乱用者、キャヴェンディッシュ。軍事関係のロビイスト、キャヴェンディッシュ。自称政治家の友、キャヴェンディッシュ。ストーモントがロンドンの外務省で仕事をしていた頃からの代理人、キャヴェンディッシュ。兵器ブローカー、鉄砲野郎、キャヴェンディッシュ。石油野郎、キャヴェンディッシュ。こういった称号を知っている者なら誰でも、ことを進めるまえに人事部に注進に及ぶはずなのに。

「ほかには？」

「タグという人物。正式な名前はわかりません」

「カービーではないんだね？」

「ええ、ただのタグ」とオスナードは無造作に答えた。ストーモントはオスナードのそういうところをむしろ好ましく思っていた。「私のボスから電話で聞いたところでは、ミーティングのまえによくタグと昼食をともにするそうですが、勘定はボスが払うんだそうです。だいたいそういうことになっているらしい」

ストーモントは唇を噛み、もうそれ以上は尋ねようとしなかった。すでに知りたくもないほど知らされていた。あるいは、知るべきではないほど。彼はオスナードの将来の〝成果〟に関する微妙な問題に、質問の矛先を切り替えた。キルシュ（サクランボでつくるブランデー）を垂らしたコーヒーを出すスイス・レストランで、ふたりだけで昼食をとったときに。その店を見つけたのはオスナードで、自ら呼ぶところの〝爬虫類（はちゅうるい）のための基金〟から勘定を払うと言って引き下がらず、コルドン・ブルー（ハムとスイスチーズを詰めた肉料理）とニョッキ（おろしチーズをかけた団子状のパスタ）を注文することをストーモントにも勧め、キルシュのまえにチリの赤ワインを頼むことを提案した。

大使館はオスナードの〝成果〟をどの時点で見ることができるのか、とストーモントは尋ねた。ロンドンに行くまえ？　行ったあと？　それとも、まったく見られないのか？

「その件については、ボスは自分で判断すると言ってますけど」とオスナードは食べもので口の中をいっぱいにしたまま答えた。「ワシントンに気をつかってるんですよ。だから情報をどんなふうに分配するかは、自分で決めたいんでしょう」

「きみはそれでいいのかね？」

オスナードは赤ワインの壜（びん）を手元に引き寄せながら首を振った。「戦うことです。私としてはそう言いたいですね。大使館内部に特別委員会をつくるんですよ。あなた、大使、フランチェスカ、それに私。ガリーは国防省担当だから、われわれのファミリーとは言えない。ピットは目下、保護観察中といったところですか。いずれにしろ、教化リストをつくり、全員がそれに署名して勤務時間外に集まるんです」

「そういうことをきみのボスは受け入れてくれるかね？　誰がきみのボスにしろ」

「それとなく突いてこられますね？　名前はラックスモア。公表はされてないんですが、これは誰もが知ってることです。だから、大使に言うんです、テーブルを叩くように。〝パナマ運河は時限爆弾みたいなもので、地元での機敏な対応が不可欠だ〟とでも言って。その程度の台詞で、きっと落ちますよ」

「大使はテーブルを叩くようなタイプじゃないけど」とストーモントは言った。

しかし、何かを叩きはしたようだった。その結果、それぞれの部署からたいてい真夜中に送られてきて、各自解読しなければならない電報が、互いの業務を妨げ合うといった不都合がしばらく続いたのち、ストーセントとオスナードで共同戦線を張ることがやむをえず認可され、〝パナマ地峡学習会〟という人畜無害な名前の特別委員会が大使館内につくられた。そのあとすぐ、ワシントンから気むずかしい顔をした三人の技師がやってきて、壁に耳をあてたり、壁に向かって叫んだりして、三日がかりで防音装置を設置した。そして、不穏な空気をはらんだある金曜日の午後七時、四人の策士は、薄暗い官給品の照明のもと、熱帯雨林のチーク材でできたテーブルのまわりに集まり、署名し、コードネーム〝バカン〟という作戦に参加して、〝バカン〟という情報源から得られる、〝バカン〟という特別事項に各自秘密裏に関与することを認め合った。が、そうした場面におけるしかつめらしさは、モルトビー大使の異常なまでの上機嫌によって帳消しにされた。その大使の上機嫌のわけは、夫人がイギリスに一時帰国したため、とあとで解釈された。

「今から〝バカン〟は進行中事項（オン・ゴーイング・シング）ということになります」とオスナードが、チップを集めるルーレットのクルピエのように全員の署名を集めて言った。「〝バカン〟からの情報は次々とはいってきてます。もしかしたら、一週間に一度の集まりでは間に合わなくなるかもしれません」

「きみはさっきなんの事項と言った？」とモルトビーはペンを置くと尋ねた。乾いた音がした。

「オン・ゴーイングです」

「オン・ゴーイング？」

「そうです、大使。そう言いました」

「よろしい。わかった。ありがとう。しかし、今からはその事項とやらは、きみの呼び名に従えば、アンドルー、〝妊娠中（オン・ゴーン）〟ということだ。バカンは首尾よくやるかもしれないし、耐えるかもしれない。やり通すかもしれない。また、ピンチになったときには、持続するか、いったんやめて再開するかもしれない。しかし、私が大使でいるかぎり、悪いが、オン・ゴーなど絶対にしない。そういう今どきのことばは気が滅入る」

そのあと、あろうことか、モルトビーは、ベーコン・エッグとプールでみんなをもてなしたいと言い出し、チーム全員を大使官邸に招待した。そして〝バカン関係者（バカニアーズ）に〟というおどけた乾杯の音頭を取ると、いそいそと客たちを庭に連れ出した。ペットのヒキガエルを見せるために。外では車の音がうるさかった。その音に逆らって、彼は大声でペットの名を呼んだ。「さあ、ヘラクレス、跳べ、跳ぶんだ！――おいおい、ガリレオ、そんなに彼女をじろじろ見るんじゃない。おまえは可愛い女というものを見たことがないのか？」

さらに、舞台が豊かな薄闇に包まれたプールに移ると、フランチェスカを賛美する歓喜の声をあげてまたもやみんなを驚かせた。「くそっ、なんて彼女はきれいなんだ！」最後は、夜の締めくくりに、ダンス・ミュージックをもう一曲かけると言い張った、ストーモントが、フランチェスカはオスナードを除く全員ともうすでに踊っている、と指摘したにもかかわらず。オスナードはといえば、イギリスの小公子が儀仗兵を閲兵するときのように手をうしろに組んで、大使の蔵書に関心のあるふうを装っていた。

「きみはアンディのことを同性愛者だと思ってはいないよね？」とストーモントはナイトキャップを飲みながら、妻のパディに言った。「でも、私は彼が誰かとデートをしたという話をまだ一度も聞いたことがないんだよ。それに、あのフランチェスカに対して、まるで彼女が伝染病患者ででもあるかのような接し方をするんだ」

彼はパディがまた咳をしたのかと思った。そうではなかった。彼女は笑っていた。「ダーリン」とパディはさもあきれたように眼を見開いて言った。「あなた、あのアンディ・オスナードのことを言ってるの？」

オスナードがゲイ？　それは、パイティィージャ岬のオスナードのアパートメントで、ベッドに横たわるフランチェスカが聞いたら喜んで、そのとおりと裏書きをしてくれそうな愚問だった。

どうしてそんなことになったのか、それは彼女にとっても謎だった。が、今ではすでに十週間という時間が経っていた。

「この状況を愉しむ方法はふたつしかない」とオスナードはエル・パナマ・ホテルのプールサイドで、豪華なバーベキュー・チキンと冷やしたビールを口にしながら彼女に言ったのだ。「方法A。半年我慢する。そして、最後にお互いに腕の中に倒れ込んで互いにしがみつく。〝ダーリン、どうしてわたしたち、もっとまえからこうしなかったの？　ふう、ふう〟。方法B。おれとしてはこっちがいい。今すぐにやって、あとはお互い沈黙の掟（おきて）を守って、どうなるか見守る。そうしてやはり忘れられなけりゃ、またやる。忘れられるようなら、やらない。それで誰にも知られない。〝やってはみたけど、あんまりよくなかっただけのことよ。そういうこともあることを教えてくれてありがとう。人生は止まってはくれない。もういいの〟」

「方法Cもあるわ」

「たとえば？」

「たとえば、禁欲」

「きみはおれを禁欲地獄に陥れ、自分は尼寺にでもはいるつもりなのか？」そう言って彼はプールサイドを肉厚の手で示した。そこでは、贅沢な女たちがライヴバンドの演奏に合わせ、男たちとふざけ合っていた。「ここは無人島だ、フラン。白人の男は最も近いやつでも何千マイルも離れてる。ここにあるのは、きみとおれと母国イギリスへの責務だけだ、来月妻が来るまでは」

フランチェスカは半分立ち上がっていた。そして、ほんとうに叫んだ。「妻！」

「そんなものはいないよ。過去にいたこともない。これからもだ」オスナードは彼女を立たせた。「これでわれわれの幸せを邪魔する者は誰もいなくなったわけだから、まさかノーとは言わないだろうね？」

ふたりは巧みに踊った。踊りながら彼女は答を探していた。オスナードのようにがっしりとした体格の男がこんなに軽い身のこなしをするとは、これまで思ってもみなかった。また、こんなに小さな眼がこんなに威圧的に見えるとも。最も正直なところ、きわめてひかえめに言って、ギリシアの神にいくつかの点で劣る男に自分が魅力を感じるとは、思いもよらないことだった。

「あなたはわたしのタイプじゃないかもしれない。でも、あなたはそんなこと、きっと考えたこともないんでしょうね？」と彼女はあえて言ってみた。

「このパナマの話をしてるのか？　冗談じゃない。きみのことはとっくに調べてある。地元の男たちはきみをなんと呼んでるか。〝イギリスの氷山〟だ」

ふたりはぴたりと体を寄せ合って踊っていた。そうするのがあたりまえのように思われた。

「そんな呼び方なんてしてないわよ！」

「賭けるか？」

ふたりはさらに体を近づけて踊っていた。

「故郷(くに)のことは？」と彼女は尋ねた。「どうしてあなたにわかるのかしら？　わたしにはシュロップシアでわたしの帰りを待ってる恋人などいないことが。そう、ロンドンでもいないわね」

彼は彼女のこめかみにキスをしていた。が、それはどこでもよかった。手は彼女の背中に――じかに――あてられ、張りついたように動かなかった。

「ここはきみには少しもよくない。五千マイルも離れていては、満足は得られない。少なくとも、おれの辞書にはそう書いてある。きみのには？」

この人に説き伏せられたからではない、とフランチェスカは自分に言い聞かせた、ベッドの上に――彼女の脇に――寝そべり、うとうととしているでっぷりした彼の体を見つめながら。また、彼が世界一ダンスがうまかったからでもない。今までに知り合ったどんな男より彼には、大きな声で、長く、笑わされたからでもない。ただ、あと一日たりとも彼には逆らえなかったのだ、三年など言うに及ばず。

彼女がパナマにやってきたのは半年前で、ロンドンでは、ハンティングが趣味で、とびきりハンサムな、エドガーという証券ブローカーと週末を過ごしていた。が、彼女の赴任が決まった頃には、自分たちの関係はすでに終わったということで、お互い合意が得られていた。エドガーとはすべてが合意の上だった。

しかし、アンディ・オスナードとはいったい何者なのか。

出所の明らかなものの信奉者であるフランチェスカが、調査のすんでいない相手と寝たのはこれが初めてだった。

彼がイートン校の出であることは知っていたが、それはマイルズから聞いたことだ。オスナード自身は、母校を毛嫌いしているようで、〝刑務所(ムショ)〟とか〝泥沼のようなグラマースクール〟としか呼ばず、自分が受けた教育を心底馬鹿にしていた。知識は広範にわたったが、中途退学者によく見られる独善的な知識が多かった。そして、飲むとよくパストゥールを引用したがった。〝チャンスは心構えのできている者だけに訪れる〟

金持ちではあるようだった。そうでなければ、きわめて金づかいが荒いか、恐ろしく気前のいい男のようだった。パナマでつくった高価なスーツ――赴任するなり、彼はこの街で一番の仕立屋を見つけたのだ――のポケットというポケットに、常に二十ドル札と五十ドル札がたんまり詰め込まれていた。が、そのことを話題にしても、彼はただ肩をすくめて、仕事で稼いだ金としか言わず、彼女をディナーに誘ったり、週末をこっそりふたりで田舎で過ごすときなど、まさに湯水のように金をつかった。

ロンドンではグレーハウンドを飼っていて――彼のことばによれば――ギャングに犬をどこかへやるように言われるまでは、ホワイト・シティ（ロンドンにあった野外スポーツ総合施設）で開かれるドッグレースに出場させていたということだった。オマーンにゴーカート場を建設するという計画も同じような理由で頓挫し、ロンドンの高級住宅地、メイフェアにあるシェパード・マーケットに、銀製品の専門店を出していたこともあったそうだが、いずれにしろ、どれも短いあいだのことだったにちがいない。まだ二十六歳という彼の若さを考えると。

両親のことは頑なに話したがらず、彼の計り知れない魅力と資産は、叔母からの賜物だということだった。過去の女の話もまたいっさいしなかった。いろいろなタイプが何人もいたことは容易に察しがついたが。沈黙の掟は厳格に守られ、他人のまえでフランチェスカになれなれしい態度を取ることは決してなかった。それがまた彼女を刺激した。なんでもできる彼の腕の中で、最高のエクスタシーを覚えたと思ったら、次の瞬間にはもう、政治部のミーティングで、互いにほとんど知らない仲のように振る舞う。それが彼女にはなんとも言えない刺激になった。

そして彼はスパイだった。仕事はまた別なスパイ、バカンを操ること。いや、バカンはひとりではないのかもしれない。バカンがもたらす情報は、ひとりの人間が提供しているにしては、多岐にわたり、また、刺激的すぎた。

バカンには、大統領とアメリカ南方軍司令官の耳があり、さらに、悪党や政界の策士の知己もいるらしい。グレーハウンドを飼っていた頃のオスナードにも同類の知己がいたように。最近になってフランチェスカは、その犬が〝リトリビューション（報い）〟という名前だったことを知って、そのことにはなんらかの意味があるように思った。オスナードには常に計画に従って行動しているようなところがある。

また、バカンは、ファシストたちが旗幟を鮮明にするのを待っている、民主化運動秘密組織ともつながりがあるようで、学生の活動家や、漁師や、組合内部の秘密の活動家たちと話し合い、その日を待って計画を練っているらしい。そして、そういった人々を――むしろ恭しく――〝橋の向こうの人々〟と呼んでいる。バカンは運河の灰色の貴公子、エルネスト・デルガドとも、麻薬カルテルのための金の洗濯屋、ラフィ・ドミンゴとも親交がある。国会議員とも。それも何人もと。弁護士も銀行家もよく知っている。パナマの重要人物で、バカンの知らない人物はもうひとりもいないかのようだ。フランチェスカにはそれが不思議だった。気味悪くさえあった。どうしてオスナードにはこんなに短期間のうちに、彼女のほうは存在することさえ知らなかったパナマの心臓部（ハート）に、たどり着くことができたのか。もっとも、そういうことを言えば、彼は彼女自身のハートにも、あっというまにたどり着いたわけだが。

そして今、バカンは大きな企みの臭いを嗅ぎ取っている。それがどんな企みなのかはまだ誰も知らないのだが。ただ、フランス、おそらく日本、中国、東南アジア諸国、さらに中央及び南アメリカの麻薬カルテルが関与し、運河を——オスナードのことばを借りれば——〝裏口〟から売り飛ばそうとしていることだけがわかっているだけで。しかし、どうやって？ そもそも、アメリカに何も知らせず何も知られず、そんなことができるものなのか。なんと言っても、この国をほぼ一世紀にもわたって、効果的に統治してきたのはアメリカで、パナマ地峡と中央アメリカには、実に洗練された彼らの聴取監視システムがあるではないか。

しかし、もしほんとうに彼らは何も知らないのだとしたら、これは大変な事件ということになる。あるいは、彼らは知っているのに、われわれにそれを伝えようとしていないのか。あるいは、彼らは知ってはいるのだが、それを互いに話し合ってはいないのか。なぜなら、アメリカの外交政策について話すときには、最近はどっちの外交政策かと確かめなければならないからだ。どっちの大使の政策なのかと。アメリカ大使館の大使のか、アンコンの丘の大使のか。というのも、パナマで一騒動起こすなどもう絶対不可能なのに、アメリカ軍はいまだにその現状認識に慣れることができないでいるからだ。

ロンドンはひどく興奮している。あらゆる方面から、付随する情報を掻き集めている。何年もまえのものまで。そして、ワールド・パワーに向けてどの国の野望がほかの国を圧倒するかということに関し、驚くべき推論を立てようとしている。それもこれもバカンが言ったからだ、世界じゅうのハゲタカが小国パナマに集まってきており、誰が獲物を手に入れるか、あてっこをするのがこのゲームだと。ロンドンはもっともっと情報をとひっきりなしに言ってきている。オスナードはそれで怒っている。情報網を働かせすぎるのは、グレーハウンドを働かせすぎるのと同じだと言って。最後には両方ともそのつけを払わなければならなくなる。犬も飼い主も。しかし、彼が話してくれたのはそれだけで、依然として彼は謎そのものだ。それはまさに称賛に値する。

これらすべてがたった十週間のあいだに起きたのだ、われわれの色恋同様。オスナードは天才的なマジシャンだ。それまで何年もそのままだったものにただ手を触れるだけで、スリリングでいきいきとしたものに変えてしまう。わたしもその例外ではない。しかし、それより何よりバカンとは何者なのか。バカンあってのオスナードだとすれば、誰あってのバカンなのか。

バカンの友達はどうしてバカンにそうなんでも話すのか。バカンは精神科医なのか？それとも、色恋仕掛けで男から秘密を訊き出す女スパイ？　また、オスナードに電話をして、〝そっちへ行く〟と彼がほとんど言い終わらないうちに、たったの十五秒で電話を切るのは、いったい何者なのか。バカン自身なのか、仲介者なのか、学生なのか、漁師なのか、カムフラージュ役の人間なのか、情報網のつなぎ役なのか。さらに、オスナードの行き先はどこなのか。まるで超自然の声に命じられたかのように真夜中に起き出し、すばやく服を着て、ベッドのそばの壁金庫から札束を取り出し、わたしをベッドに残したまま、声をかけようともせず、彼はいったいどこへ出かけるのか。いったいどこへ出かけて、あるときは落胆し、またあるときはひどく興奮して、夜明けに帰ってくるのか。葉巻の匂いと女の香水の匂いを漂わせながら。それなのに、そのあとも依然としてことばを発さず、わたしを抱き、果てしなく、すばらしく、疲れも見せず、何時間も、何年も持続させ、その太い体で上から脇からわたしをいともたやすく包み、頂点からさらに頂点へと、学生の頃に思い描いた想像の中でしか起こりえなかった体験をさせてくれるというのは、どういうわけなのか。

また、なんの変哲もない茶封筒が届くと、バスルームに三十分ほど閉じこもり、樟脳（しょうのう）――あるいは、ホルムアルデヒド――の臭いを残して出てくるのだが、いったいどういう錬金術を使っているのか。さらに、箪入れの中から、サナダムシほどの幅の濡れたフィルムを持って出てきては、小型の編集機を使って、何やらそれに細工を加えているようだが、あのフィルムには何が写っているのか。

「そういうことは大使館ではできないの？」と彼女は一度彼に尋ねたことがある。

「暗室もなければ、きみもいないからね」と彼は不機嫌そうな声でそっけなく答える。彼女はそんな彼の声にも抗（あらが）いがたいものを感じている。洗練されたエドガーとのなんたるちがい！　なんとこそこそして、遠慮がなく、大胆な男なのか！

いつしか彼女はバカンのミーティングで彼を観察するようになっている。われらが〝チーフ・バカニアー〟は漫然と長テーブルについて坐りながらも、どことなくオーラをあたりに漂わせ、けばけばしいストライプのフォルダーをみんなに配る。そのとき女心をそそる前髪が垂れて、右眼にかかる。それから彼は空（くう）を見る。彼以外の全員が、バカンが〝現行犯〟でつかまえたパナマを読む。

外務省のアントニオ某は、つい最近キューバ女に夢中になっていることを明かした。彼はアメリカの不興を買うこともかえりみず、外務省の最も優秀な職員をパナマ－キューバ関係の改善に充てることを考えている……

誰が誰に明かしたのか。キューバ女に？　そして、キューバ女がバカンにそれを明かしたのか。それとも、オスナードに？　たぶんベッドで？　フランチェスカは香水の匂いを思い出し、裸の体と体が合わさって、匂いが移るところを想像する。オスナードがバカンなのか？　どんなこともありうるような気がする。

アントニオ某はまたコロンのレバノン・マフィアにも忠誠を尽くしている。レバノン・マフィアは、二千万ドルでコロンの裏社会における〝好ましい国家的地位〟を得たと言われている……

キューバ女とレバノンの悪党が終わると、バカンはひとっ跳びして運河にはいる。

新しく構成された運河管理局は、それまでの職員が縁故だけを頼りに任命された新しい職員に取って代わられるにつれ、日々その混乱の度を増している。これにはエルネスト・デルガドも大いに失望しているが、その最たる例は、ホセ・マリア・フェルナンデスが、中国のファースト・フードのチェーン店、〈リー・ロータス〉の株を三十パーセント取得したあと、総務部長に任命されたことだ。〈リー・ロータス〉は、ブラジルのロドリゲス・コカイン・カルテル"の子会社が四十パーセントの所有権を持つチェーン店で……

「フェルナンデスというのは、独立記念日のパーティの席で、わたしに言い寄ってきたあの男のこと？」とフランチェスカは、モルトビーのオフィスで夜遅く開かれた〝バカニアーズ〟のミーティングで、何食わぬ顔でオスナードに尋ねた。

その日の昼食はオスナードのアパートメントで彼と一緒に食べ、午後ずっと愛し合っていた彼女のその質問は、好奇心と同時に、その余韻から発せられたものでもあった。

「がに股の禿げだ」とオスナードはぶっきらぼうに答えた。「眼鏡をかけていて、顔にほくろがあり、腋臭（わきが）と口臭のひどい男だ」

「ああ、彼ね。わたしをダビデのお祭りに連れていきたがってた」

「で、いつ発つんだ？」

「アンディ、そんな話は論外だ」とナイジェル・ストーモントが自分のフォルダーから眼も上げず言った。フランチェスカは噴き出したりしないように、ことさらむずかしい顔をつくることを自分に強いた。

そして、ミーティングが終わると、オスナードがフォルダーをまとめ、東側通路につくられた新しいスティール製ドアの向こうの秘密の王国へ向かうのを、横目で眺めた。彼のあとには、髪を撫でつけ、幾何学模様のヴェストを着た、気色の悪い助手が続いた。シェパードといって、いつも手に何か――スパナやドライヴァーやコードを持っている男だった。

「シェパードにはどんな仕事をさせてるの？」

「窓拭きだ」

「彼はあまり背が高くないけど」

「おれが持ち上げてやるんだ」

そのときと同程度の期待度で、彼女はオスナードに尋ねた。みんながもう寝ようというときに、どうしてあなたはまた服を着たりするのか、と。

「犬のことで、ある男と会うんだよ」と彼はそっけなく答えた。その夜はずっと何かに苛立っているようなところがあった。

「犬ってグレーハウンドのこと？」

答なし。

「ずいぶん夜型の犬なのね」と彼女はオスナードが自分の殻の中から出てくることを期待して軽口を叩いた。

答なし。

「その犬は、あなたが今日の午後受け取った、自分で解読しなければならない暗号電報にドラマティックに登場する犬と同じ犬なんでしょ？」

シャツを頭からすっぽりかぶろうとしていた動作の途中で、オスナードは凍りついた。

「いったいそんなネタをどこで仕入れた？」その声にはぬくもりのかけらもなかった。

「退館しようとエレヴェーターに乗ったら、偶然シェパードと一緒になったんだけれど、彼、あなたはまだ大使館内にいるかどうかってわたしに訊くのよ。で、わたしとしてはただ反射的に、どうしてそんなことを訊くのかって訊き返したわけ。そうしたら、彼、あなたのためにホットな〝ナニ〟があるんだけど、でも、その蓋はあなたが自分で開けな（アンボタン）きゃならないものなんだって言ったのよ。〝とりあえず、あなたのために赤面はしておいてあげたけど、でも、彼が緊急の暗号電報のことを言ってるってことはすぐにわかったわ。真珠の銃把のベレッタは持っていかなくていいの？」

答なし。

「彼女とはどこで会うの？」

「曖昧宿だ」と彼はぴしゃりと言い、ドアに向かいかけた。

「わたし、何かあなたの気にさわるようなことをした？」

「いや、まだしてない。でも、そろそろしそうだ」

「それはたぶんあなたがわたしの気にさわることをしたからよ。自分のアパートメントに帰るわ。今夜はぐっすり寝たほうがいいみたいだから」

しかし、彼女は帰らなかった。まるくて器用な彼の体の臭いが自分の体にまだ残っていた。脇のシーツの上には彼の人形（ひとがた）の跡がまだ残っていた。ほの暗さの中で彼女に注がれる、熾火（おきび）のような観察者の眼の輝きの記憶も。彼の不機嫌ささえ彼女を興奮させた。まれに垣間見せる彼の闇の部分も。行為の中で、彼を危険なゲームに誘うと、濡れたペニスがすぐに反応し、もう少しで暴力となる寸前に彼が思いとどまることがよくあった。また、バカンのミーティングの席で、モルトビーが例の調子でオスナードの報告書の書き方に難癖をつけたりすると――〝きみの情報源は全知全能であると同時に、人を苛立たせる名人でもあるのかね、アンドルー？　それとも、われわれは彼の分離不定詞にみんなで礼を言わなきゃならんのかね？〞——少しずつ彼の顔がこわばり、眼の奥に危険な光が宿ることがあった。それを見て、フランチェスカは、どうして彼がグレーハウンドに〝報い〞などという名前をつけたのか、そのわけがわかったような気がしたものだ。

自分はコントロールを失いつつある。彼のコントロールではない。そんなものは初めから持ててなどいない。自分のだ。が、尊大な終身法官貴族の娘にして、完全無欠のエドガーの元恋人が気にしなければならないことは、もっとほかにあった。それは彼女自身、いかがわしさに対する明らかな嗜好を自分の中に徐々に発見していることだった。

（下巻につづく）

本書は、一九九九年十月に集英社より単行本として刊行された作品を文庫化したものです。

訳者略歴　1950年生，早稲田大学文学部卒，英米文学翻訳家　訳書『八百万の死にざま』ブロック，『卵をめぐる祖父の戦争』ベニオフ，『ラブラバ〔新訳版〕』レナード，『ただの眠りを』オズボーン，『あなたに似た人〔新訳版〕』『少年〔新訳版〕』ダール（以上早川書房刊）他多数

HM=Hayakawa Mystery
SF=Science Fiction
JA=Japanese Author
NV=Novel
NF=Nonfiction
FT=Fantasy

パナマの仕立屋

〔上〕

〈NV1527〉

二〇二四年七月二十日　印刷
二〇二四年七月二十五日　発行

（定価はカバーに表示してあります）

著者　ジョン・ル・カレ
訳者　田口俊樹
発行者　早川浩
発行所　株式会社　早川書房

郵便番号　一〇一 - 〇〇四六
東京都千代田区神田多町二ノ二
電話　〇三 - 三二五二 - 三一一一
振替　〇〇一六〇 - 三 - 四七七九九
https://www.hayakawa-online.co.jp

乱丁・落丁本は小社制作部宛お送り下さい。
送料小社負担にてお取りかえいたします。

印刷・株式会社精興社　製本・株式会社フォーネット社
Printed and bound in Japan
ISBN978-4-15-041527-3 C0197

本書は活字が大きく読みやすい〈トールサイズ〉です。